Sans commencement et sans fin

Extraits des *Essais*

Du même auteur
dans la même collection

ESSAIS, 3 volumes.

MONTAIGNE

Sans commencement et sans fin

Extraits des *Essais*

•

CHRONOLOGIE
PRÉSENTATION
NOTES
GLOSSAIRE
DOSSIER
BIBLIOGRAPHIE
LEXIQUE

par Françoise Joukovsky

GF Flammarion

ISBN : 978-2-0807-0980-6

SOMMAIRE

DOSSIER

Chronologie

	REPÈRES HISTORIQUES ET CULTURELS	VIE ET ŒUVRES DE MONTAIGNE
1532	L'Espagnol Pizarre commence la conquête du Pérou (atrocités commises par les Espagnols).	
1533	Le chef inca Atahualpa est supplicié (conquête espagnole en Amérique du Sud).	Naissance de Montaigne le 28 février. Son père, Pierre Eyquem, est prévôt de Bordeaux. Sa mère est issue d'une famille de négociants espagnols établis à Toulouse et à Bordeaux.
1534	Début de la répression de la Réforme en France.	
1539		Montaigne entre au collège de Guyenne, excellent établissement, mais où il ne se plaît guère.
1542	Relation de la destruction des Indes, où le prélat espagnol Las Casas s'indigne du sort des populations américaines.	
1548		Montaigne quitte le collège.
1554		Le père de Montaigne est élu maire de Bordeaux.

1555	Villagagnon crée une colonie française au Brésil.	
1557	La répression de la Réforme est organisée par l'édit de Compiègne.	Montaigne conseiller à la Cour des Aides de Périgueux (charge transmise par son oncle).
1558		Montaigne conseiller au Parlement de Bordeaux. Début de l'amitié avec Étienne de La Boétie, son aîné de trois ans. Ce lettré, traducteur de textes grecs, siège au Parlement de Bordeaux.
1559	Mort d'Henri II.	
1560	Charles IX devient roi (régence de sa mère Catherine de Médicis).	
1562	Début des guerres de religion (massacre de protestants à Wassy).	
1563	La paix d'Amboise va assurer trois ans de pacification.	Mort de La Boétie après une brève maladie, à l'âge de trente-trois ans (Montaigne est auprès de lui).
1565		Montaigne épouse Françoise de la Chassaigne, issue d'une famille de parlementaires (mariage de raison).

CHRONOLOGIE

	REPÈRES HISTORIQUES ET CULTURELS	VIE ET ŒUVRES DE MONTAIGNE
1568	La paix de Longjumeau assure quelques mois d'apaisement.	Mort de Pierre Eyquem. Son testament confère à Montaigne des revenus substantiels.
1569	Batailles de Jarnac et de Moncontour.	Montaigne publie les écrits de La Boétie *(De la servitude volontaire)*.
1571		Il résigne sa charge et vit désormais de ses revenus (début de sa retraite au château de Montaigne). Naissance de sa fille Léonor (ses autres enfants sont tous morts en bas âge).
1572	Massacre de la Saint-Barthélemy (essai d'élimination des protestants).	
1578		Il commence à souffrir de la gravelle (calcul aux reins).

1580	Siège de La Fère.	Première édition des *Essais* (en deux livres). Voyage en Italie (sept. 1580 à nov. 1581).
1581-1582		Montaigne maire de Bordeaux.
1583	Dans le Sud-Ouest, menées de la Ligue ultra-catholique contre les modérés.	Montaigne est réélu à la mairie.
1584	Le protestant Henri de Navarre devient l'héritier de la couronne (de par la mort du duc d'Anjou).	Il reçoit la visite d'Henri de Navarre au château de Montaigne.
1586	Guerre en Guyenne, où l'armée royale tente de reconquérir les places occupées par les protestants, mais pille et terrorise les populations. Épidémie de peste.	D'août 1586 à mars 1587, Montaigne et les siens fuient la peste (ils sont itinérants).
1587	Victoire d'Henri de Navarre à Coutras.	Visite d'Henri de Navarre.
1588		Édition des *Essais* : Montaigne a ajouté un troisième livre, ainsi que de nombreuses additions aux deux premiers.
1589	Le roi Henri III est assassiné.	

	REPÈRES HISTORIQUES ET CULTURELS	VIE ET ŒUVRES DE MONTAIGNE
1592		Montaigne meurt d'une inflammation de la gorge, le 13 septembre.
1594	Henri de Navarre devient Henri IV (il s'est fait catholique en 1593).	
1598	L'édit de Nantes met fin aux guerres de religion.	
1774		Publication du *Journal de Voyage* de Montaigne en Italie, découvert au château de Montaigne.

Présentation

« C'est moi que je peins », déclare Montaigne au début de son livre. Qui est ce gentilhomme de quarante-sept ans, auteur d'un ouvrage au titre modeste, les *Essais* ? Une œuvre décousue, une suite d'étonnements, de propos à bâtons rompus : le contraire d'un traité, et c'est pourquoi nous le lisons encore. On y sent vivre une pensée.

Retraite ou vie active?

Quel étrange destin que celui de ce noble retiré dans sa tour pour y lire les philosophes et les poètes anciens, et qui cependant participe activement à la vie politique de son temps…

Sa famille est de noblesse récente. Gentilhomme, Montaigne a le sens de l'honneur, le respect de la parole donnée. Cependant cette origine ne suffit pas à le définir et à le justifier à ses propres yeux. Il ne cessera de se demander ce qu'il est, et pourquoi il vit.

Il est différent des autres nobles. Singulière enfance que celle de ce garçon confié à un précepteur qui ne lui parle qu'en latin, comme tout son entourage. Quand même, lorsque l'enfant a six ans, on l'envoie à Bordeaux, au collège de Guyenne, mais cette expérience ne comble pas sa solitude. Montaigne ne se plaît guère dans ce lieu de contrainte, en compagnie de camarades qui apprennent péniblement une langue qu'il parle couramment. Il en sort à l'âge de quinze ans sans doute, pour étudier les langues anciennes et le droit à Paris et à Toulouse. Cette formation l'orientait vers la magistrature, son milieu familial étant proche du monde de la justice.

Effectivement, le voilà pourvu d'une charge de conseiller à la Cour de Périgueux, puis à celle de Bordeaux. Dans les *Essais*, toutefois, il ne parle guère des années consacrées à cette activité, comme si elle ne le déterminait pas plus que son origine sociale : il est toujours en marge. Il en retient tout au plus une certaine méfiance envers les lois, qui lui semblent fondées sur la coutume et sur l'habitude plus que sur la raison. De cette période date son amitié pour Étienne de La Boétie, un autre parlementaire. Ce jeune homme avait composé un *Discours de la servitude volontaire*, où il montrait que la tyrannie n'était possible qu'avec le consentement tacite des sujets. C'était rappeler à chaque citoyen qu'il faut savoir exercer sa liberté : Montaigne lui aussi sera un homme libre. Mais La Boétie meurt à l'âge de trente-trois ans. Montaigne avoue qu'après cette expérience inoubliable, sa vie ne sera plus que solitude. Il va écrire en partie pour combler ce vide au moins mal.

Cette solitude, pourtant, il semble la rechercher. En 1568, à la mort de son père, il peut vivre des revenus du domaine familial. Dès 1571, il renonce à sa charge de conseiller, « dégoûté » de « l'esclavage du Parlement ». Au château de Montaigne, dans son royaume secret, la bibliothèque, il lit, médite et écrit les *Essais*, dont une édition en deux livres paraît en 1580. Entre-temps, il s'est marié, un mariage de raison.

Toutefois Montaigne sait oublier ses livres. Ce serait une erreur de le croire enfermé dans son domaine, loin des événements tragiques des guerres de religion, qui ravagent le pays depuis 1562. S'il est fidèle à la cause catholique, c'est sans haine pour les protestants, et cette modération lui permet de s'entremettre à plusieurs reprises. Dès 1574, il joue un rôle dans les négociations entre le réformé Henri de Navarre, le futur Henri IV, et le chef du clan catholique, Henri de Guise. À peine achevé un long voyage en Allemagne et en Italie, Montaigne est élu maire de Bordeaux, en 1581. Son activité est intense et bénéfique, dans des domaines divers, et il soutient la Chambre de Justice dans sa politique d'apaisement. Il est réélu maire, contrairement à la tradition et malgré les cabales des extrémistes catholiques, auxquels il va de nouveau tenir tête au cours de son second mandat.

C'est la vie d'un homme qui n'a jamais cessé de servir, malgré la tentation de la vie solitaire. Ce paradoxe domine également son livre. Au centre des *Essais* se trouve le moi, qui médite et qui affirme certaines valeurs. Mais, tout autour, on aperçoit une foule d'individus auxquels Montaigne s'intéresse, ainsi que le spectacle inouï d'une époque où l'on trahit et où l'on tue au nom de Dieu.

Le moi et les autres

Pourquoi Montaigne écrit-il ? Pour s'observer et pour *décrire son moi*, cet individu étrange et unique. À une époque sans photographie et sans film, il se représente avec sa petite taille, dont il souffre, et ses gestes vifs. Nous découvrons sa vie de famille, ses rapports avec les siens, dont il veut se « faire aimer » : il déplore la morgue et la sévérité dont certains pères font preuve. De ses enfants, tous morts en très bas âge, il ne lui reste qu'une fille, mais ce gentilhomme pas comme les autres n'a aucun regret d'être privé d'une descendance mâle. Le mariage, il le veut fondé sur la raison, sur l'estime et l'affection, non pas sur la passion, qu'il vaut mieux chercher ailleurs. Il pense en effet que l'on se marie par convenance sociale. Ce père de famille gère ses affaires avec prudence, et sans ladrerie, ayant appris que l'avarice est source de tracas. Dans ces différents portraits, Montaigne note sa singularité, mais aussi ses faiblesses : absence de mémoire, goût pour l'oisiveté, refus de toute contrainte, tendance à une compassion excessive. En réalité, chacun de ces défauts a sa contrepartie positive. La sincérité avec laquelle Montaigne se peint ne signifie pas qu'il se dénigre, mais plus il s'analyse, plus il se trouve bizarre et changeant, plein de contradictions et d'humeurs successives. Il s'étonne de l'image que lui renvoie le miroir des *Essais*.

Cet individu part *à la découverte des autres*. L'amitié pour La Boétie lui a révélé la possibilité de tout partager, goûts, curiosités, valeurs. Ainsi vécue, l'amitié force les limites étroites de la personnalité. Quant à l'amour, Montaigne – qui confesse une jeunesse dissolue – est un des rares écrivains du XVIe siècle à tenter de comprendre la condition des femmes. Il dénonce l'hypocrisie des mœurs de son époque, où l'on impose au sexe faible une chasteté qui s'accorde mal avec le comportement des hommes. Bientôt, à partir de 1580, une autre expérience va élargir l'espace mental des *Essais* : le voyage, qui aide Montaigne à accepter la différence. Mais l'autre est surtout le « sauvage », ces indigènes du Nouveau Monde, qui lui semblent moins barbares que beaucoup d'Européens. Les atrocités commises par les Espagnols dans leur conquête d'un empire colonial en Amérique du Sud lui inspirent une généreuse colère.

Le contact avec l'autre est bénéfique, parce qu'il incite Montaigne à *s'interroger*. Certes, l'auteur des *Essais* est respectueux des structures sociales, politiques et religieuses où il vit : ce n'est pas un révolutionnaire. Il se défie de la nouveauté, source de trouble à son époque, au point que certains en font un conservateur. Néanmoins il n'hésite pas à remettre en question un bon nombre de nos certitudes. Et d'abord notre supériorité par rapport aux autres créatures. À la différence de ses contemporains, il croit que l'animal est intelligent, et qu'il raisonne à sa façon. Montaigne se défie aussi de notre savoir : le seul bien que l'on gagne à être plus savant, c'est de se savoir ignorant. Même nos sens nous trahissent. Alors, faut-il renoncer à toute forme de pensée ? Non, bien au contraire, car notre recherche est sans fin. Il importe de douter toujours, de ne pas être dupe de la justice ou de l'assurance des médecins. Montaigne doute même de son activité d'écrivain, qui n'est peut-être que vanité. Le tout sans pessimisme excessif : penser, quel bonheur !

Penser, mais encore *agir en honnête homme*. Montaigne juge très durement le spectacle qu'offre la vie politique. L'intérêt des ambitieux mais aussi la raison d'État conduisent à la trahison et au meurtre. L'auteur des *Essais* fait donc ses adieux à l'ambition pour garder les mains propres. C'est une des raisons de sa retraite dans le domaine familial. Toutefois il ne renonce pas à se rendre utile. Le maire de Bordeaux prône une action sans haine et sans passion.

À quoi bon rechercher les honneurs ? Notre tâche la plus glorieuse, répond Montaigne, c'est de *vivre*. Pour bien vivre, il faut avoir vaincu la peur, et accepter sans obsession la perspective de la mort, comme un terme naturel, qui accomplit notre destin. La mort fait partie de la vie, et elle n'est pas terrifiante. C'est ce que Montaigne a compris grâce à l'expérience de l'évanouissement, lors d'un accident de cheval. Libéré de l'angoisse, l'individu peut alors vivre gaiement, cette « éjouissance constante » étant la marque de la sagesse. Comme Rabelais, Montaigne se méfie des gens tristes. Vivre, c'est être présent au monde avec gratitude, et disponible à ce qu'apporte l'instant. Malgré la vieillesse, les dernières pages des *Essais* respirent l'optimisme et la sérénité.

La naissance d'un livre

Dans sa bibliothèque, Montaigne avait pris l'habitude de porter des notes en marge des volumes qu'il lisait. Il va d'ailleurs faire subir le même traitement à ses propres pensées, les recueillir, les juger, les grouper : c'est ce qu'il appellera le « fagotage de tant de diverses pièces » (II, 37).

Montaigne n'a jamais perdu cette habitude de

penser à partir de la pensée d'autrui. En voici trois exemples, des œuvres anciennes dont l'influence apparaît dans les textes que nous avons regroupés. Les *Épîtres* de Sénèque lui fournissent des thèmes moraux, tels que le mépris des biens externes et l'indépendance du sage par le courage et la constance, mais aussi une façon d'écrire : le goût de la maxime et de l'antithèse, le besoin de surprendre. Quant à Lucrèce, auteur d'un grand poème, *De la nature des choses*, et à l'aimable Horace, qui chante les plaisirs de l'instant, ces poètes lui transmettent une certaine vision de l'homme, créature entraînée dans le tourbillon du temps et de l'illusion, mais capable d'accéder à la tranquillité d'esprit.

Cette pratique de la citation consiste souvent à imposer au texte ancien un autre éclairage et en définitive un sens un peu différent. Le modèle est ainsi réinventé. Ce n'est pas un ornement : plutôt une façon d'*essayer* la pensée d'autrui, parfois sur le mode ironique. Aucun recours à l'autorité, mais une fois encore, l'exercice du jugement.

C'est de nouveau un livre qui est à l'origine de l'*Apologie de Raymond Sebond* (*Essais*, II, 12). Dans cet essai fleuve, Montaigne prend la défense d'un théologien catalan du XVe siècle, dont en 1569 il avait traduit à la demande de son père un traité latin, la *Théologie naturelle*. Mais l'*Apologie* montre clairement combien Montaigne, tout en partant d'une base livresque, s'en éloigne peu à peu jusqu'à la trahir. En effet, Sebond invitait le chrétien à se servir de sa raison pour donner des bases plus solides à la foi. Or au fil de ce chapitre qu'il a mis longtemps à composer, Montaigne dérive peu à peu et fait le procès de l'intelligence et de la présomption humaines. Contradiction ? Plutôt une méthode de recherche, car Montaigne définit dans la suite de cet essai la démarche des vrais sceptiques, ceux qui s'interrogent en bonne foi, et qui renoncent à opter.

Le comble est que Montaigne traite son propre livre comme il a traité ceux des Anciens : il l'annote, il réagit devant ce qu'il a écrit, et il ajoute. Il n'a cessé d'enrichir les *Essais*. À l'époque où il compose un troisième livre, c'est-à-dire dans les années 1585 à 1588, il rédige de nombreuses additions aux deux livres déjà publiés. Lorsqu'il aura fait paraître cette nouvelle édition, en 1588, il introduira jusqu'en 1592 de copieux ajouts. C'est la mort qui interrompt la préparation d'une dernière édition. Celle-ci ne sera réalisée qu'en 1595 par son amie Marie de Gournay. Ces additions contribuent au désordre accepté de l'œuvre.

« J'OUVRE LES CHOSES PLUS QUE JE NE LES DÉCOUVRE »

« Fagotage », mais selon quel ordre ? Il est bien difficile d'en découvrir un à l'intérieur de chaque livre. Et d'un livre à l'autre ? On peut constater une relative évolution. Montaigne est tenté dans le livre I par l'idéal stoïcien de la constance et du raidissement devant la douleur et la mort ; il en viendrait à une crise sceptique dans le livre II, cette remise en question du savoir humain, pour se réfugier au livre III dans la sagesse de l'instant bien vécu. En fait, ces différentes composantes de sa réflexion cohabitent tout au long de son œuvre, même si c'est dans le livre II que la tentation sceptique atteint son point maximum. Éclectique, Montaigne retient un peu de chaque école.

À l'intérieur de chaque chapitre, la liberté d'allure est totale. Montaigne l'avoue : « à même que mes rêveries se présentent, je les entasse » (II, 10). Digressions, ruptures : il ne cesse d'oublier son propos. La démarche de l'essai relève moins de la logique démonstrative que de la conversation, analysée dans l'essai *De l'art de conférer* (III, 8). C'est un jeu de questions, de répliques, de reprises, de glissements. L'essai est un dialogue, avec le lecteur, mais aussi avec tous les auteurs que Montaigne cite ou qui ont inspiré sa réflexion. L'œuvre est à plusieurs voix.

Montaigne ne sait pas où ce dialogue le conduit.

L'écriture reproduit le mouvement de l'esprit humain, « mouvement irrégulier, perpétuel, sans patron et sans but » (III, 13). Dans cette quête sans fin, Montaigne marche sur les traces de Socrate, le maître de Platon. Non seulement Socrate s'est livré lui aussi à l'étude du moi, comme en témoigne la maxime « connais-toi toi-même », mais il a cherché à « accoucher » les esprits, à les faire travailler au lieu de leur imposer une doctrine toute faite. Montaigne prononce à plusieurs reprises l'éloge de ce philosophe, qui « savait cela, qu'il ne savait rien » (II, 16). Un effort intellectuel pour lequel tout sujet est bon, et les titres de nombreux essais attestent que tout est prétexte à philosopher.

Ce dialogue, ou cette « embrouillure », selon l'expression de l'auteur, pourquoi Montaigne lui impose-t-il la forme de l'essai ? « Un registre des essais de ma vie », c'est en ces termes qu'il présente son œuvre (III, 13). Le titre *Essais* s'oppose aux intitulés qui plaisaient aux auteurs contemporains, *Traité, Discours*.

Ce terme d'*essai* désigne d'abord l'expérience, qui est le fondement de cette sagesse. « De l'expérience que j'ai de moi, je trouve assez de quoi me faire sage », dit Montaigne dans le dernier chapitre de son livre. On retrouve dans les *Essais* la pratique des hommes et du monde que peut avoir ce vieux diplomate, et aussi quelques règles acquises tout au long de son existence, « De ménager sa volonté », « De la diversion »... L'expérience est également le savoir naïf et spontané qu'il observe chez les humbles, et qui nous aide à souffrir ou à mourir au moins mal, tandis que la métaphysique est inutile.

Mais dans la langue du XVIe siècle, le mot *essai* a encore le sens d'*épreuve*. L'essai de Montaigne est un exercice critique. Son but est de distinguer le masque et l'être, puisque nous sommes tentés de juger d'après l'apparence. Montaigne essaie le monde, et en élimine les faux prestiges : d'où les titres de certains chapitres, « De l'incommodité de la grandeur », « De la vanité ».

Enfin le mot *essai* a un sens limitatif : l'essai est une tentative qui n'aboutit pas nécessairement. « Si mon âme pouvait prendre pied, je ne m'essayerais pas, je me résoudrais : elle est toujours en apprentissage et en épreuve » (III, 2). La vie et la pensée sont une aventure, un beau risque.

Montaigne et nous

L'auteur des *Essais* a cherché à dialoguer avec les Anciens, avec lui-même, avec ses lecteurs. Que nous apporte-t-il, cet homme qui est allé à la rencontre des autres ?

Aucune solution toute prête aux grands problèmes de l'existence humaine. La pensée de Montaigne est sinueuse, souvent paradoxale ; il voit toute chose dans sa complexité, et il oppose le pour et le contre. Il nous apprend à douter, et dans certains cas, à ne pas conclure. Les *Essais* nous incitent par exemple à accepter les règles de la cité, mais sans en être dupe, ce qui permet d'éviter l'obéissance aveugle et le fanatisme. Le lecteur de Montaigne saura prendre ses distances par rapport à l'autorité du plus grand nombre ou des plus bavards. N'est-ce pas une forme de liberté, la seule qui reste au citoyen embarqué dans des situations qu'il n'a pas toujours choisies ?

Les *Essais* nous font également comprendre la difficulté et la nécessité d'exister pleinement. L'existence ne nous est pas donnée : c'est à nous de la conquérir. Le moi s'affirme par l'analyse, par cette observation qui révèle à Montaigne sa propre personnalité. Il s'affirme aussi par la pensée. Même si je dois finalement reconnaître mon ignorance, propre à la condition humaine, je sais que je ne sais pas : l'acte de penser, lui, est indéniable. Certes, la pensée ne progresse pas nécessairement à l'intérieur d'un chapitre. Elle s'enlise parfois dans les contradictions. « Un mouvement d'ivrogne, vertigineux, informe » (III, 9), telle est la démarche de l'essayiste. Toutefois ce mouvement est la trajectoire infinie de l'intelligence, qui ne peut rester au repos. Ce paradoxe est un des sens du mot essai : notre faiblesse se transforme en richesse.

Or ce moi patiemment créé n'est pas solitaire, malgré l'attrait de la retraite. Égoïste, Montaigne ? Replié sur lui-même dans un narcissisme stérile ? Personne n'est plus soucieux de comprendre et de respecter les opinions d'autrui. Attitude peu fréquente à une époque où l'on soutenait sa doctrine à la pointe de l'épée, voire en expédiant l'adversaire au bûcher. Les *Essais* sont l'écho de différentes formes de pensée, au point que le *je* qui s'exprime à chaque page du livre est peut-être illusoire : par-delà la voix de Montaigne, c'est toute une foule que l'on entend, et cet homme nous apprend à écouter les autres.

L'auteur des *Essais* nous encourage à nous créer comme des êtres libres et solidaires. Pour sa part, il achève cette création par l'écriture. C'est en notant ses réflexions et en les étoffant d'une édition à l'autre qu'il devient lui-même. L'écriture est une seconde naissance. Il lui faut donc un style sans affectation, qui reflète la personnalité. « Le parler que j'aime, c'est un parler simple et naïf, tel sur le papier qu'à la bouche : un parler succulent et nerveux, court et serré, non tant délicat et peigné comme véhément et brusque » (I, 26). Pour le lecteur moderne, les *Essais* ont la séduction de cette parole véhémente, qui exprime l'humeur et parfois l'ironie de l'écrivain, et dont la vigueur naturelle apparaît dans les répétitions, les accumulations de termes. Montaigne ne s'interdit pas les figures de style, mais elles sont vivifiées par une démarche personnelle. Ainsi l'antithèse traduit ses hésitations devant la complexité du réel. L'image est la marque d'une pensée incarnée, pour qui le monde n'est pas tissé d'abstractions, mais peuplé de corps et riche en sensations. C'est aussi une façon de suggérer plus que ne dit la prose, car Montaigne a beaucoup aimé la poésie. Les métaphores de mouvement révèlent une réalité changeante derrière les apparences stables auxquelles notre raison veut croire. Elles ont une valeur à la fois poétique et philosophique.

C'est pourquoi ce texte est plein de vie : on a quelqu'un devant soi, on l'écoute et on lui répond. Bien que Montaigne renonce aux certitudes faciles, aux plans bien tracés, et dans une certaine mesure aux artifices de la rhétorique, l'essai n'est pas un vœu de pauvreté. Il sauve ce qui est précieux et éphémère, l'individu, ce monde étrange, et sa pensée fragile et miraculeuse.

Françoise JOUKOVSKY.

NOTRE ÉDITION

Nous avons présenté ces textes selon un ordre thématique. Un ordre chronologique serait en effet hypothétique, puisque nous n'avons pas de certitude pour la date de composition des différents essais. De plus, il n'y a pas d'évolution très nette dans la pensée de Montaigne, dont la philosophie éclectique a sans cesse puisé à diverses sources. La comparaison de plusieurs textes sur le même thème permettra de constater tantôt des variantes, tantôt une continuité des deux premiers livres (publiés en 1580) au troisième (publié en 1588).

Le texte se fonde sur l'exemplaire de la bibliothèque de Bordeaux, volume corrigé, annoté et augmenté de la main de Montaigne. Par suite, il comprend, d'une part, les additions aux deux premiers livres que comportait la réédition de ces deux livres en 1588 ; d'autre part, les ajouts que Montaigne n'a cessé de faire entre 1589 et sa mort (1592), lorsqu'il préparait une nouvelle édition des *Essais*. Retenons que c'est une œuvre longuement repensée et remaniée par l'auteur, dans une démarche réflexive, et qu'une même page réunit des morceaux de date différente.

Pour faciliter la lecture, nous avons modernisé l'orthographe, y compris en opérant les transformations suivantes : *cettuy-cy, cette-cy* deviennent *celui-ci, celle-ci ; ainsin* devient *ainsi* ; *prins, print* deviennent *pris, prit* ; *legier, rochier*, deviennent *léger, rocher* ; *cercher* devient *chercher* ; *prouvoir* devient *pourvoir* ; *compaignon, besoigne, poisant*, deviennent *compagnon, besogne, pesant*, et inversement, *fantasie* devient *fantaisie* ; *vuide* devient *vide* ; *util* devient *outil* ; *ne* devient *ni* dans certains cas. La terminaison *oi* est remplacée par *ai* dans les futurs, les imparfaits, les conditionnels. L'élision est faite avant voyelle (notamment après *que*, et *jusques à* devient *jusqu'à*). Les majuscules sont employées selon l'usage moderne. Certains noms propres sont modernisés (*Pythagoras* devient *Pythagore*). Un petit nombre de virgules ont été supprimées, lorsqu'elles séparaient le verbe et son complément d'objet.

Quelques termes fréquents ne sont pas élucidés dans les notes figurant en bas de page, parce qu'ils sont traduits une fois pour toutes dans le lexique à la fin du volume (le lecteur a intérêt à parcourir cette liste avant de lire les textes des *Essais*).

Sans commencement et sans fin

Extraits des Essais de *Montaigne*

I. MOI, MICHEL DE MONTAIGNE

UN INDIVIDU

I. Au lecteur

Un peu de provocation dans cette préface où Montaigne met en lumière l'originalité peut-être scandaleuse de son projet : un portrait, rien qu'un portrait, sans autre utilité et sans but édifiant. Il instaure le dialogue avec son lecteur, mais sur un ton désinvolte.

Pour ce texte et les suivants, voir dossier.

C'est ici un livre de bonne foi, lecteur. Il t'avertit dès l'entrée que je ne m'y suis proposé aucune fin, que[1] domestique et privée. Je n'y ai eu nulle considération de ton service, ni de ma gloire. Mes forces ne sont pas capables d'un tel dessein. Je l'ai voué à la commodité particulière de mes parents et amis : à ce que m'ayant perdu (ce qu'ils ont à faire bientôt) ils y puissent retrouver aucuns traits de mes conditions et humeurs, et que par ce moyen ils nourrissent plus entière et plus vive la connaissance qu'ils ont eue de moi. Si c'eût été pour rechercher la faveur du monde, je me fusse mieux paré et me présenterais en une marche[2] étudiée. Je veux qu'on m'y voie en ma façon simple, naturelle et ordinaire, sans contention et artifice : car c'est moi que je peins. Mes défauts s'y liront au vif[3],

1. D'autre fin que.
2. Démarche.
3. Pris sur le vif.

et ma forme naïve, autant que la révérence publique[1] me l'a permis. Que si j'eusse été entre ces nations qu'on dit vivre encore sous la douce liberté des premières lois de nature, je t'assure que je m'y fusse très volontiers peint tout entier, et tout nu. Ainsi, lecteur, je suis moi-même la matière de mon livre : ce n'est pas raison que tu emploies ton loisir en un sujet si frivole et si vain. Adieu donc ; de Montaigne, ce premier de mars mille cinq cent quatre-vingts.

II. « Extrêmement oisif, extrêmement libre »

Montaigne se différencie soigneusement des autres nobles : il inverse le portrait du gentilhomme idéal, expert en tous les sports (la paume, sorte de tennis ; la voltige, figures exécutées sur un cheval) et grand amateur de chasse (en particulier à l'aide d'un faucon).

La première distinction qui ait été entre les hommes, et la première considération qui donna les prééminences aux uns sur les autres, il est vraisemblable que ce fut l'avantage de la beauté[2] :

Les rois partagèrent les champs et les terres en fonction
De la beauté, des forces et de l'intelligence de chacun.
On appréciait la beauté, on respectait la force[3].

Or je suis d'une taille un peu au-dessous de la moyenne. Ce défaut n'a pas seulement de la laideur, mais encore de l'incommodité, à ceux mêmement[4] qui ont des commandements et des charges : car l'autorité que donne une belle prestance et majesté corporelle en est à dire[5]. [...]

---

1. Le respect du public.
2. La petite taille de Montaigne est un élément de son portrait à partir duquel il médite sur le rôle de la beauté et sur l'union du corps et de l'âme (les *Essais* valorisent le corps).
3. Lucrèce, *De la nature des choses*, V, 1110.
4. Surtout.
5. Fait défaut.

D'adresse et de disposition, je n'en ai point eu ; et si [1], suis fils d'un père très dispos et d'une allégresse [2] qui lui dura jusqu'à son extrême vieillesse. Il ne trouva guère homme de sa condition qui s'égalât à lui en tout exercice de corps : comme je n'en ai trouvé guère aucun qui ne me surmontât, sauf au courir (en quoi j'étais des médiocres). De la musique, ni pour la voix que j'y ai très inepte [3], ni pour les instruments, on ne m'y a jamais su rien apprendre. À la danse, à la paume [4], à la lutte, je n'y ai pu acquérir qu'une bien fort légère et vulgaire suffisance ; à nager, à escrimer, à voltiger et à sauter, nulle du tout. Les mains, je les ai si gourdes que je ne sais pas écrire seulement pour moi : de façon que, ce que j'ai barbouillé, j'aime mieux le refaire que de me donner la peine de le démêler ; et ne lis guère mieux. Je me sens peser aux écoutants. Autrement, bon clerc [5]. Je ne sais pas clore à droit [6] une lettre, ni ne sus jamais tailler plume, ni trancher à table, qui vaille, ni équiper un cheval de son harnais, ni porter à poing un oiseau et le lâcher, ni parler aux chiens, aux oiseaux, aux chevaux.

Mes conditions corporelles sont en somme très bien accordantes à celles de l'âme. Il n'y a rien d'allègre : il y a seulement une vigueur pleine et ferme. Je dure bien à la peine ; mais j'y dure si je m'y porte moi-même, et autant que mon désir m'y conduit,

Mon inclination atténuant agréablement un travail austère [7].

Autrement, si je n'y suis alléché par quelque plaisir, et si j'ai autre guide que ma pure et libre volonté, je n'y vaux rien. Car j'en suis là que, sauf la santé et la vie, il n'est chose pourquoi je veuille ronger mes ongles, et que je veuille acheter au prix du tourment d'esprit et de la contrainte,

1. Pourtant.
2. Vivacité.
3. Inapte.
4. Sorte de tennis.
5. Savant (ironique).
6. Fermer correctement.
7. Horace, *Satires*, II, 2, 12.

Je ne voudrais à ce prix tout l'or
Que le Tage sableux roule vers la mer[1]

extrêmement oisif, extrêmement libre, et par nature et par art. Je prêterais aussi volontiers mon sang que mon soin.

J'ai une âme toute sienne, accoutumée à se conduire à sa mode. N'ayant eu jusqu'à cette heure ni commandant ni maître forcé, j'ai marché aussi en avant et le pas qu'il m'a plu. Cela m'a amolli et rendu inutile au service d'autrui, et ne m'a fait bon qu'à moi. [...]

Mon enfance même a été conduite d'une façon molle et libre, et exempte de sujétion rigoureuse. Tout cela m'a formé une complexion[2] délicate et incapable de sollicitude. Jusque-là que[3] j'aime qu'on me cache mes pertes et les désordres qui me touchent : au chapitre de mes mises[4], je loge ce que ma nonchalance me coûte à nourrir et entretenir[5].

II, 17, De la présomption

III. « L'observation de mes promesses »

Le respect de la parole donnée est certes une des valeurs traditionnelles de l'aristocratie, mais à l'époque des guerres civiles, les grands seigneurs n'hésitent pas à trahir, comme Montaigne le remarque à plusieurs reprises (voir par exemple texte XLIII).

L'individu Montaigne se crée son propre code moral.

Le nœud qui me tient par la loi d'honnêteté me semble bien plus pressant et plus pesant que n'est celui de la contrainte civile[6]. On me garrotte plus doucement par un

1. Juvénal, *Satires*, III, 54.
2. Caractère.
3. Au point que.
4. Dépenses.
5. Il préfère donc être trompé et volé par ses domestiques ou par ses proches plutôt que de se tourmenter à ce sujet.
6. Imposée par les lois de la cité.

notaire que par moi. N'est-ce pas raison[1] que ma conscience soit beaucoup plus engagée à ce en quoi on s'est simplement fié d'elle[2] ? Ailleurs ma foi[3] ne doit rien, car on ne lui a rien prêté ; qu'on s'aide de la fiance[4] et assurance qu'on a prise hors de moi[5] ! J'aimerais bien plus cher[6] rompre la prison d'une muraille et des lois que de ma parole. Je suis délicat à l'observation de mes promesses jusqu'à la superstition[7], et les fais en tous sujets volontiers incertaines et conditionnelles[8]. À celles qui sont de nul poids, je donne poids de la jalousie de ma règle[9] ; elle me géhenne et charge de son propre intérêt. Oui, dans les entreprises toutes miennes et libres, si j'en dis le point[10], il me semble que je me le prescris, et que le donner à la science d'autrui[11], c'est le préordonner à soi[12] ; il me semble que je le promets quand je le dis. Ainsi j'évente peu mes propositions[13].

La condamnation que je fais de moi est plus vive et plus roide[14] que n'est celle des juges, qui ne me prennent que par le visage de l'obligation commune, l'étreinte de ma conscience plus serrée et plus sévère.

III, 9, De la vanité

---

1. N'est-il pas raisonnable.
2. S'est simplement confié à elle.
3. Parole.
4. Que l'on s'en remette à l'assurance.
5. Raisonnement subtil : dans les cas où l'on ne m'engage que par une contrainte juridique, et non par ma parole (*ailleurs*), que l'on s'en remette aux lois. Ma parole n'est pas engagée puisqu'elle n'a pas semblé suffisante (« on ne lui a rien prêté »).
6. Je préférerais de beaucoup.
7. Scrupule.
8. Précises et soumises à certaines conditions (par prudence).
9. À celles qui sont insignifiantes, je donne le poids que leur confère le respect scrupuleux de leur propre code.
10. Le point où je veux les mener.
11. Le donner à savoir à autrui.
12. Se l'ordonner d'abord à soi-même.
13. C'est pourquoi je révèle peu mes projets.
14. Sévère.

IV. « La vue des angoisses d'autrui »

À son époque, Montaigne est seul à remarquer cette espèce de contagion psychologique.

Une imagination forte produit l'événement[1], disent les clercs[2]. Je suis de ceux qui sentent très grand effort[3] de l'imagination. Chacun en est heurté, mais aucuns en sont renversés. Son impression me perce. Et mon art est de lui échapper, non pas de lui résister. Je vivrais de la seule assistance[4] de personnes saines et gaies. La vue des angoisses d'autrui m'angoisse matériellement, et a mon sentiment souvent[5] usurpé le sentiment d'un tiers. Un tousseur continuel irrite mon poumon et mon gosier. Je visite plus mal volontiers les malades auxquels le devoir m'intéresse, que ceux auxquels je m'attends moins[6] et que je considère moins. Je saisis le mal que j'étudie, et le couche en moi. Je ne trouve pas étrange qu'elle[7] donne et les fièvres et la mort à ceux qui la laissent faire et qui lui applaudissent. Simon Thomas[8] était un grand médecin de son temps. Il me souvient que me rencontrant un jour chez un riche vieillard pulmonique[9], et traitant avec lui des moyens de sa guérison, il lui dit que c'en était l'un de me donner occasion de me plaire en sa compagnie, et que, fichant[10] ses yeux sur la fraîcheur de mon visage et sa pensée sur cette allégresse et vigueur qui regorgeait de mon adolescence, et remplissant tous ses sens de cet état florissant en quoi j'étais, son habitude[11] s'en pourrait amender. Mais il oubliait à dire que la mienne s'en pourrait empirer aussi. [...]

---

1. Maxime en latin dans le texte.
2. Lettrés.
3. Force.
4. Présence.
5. Et mon sentiment a souvent.
6. Je porte moins d'attention.
7. L'imagination.
8. Médecin de Toulouse.
9. Malade du poumon.
10. Fixant.
11. État.

Les uns[1] attribuent à la force de l'imagination les cicatrices[2] du roi Dagobert et de saint François[3]. On dit que les corps s'en enlèvent[4], telle fois[5], de leur place. Et Celse[6] récite d'un prêtre[7], qui ravissait son âme en telle extase que le corps en demeurait long espace[8] sans respiration et sans sentiment. Saint Augustin en nomme un autre, à qui il ne fallait que faire ouïr des cris lamentables et plaintifs, soudain il défaillait et s'emportait si vivement de soi[9] qu'on avait beau[10] le tempêter et hurler, et le pincer, et le griller, jusqu'à ce qu'il fût ressuscité : lors il disait avoir ouï des voix, mais comme venant de loin, et s'apercevait de ses échaudures[11] et meurtrissures. Et, que ce ne fût une obstination apostée contre son sentiment[12], cela le montrait qu'il n'avait cependant ni pouls ni haleine[13].

Il est vraisemblable que le principal crédit des miracles, des visions, des enchantements et de tels effets extraordinaires, vienne de la puissance de l'imagination agissant principalement contre les âmes du vulgaire[14] plus molles. On leur a si fort saisi la croyance[15] qu'ils pensent voir ce qu'ils ne voient pas.

I, 21, De la force de l'imagination

---

1. Certains.
2. Stigmates.
3. Ces marques étaient provoquées dans le cas de Dagobert par la peur de la gangrène. François d'Assise portait les stigmates de la Passion du Christ.
4. S'élèvent.
5. Parfois.
6. Philosophe romain du IIe siècle après J.-C. Saint Augustin : voir liste des auteurs cités par Montaigne.
7. Relate le cas d'un prêtre.
8. Longtemps.
9. Était ravi en extase.
10. Il ne servait à rien de.
11. Brûlures.
12. Feinte contrairement à ses sensations.
13. Ces phénomènes miraculeux auraient donc une explication psychologique et naturelle, comme le pensaient certains philosophes italiens de l'université de Padoue au XVIe siècle.
14. Qui agit surtout sur les âmes de ceux qui ne sont pas philosophes.
15. Leur a tant fait croire.

V. « Un défaut naturel »

Un peu de coquetterie dans cet aveu qui est aussi un éloge de soi, lorsque Montaigne énumère les avantages que lui procure son manque de mémoire.

Il faut se rappeler que l'éducation de l'époque faisait une grande place au par cœur.

Il n'est homme à qui il siese [1] si mal de se mêler de parler de mémoire. Car je n'en reconnais quasi trace en moi, et ne pense qu'il y en ait au monde une autre si monstrueuse en défaillance. J'ai toutes mes autres parties viles [2] et communes. Mais en celle-là je pense être singulier et très rare, et digne de gagner par là nom et réputation.

Outre l'inconvénient naturel que j'en souffre – car certes, vu sa nécessité, Platon a raison de la nommer une grande et puissante déesse – si en mon pays on veut dire qu'un homme n'a point de sens [3], ils disent qu'il n'a point de mémoire, et quand je me plains du défaut de la mienne, ils me reprennent et mécroient [4], comme si je m'accusais d'être insensé. Ils ne voient pas de choix [5] entre mémoire et entendement. C'est bien empirer mon marché. Mais ils me font tort, car il se voit par expérience plutôt au rebours que les mémoires excellentes se joignent volontiers aux jugements débiles. Ils me font tort aussi en ceci, qui ne sais rien si bien faire qu'être ami [6], que les mêmes paroles qui accusent ma maladie représentent l'ingratitude. On se prend de mon affection à ma mémoire ; et d'un défaut naturel, on en fait un défaut de conscience. Il a oublié, dit-on, cette prière ou cette promesse. Il ne se souvient point de ses amis. Il ne s'est point souvenu de dire, ou faire, ou taire cela, pour l'amour de moi. Certes je puis aisément oublier, mais de

---

1. Convienne.
2. Mes autres qualités individuelles ordinaires.
3. Intelligence.
4. Ne me croient pas.
5. Différence.
6. Moi qui excelle en amitié.

mettre à nonchaloir la charge[1] que mon ami m'a donnée, je ne le fais pas. Qu'on se contente de ma misère, sans en faire une espèce de malice, et de la malice autant ennemie de[2] mon humeur.

Je me console aucunement. Premièrement sur ce que c'est un mal duquel principalement j'ai tiré la raison de corriger un mal pire qui se fût facilement produit en moi, savoir est l'ambition, car c'est une défaillance insupportable à qui s'empêche[3] des négociations du monde ; que, comme disent[4] plusieurs pareils exemples du progrès de nature, elle a volontiers fortifié d'autres facultés en moi, à mesure que celle-ci s'est affaiblie, et irais facilement couchant et alanguissant mon esprit et mon jugement sur les traces d'autrui[5], comme fait le monde, sans exercer leurs propres forces, si les inventions et opinions étrangères m'étaient présentes par le bénéfice de la mémoire ; que mon parler en est plus court, car le magasin de la mémoire est volontiers plus fourni de matière que n'est celui de l'invention ; si elle m'eût tenu bon[6], j'eusse assourdi tous mes amis de babils.

I, 9, Des menteurs

VI. « Nous nous latinisâmes »

On a parfois comparé cette méthode d'apprentissage de la langue latine avec les préceptes exposés par l'humaniste Érasme dans son traité De l'institution des enfants. *Mais Érasme se borne à prôner une pédagogie active, à laquelle participe l'élève.*

La connaissance du latin comme une langue maternelle explique de nombreux caractères de la langue des Essais *(construction des phrases, sens étymologique de certains mots…).*

---

1. Traiter avec nonchalance la mission.
2. Opposée à.
3. Se soucie.
4. Comme le montrent.
5. Et sinon je modèlerais volontiers mon esprit et mon jugement sur l'exemple d'autrui.
6. Si elle m'avait aidé.

C'est un bel et grand agencement sans doute que le grec et latin, mais on l'achète trop cher[1]. Je dirai ici une façon d'en avoir meilleur marché que de coutume, qui a été essayée en moi-même. S'en servira qui voudra.

Feu mon père, ayant fait toutes les recherches qu'homme peut faire, parmi les gens savants et d'entendement, d'une forme d'institution exquise[2], fut avisé de cet inconvénient qui était en usage; et lui disait-on que cette longueur que nous mettions à apprendre les langues, qui ne leur[3] coûtaient rien, est la seule cause pourquoi nous ne pouvions arriver à la grandeur d'âme et de connaissance des anciens Grecs et Romains. Je ne crois pas que c'en soit la seule cause. Tant y a que l'expédient que mon père y trouva, ce fut que, en nourrice et avant le premier dénouement de ma langue[4], il me donna en charge à un Allemand, qui depuis est mort fameux médecin en France, du tout ignorant de notre langue, et très versé en la latine. Celui-ci, qu'il avait fait venir exprès, et qui était bien chèrement gagé[5], m'avait continuellement entre les bras. Il[6] en eut aussi avec lui deux autres moindres en savoir pour me suivre et soulager le premier. Ceux-ci ne m'entretenaient d'autre langue que latine. Quant au reste de sa maison, c'était une règle inviolable que ni lui-même, ni ma mère, ni valet, ni chambrière, ne parlaient en ma compagnie qu'autant de mots de latin que chacun avait appris pour jargonner avec moi. C'est merveille du fruit[7] que chacun y fit. Mon père et ma mère y apprirent assez de latin pour l'entendre, et en acquirent à suffisance pour s'en servir à la nécessité, comme firent aussi les autres domestiques qui étaient plus attachés à mon service. Somme, nous nous latinisâmes tant, qu'il en regorgea jusqu'à nos villages tout autour, où il y a encore, et ont pris pied par l'usage plusieurs appellations latines d'ar-

1. Par de trop longues études (« notre vie s'embesogne toute à cela », a dit Montaigne plus haut).
2. Choisie.
3. Aux anciens.
4. Avant mes premiers mots.
5. Rémunéré.
6. Mon père.
7. Profit.

tisans et d'outils. Quant à moi, j'avais plus de six ans avant que j'entendisse non plus de français ou de périgourdin que d'arabesque[1]. Et, sans art, sans livre, sans grammaire ou précepte, sans fouet et sans larmes, j'avais appris du latin, tout aussi pur que mon maître d'école le savait : car je ne le pouvais avoir mêlé ni altéré. Si, par essai, on me voulait donner un thème, à la mode des collèges, on le donne aux autres en français : mais à moi il me le fallait donner en mauvais latin, pour le tourner en bon. [...]

Quant au grec, duquel je n'ai quasi du tout point d'intelligence[2], mon père desseigna[3] me le faire apprendre par art, mais d'une voie nouvelle, par forme d'ébat et d'exercice. Nous pelotions[4] nos déclinaisons à la manière de ceux qui, par certains jeux de tablier[5], apprennent l'arithmétique et la géométrie. Car, entre autres choses, il avait été conseillé de me faire goûter la science et le devoir par une volonté non forcée et de mon propre désir, et d'élever mon âme en toute douceur et liberté, sans rigueur et contrainte. Je dis jusqu'à telle superstition que, parce qu'aucuns tiennent que cela trouble la cervelle tendre des enfants de les éveiller le matin en sursaut, et de les arracher du sommeil (auquel ils sont plongés beaucoup plus que nous ne sommes) tout à coup et par violence, il me faisait éveiller par le son de quelque instrument ; et ne fus jamais sans homme qui m'en servît.

Cet exemple suffira pour en juger le reste, et pour recommander aussi et la prudence et l'affection d'un si bon père, auquel il ne se faut nullement prendre, s'il n'a recueilli aucuns fruits répondant à une si exquise culture. Deux choses en furent cause : le champ stérile et incommode ; car, quoique j'eusse la santé ferme et entière, et quant et quant un naturel doux et traitable, j'étais parmi cela si pesant, mou et endormi, qu'on ne me pouvait arracher de l'oisiveté, non pas[6] pour me faire jouer. Ce que je

1. Arabe.
2. Compréhension.
3. Décida.
4. Renvoyions comme des balles.
5. Échecs.
6. Même pas.

voyais, je le voyais bien et, sous cette complexion lourde, nourrissais des imaginations[1] hardies et des opinions au-dessus de mon âge. L'esprit, je l'avais lent, et qui n'allait qu'autant qu'on le menait ; l'appréhension, tardive ; l'invention, lâche ; et après[2] tout, un incroyable défaut de mémoire. De tout cela, il n'est pas merveille s'il ne sut rien tirer qui vaille. Secondement, comme ceux que presse un furieux désir de guérison se laissent aller à toute sorte de conseil, le bon homme, ayant extrême peur de faillir en chose qu'il avait tant à cœur, se laissa enfin emporter à l'opinion commune, qui suit toujours ceux qui vont devant, comme les grues, et se rangea à la coutume, n'ayant plus autour de lui ceux qui lui avaient donné ces premières institutions, qu'il avait apportées d'Italie ; et m'envoya, environ mes six ans, au collège de Guyenne[3], très florissant pour lors, et le meilleur de France. Et là, il n'est possible de rien ajouter au soin qu'il eut, et à me choisir des précepteurs de chambre suffisants, et à toutes les autres circonstances de ma nourriture[4], en laquelle il réserva plusieurs façons particulières contre l'usage des collèges. Mais tant y a que c'était toujours collège. Mon latin s'abâtardit incontinent, duquel depuis par désaccoutumance j'ai perdu tout usage. Et ne me servit cette mienne nouvelle institution, que de me faire enjamber d'arrivée aux premières classes : car à treize ans que je sortis du collège, j'avais achevé mon cours (qu'ils appellent), et à la vérité sans aucun fruit que je pusse à présent mettre en compte.

Le premier goût que j'eus aux livres, il me vint du plaisir des fables de la *Métamorphose*[5] d'Ovide. Car, environ l'âge de sept ou huit ans, je me dérobais de tout autre plaisir pour les lire ; d'autant que cette langue[6] était la mienne maternelle, et que c'était le plus aisé livre que je connusse, et le plus accommodé à la faiblesse de mon âge, à cause de la matière. Car, des *Lancelots du Lac*, des *Amadis*, des

1. Intuitions.
2. Par-dessus.
3. Voir dossier.
4. Instruction.
5. Voir liste des auteurs cités par Montaigne.
6. La langue latine.

Huons de Bordeaux [1], et tel fatras de livres à quoi l'enfance s'amuse, je n'en connaissais pas seulement le nom, ni ne fais encore le corps [2], tant exacte était ma discipline. Je m'en rendais plus nonchalant à l'étude de mes autres leçons prescrites.

I, 26, De l'institution des enfants

1. Montaigne s'est donc détourné de la matière épique et romanesque du Moyen Âge, à la différence de ses contemporains.
2. La substance.

MONTAIGNE EN FAMILLE

VII. « Un bon mariage »

Les avantages du mariage de raison, bien que l'homme soit par lui-même rétif aux contraintes de la vie conjugale.

En 1565, Montaigne a épousé Françoise de la Chassaigne, qui appartenait à une famille de Parlementaires, donc à un milieu semblable à celui de Montaigne. Celui-ci reconnaît dans la suite de cet essai que sa jeunesse avait été dissolue.

Pour le milieu familial de l'auteur des Essais, *voir dossier.*

Un bon mariage, s'il en est, refuse la compagnie et conditions de l'amour. Il tâche à représenter[1] celles de l'amitié. C'est une douce société de vie, pleine de constance, de fiance et d'un nombre infini d'utiles et solides offices et obligations mutuelles. Aucune femme qui en savoure le goût,

Que le flambeau de l'hymen a unie selon son désir[2],

ne voudrait tenir lieu de maîtresse et d'amie à son mari. Si elle est logée en son affection comme femme, elle y est bien plus honorablement et sûrement logée. Quand il fera l'ému ailleurs et l'empressé, qu'on lui demande pourtant lors à qui il aimerait mieux arriver une honte, ou à sa femme ou à sa maîtresse ; de qui la défortune[3] l'affligerait le plus ; à

1. S'efforce de présenter.
2. Catulle, LXIV, 79.
3. Infortune.

qui il désire[1] plus de grandeur ; ces demandes[2] n'ont aucun doute en un mariage sain. Ce qu'il[3] s'en voit si peu de bons, est signe de son prix et de sa valeur. À le bien façonner[4] et à le bien prendre, il n'est point de plus belle pièce en notre société. Nous ne nous en pouvons passer, et l'allons avilissant. [...]

Il faut la rencontre de beaucoup de qualités à le bâtir. Il se trouve en ce temps plus commode aux âmes simples et populaires, où les délices, la curiosité et l'oisiveté ne le troublent pas tant. Les humeurs débauchées[5], comme est la mienne, qui[6] hais toute sorte de liaison et d'obligation, n'y sont pas si propres,

À moi, il m'est plus doux de vivre le cou libre[7].

De mon dessein, j'eusse fui[8] d'épouser la sagesse même, si elle m'eût voulu. Mais, nous avons beau dire, la coutume et l'usage de la vie commune nous emportent. La plupart de mes actions se conduisent par exemple[9], non par choix. Toutefois je ne m'y conviai pas proprement, on m'y mena, et y fus porté par des occasions étrangères. Car non seulement les choses incommodes, mais il n'en est aucune si laide et vicieuse et évitable qui ne puisse devenir acceptable par quelque condition et accident[10] : tant l'humaine posture[11] est vaine ! Et y fus porté certes plus mal préparé lors et plus rebours[12] que je ne suis à présent après l'avoir essayé. Et, tout licencieux qu'on me tient, j'ai en vérité plus sévèrement observé les lois de mariage que je n'avais ni promis, ni espéré. Il n'est plus temps de regimber quand on s'est laissé entraver. Il faut prudemment ménager sa

1. Souhaite.
2. Questions.
3. Le fait qu'il.
4. Si on le façonne bien.
5. Extravagantes, indépendantes.
6. Moi qui.
7. Citation d'une œuvre faussement attribuée à l'écrivain latin Gallus.
8. Refusé.
9. Selon l'exemple commun.
10. Hasard.
11. Conduite.
12. Opposé.

liberté [1], mais depuis qu'on [2] s'est soumis à l'obligation, il s'y faut tenir sous les lois du devoir commun, au moins s'en efforcer. Ceux qui entreprennent ce marché pour s'y porter avec haine et mépris, font injustement et incommodément. [...]

Le mariage a pour sa part l'utilité, la justice, l'honneur et la constance : un plaisir plat, mais plus universel [3]. L'amour se fonde au seul plaisir, et l'a de vrai [4] plus chatouillant, plus vif et plus aigu ; un plaisir attisé par la difficulté. Il y faut de la piqûre et de la cuisson. Ce n'est plus amour s'il est sans flèches et sans feu [5]. La libéralité des dames est trop profuse [6] au mariage et émousse la pointe de l'affection et du désir.

III, 5, Sur des vers de Virgile

VIII. « Me faire aimer »

Des rapports entre les générations. Montaigne apparaît comme un père tendre et respectueux : ce n'était pas la norme à son époque, où l'autorité parentale s'exerçait durement. Mais il a été marqué par l'image de Pierre Eyquem, père affectueux.

J'accuse toute violence en l'éducation d'une âme tendre, qu'on dresse pour l'honneur et la liberté. Il y a je ne sais quoi de servile en la rigueur et en la contrainte ; et tiens que ce qui ne se peut faire par la raison, et par prudence et adresse, ne se fait jamais par la force. On m'a ainsi élevé. Ils disent qu'en tout mon premier âge je n'ai tâté des verges qu'à deux coups, et bien mollement. J'ai dû la pareille aux enfants que j'ai eus ; ils me meurent tous en nourrice ; mais

1. C'est-à-dire : il faut réfléchir avant de s'engager.
2. Après que l'on.
3. Complet.
4. Vraiment.
5. Dans l'Antiquité et au XVIe siècle, l'enfant Amour est présenté avec des flèches et une torche.
6. Prodiguée.

Léonor, une seule fille qui est échappée à cette infortune, a atteint six ans et plus sans qu'on ait employé à sa conduite et pour le châtiment de ses fautes puériles, l'indulgence de sa mère s'y appliquant aisément, autre chose que paroles, et bien douces. Et quand mon désir y serait frustré [1], il est assez d'autres causes auxquelles nous prendre, sans entrer en reproche avec ma discipline, que je sais être juste et naturelle. J'eusse été beaucoup plus religieux [2] encore en cela envers des mâles, moins nés à [3] servir et de condition plus libre : j'eusse aimé à leur grossir le cœur d'ingénuité [4] et de franchise [5]. Je n'ai vu autre effet aux verges, sinon de rendre les âmes plus lâches ou plus malicieusement opiniâtres.

Voulons-nous être aimés de nos enfants ? Leur voulons-nous ôter l'occasion de souhaiter notre mort (combien que nulle occasion d'un si horrible souhait peut être ni juste, ni excusable. « Aucun crime n'a de justification [6] ») ? Accommodons leur vie raisonnablement de ce qui est en notre puissance. Pour cela, il ne nous faudrait pas marier si jeunes que notre âge vienne quasi à se confondre avec le leur. Car cet inconvénient nous jette à plusieurs grandes difficultés. Je dis spécialement à la noblesse, qui est d'une condition oisive et qui ne vit, comme on dit, que de ses rentes. Car ailleurs, où la vie est questuère [7], la pluralité et compagnie des enfants, c'est un agencement de ménage [8], ce sont autant de nouveaux outils et instruments à s'enrichir.

Je me mariai à trente-trois ans, et loue l'opinion de trente-cinq, qu'on dit être d'Aristote. [...]

Je veux mal à cette coutume d'interdire aux enfants l'appellation paternelle et leur en enjoindre une étrangère, comme plus révérencielle [9], nature n'ayant volontiers pas

---

1. Si j'étais déçu dans ce que j'attends d'elle.
2. Scrupuleux.
3. Destinés par la naissance.
4. Sentiments d'un être libre.
5. Liberté.
6. Tite-Live, *Histoire romaine*, XXVIII, 28.
7. Doit être gagnée.
8. Système économique (ces enfants sont des bras utiles).
9. Respectueuse.

suffisamment pourvu à notre autorité [1] ; nous appelons Dieu tout-puissant père, et dédaignons que nos enfants nous en appellent. C'est aussi injustice et folie de priver les enfants qui sont en âge de la familiarité des pères, vouloir maintenir en leur endroit une morgue austère et dédaigneuse, espérant par là les tenir en crainte et obéissance. Car c'est une farce très inutile qui rend les pères ennuyeux aux enfants et, qui pis est, ridicules. Ils ont la jeunesse et les forces en la main, et par conséquent le vent [2] et la faveur du monde ; et reçoivent [3] avec moquerie ces mines fières et tyranniques d'un homme qui n'a plus de sang ni au cœur, ni aux veines, vrais épouvantails de chenevière [4]. Quand je pourrais me faire craindre, j'aimerais encore mieux me faire aimer.

Il y a tant de sortes de défauts en la vieillesse [5], tant d'impuissance ; elle est si propre au mépris, que le meilleur acquêt qu'elle puisse faire, c'est l'affection et amour des siens ; le commandement et la crainte, ce ne sont plus ses armes. J'en ai vu quelqu'un [6] duquel la jeunesse avait été très impérieuse [7]. Quand c'est venu sur l'âge, quoiqu'il le passe sainement ce qui se peut [8], il frappe, il mord, il jure, le plus tempestatif [9] maître de France ; il se ronge de soin et de vigilance : tout cela n'est qu'un batelage [10] auquel la famille même conspire ; du grenier, du cellier, voire et de sa bourse, d'autres ont la meilleure part de l'usage, cependant qu'il en a les clefs en sa gibecière [11], plus chèrement que ses yeux [12]. Cependant qu'il se contente de l'épargne et chicheté de sa table, tout est en débauche en divers réduits [13] de sa maison, en jeu et en dépense, et en l'entre-

1. Le terme naturel de *père* ne semblant pas assez respectueux.
2. Bienveillance.
3. Accueillent.
4. À mettre dans un champ de chanvre.
5. En 1580, quand paraît le livre II des *Essais*, où se situe ce chapitre, Montaigne a quarante-sept ans.
6. Ce personnage serait un voisin de Montaigne, le marquis de Trans.
7. Autoritaire.
8. En la meilleure santé possible.
9. Source de tempêtes.
10. Farce.
11. Sac.
12. En y tenant plus qu'à ses yeux.
13. Coins.

tien des contes[1] de sa vaine colère et pourvoyance[2]. Chacun est en sentinelle contre lui. Si, par fortune, quelque chétif[3] serviteur s'y adonne[4], soudain il lui est mis en soupçon : qualité à laquelle la vieillesse mord si volontiers de soi-même. Quand de fois[5] s'est-il vanté à moi de la bride qu'il donnait[6] aux siens, et exacte obéissance et révérence qu'il en recevait ; combien il voyait clair en ses affaires.

II, 8, De l'affection des pères aux enfants

IX. « Ôtez-moi la violence et la force »

La confiance et le respect doivent régir les rapports entre l'adulte et l'enfant. Comme Rabelais, Montaigne est hostile aux châtiments corporels, fréquents dans les collèges de l'époque.

Au demeurant, cette institution se doit conduire par une sévère douceur, non comme il se fait. Au lieu de convier les enfants aux lettres, on ne leur présente, à la vérité, qu'horreur et cruauté. Ôtez-moi la violence et la force ; il n'est rien à mon avis qui abâtardisse et étourdisse si fort une nature bien née. Si vous avez envie qu'il craigne la honte et le châtiment, ne l'y endurcissez pas. Endurcissez-le à la sueur et au froid, au vent, au soleil et aux hasards qu'il lui faut mépriser ; ôtez-lui toute mollesse et délicatesse au vêtir et coucher, au manger et au boire ; accoutumez-le à tout. Que ce ne soit pas un beau garçon et dameret[7], mais un garçon vert et vigoureux. Enfant, homme, vieil, j'ai toujours cru et jugé de même. Mais, entre autres choses, cette police[8] de la plupart de nos collèges

1. Et l'on ne fait qu'y parler.
2. Prévoyance.
3. Misérable.
4. S'attache à lui.
5. Combien de fois.
6. Imposait.
7. Efféminé.
8. Discipline.

m'a toujours déplu. On eût failli à l'aventure moins dommageablement[1], s'inclinant vers l'indulgence. C'est une vraie geôle de jeunesse captive. On la rend débauchée, l'en punissant avant qu'elle le soit. Arrivez-y sur le point de leur office[2] : vous n'oyez[3] que cris et d'enfants suppliciés, et de maîtres enivrés en leur colère. Quelle manière pour éveiller l'appétit envers leur leçon, à ces tendres âmes et craintives, de les y guider d'une trogne effroyable, les mains armées de fouets ?

I, 26, De l'institution des enfants

X. « Être sans enfants »

À la différence du gentilhomme type, qui veut assurer sa lignée, Montaigne ne souffre pas de ne pas avoir d'héritier mâle. Rappelons qu'en revanche il a bénéficié de l'amitié d'une fille spirituelle, Marie de Gournay, venue à lui par admiration pour son œuvre.

Je dois beaucoup à la fortune de quoi[4] jusqu'à cette heure elle n'a rien fait contre moi outrageux, au moins au-delà de ma portée[5]. Serait-ce pas sa façon de laisser en paix ceux de qui elle n'est point importunée[6] ? [...]

Mais gare le heurt[7] ! Il en est mille qui rompent[8] au port.

Je me console aisément de ce qui adviendra ici quand je n'y serai plus ; les choses présentes m'embesognent[9] assez,

J'abandonne le reste à la Fortune[10].

---

1. On aurait sans doute fait une erreur moins pernicieuse en.
2. Au moment du travail.
3. Entendez.
4. De ce que.
5. Au-delà de ce que je peux supporter.
6. Puisque Montaigne n'est pas ambitieux.
7. Le choc avec la fortune hostile (l'accident).
8. Se brisent.
9. M'occupent.
10. Ovide, *Métamorphoses*, II, 140.

Aussi n'ai-je point cette forte liaison qu'on dit attacher les hommes à l'avenir par les enfants qui portent leur nom et leur honneur[1], et en dois désirer à l'aventure d'autant moins, s'ils sont si désirables. Je ne tiens que trop au monde et à cette vie par moi-même. Je me contente d'être en prise de la fortune[2] par les circonstances proprement nécessaires à mon être, sans lui allonger par ailleurs sa juridiction sur moi ; et n'ai jamais estimé qu'être sans enfants fût un défaut qui dût rendre la vie moins complète et moins contente. La vacation stérile[3] a bien aussi ses commodités. Les enfants sont du nombre des choses qui n'ont pas fort de quoi être désirées, notamment à cette heure qu'il serait si difficile de les rendre bons[4] (« Rien ne peut naître de bon, tant les germes sont corrompus[5] ») et si, ont[6] justement de quoi être regrettées à qui les perd[7] après les avoir acquises.

III, 9, De la vanité

XI. « Ma dépense »

Des soucis du père de famille, et du bon usage de l'argent. Cette expérience a appris à Montaigne que notre but est d'être, non pas d'avoir. C'était peut-être plus facile pour lui que pour un autre, car depuis la mort de son père, sa condition matérielle est largement assurée.

Ce texte est dominé par une notion, la Fortune, force capricieuse qui vous donne et qui vous reprend.

J'ai vécu en trois sortes de condition, depuis être[8] sorti de l'enfance. Le premier temps, qui a duré près de vingt

---

1. Montaigne n'a qu'une fille, qui ne portera donc pas son nom.
2. Sous le pouvoir de la fortune.
3. Condition de l'homme sans enfants.
4. En cette période de troubles et de vices.
5. Citation empruntée à Tertullien, un père de l'Église (IIIe siècle après J.-C.) qui versa dans l'hérésie.
6. Et qui (c'est-à-dire les choses évoquées plus haut) pourtant ont.
7. Si on les perd.
8. Depuis que je suis.

années, je le passai, n'ayant autres moyens que fortuites[1] et dépendant de l'ordonnance et secours[2] d'autrui, sans état certain[3] et sans prescription[4]. Ma dépense se faisait d'autant plus allégrement et avec moins de soin qu'elle était toute en la témérité[5] de la fortune. Je ne fus jamais mieux. Il ne m'est onques advenu de trouver la bourse de mes amis close ; m'étant enjoint[6] au-delà de toute autre nécessité la nécessité de ne faillir au terme que j'avais pris à m'acquitter. [...]

La plupart des ménagers[7] estiment horrible de vivre ainsi en incertitude, et ne s'avisent pas, premièrement, que la plupart du monde vit ainsi. Combien d'honnêtes hommes ont rejeté tout leur certain[8] à l'abandon, et le font tous les jours, pour chercher le vent de la faveur des rois et de la fortune ? César s'endetta d'un million d'or outre son vaillant[9] pour devenir César. [...]

Ma seconde forme, ç'a été d'avoir de l'argent. À quoi m'étant pris, j'en fis bientôt des réserves notables[10] selon ma condition ; n'estimant que ce fût avoir, sinon autant qu'on possède outre sa dépense ordinaire[11], ni qu'on se puisse fier du bien qui est encore en espérance de recette, pour claire qu'elle soit. Car, quoi ? disais-je, si j'étais surpris d'un tel, ou d'un tel accident ? Et, à la suite de ces vaines et vicieuses imaginations, j'allais, faisant l'ingénieux à pourvoir par cette superflue réserve à tous inconvénients ; et savais encore répondre à celui qui m'alléguait que le nombre des inconvénients était trop infini, que si ce n'était à tous[12], c'était à aucuns[13] et plusieurs. Cela ne se passait pas sans

---

1. Fortuits, dus au hasard.
2. Volonté et aide.
3. Comptes précis.
4. Règle.
5. Elle dépendait entièrement des risques de.
6. Car je m'étais donné comme règle de.
7. Administrateurs du domaine familial.
8. Leurs possessions assurées.
9. Au-delà de sa fortune.
10. Importantes.
11. Comprendre : pensant que l'avoir réside dans les sommes que l'on peut mettre de côté.
12. Faute de pourvoir à tous les inconvénients.
13. Du moins à certains.

pénible sollicitude. J'en faisais un secret ; et moi, qui ose tant dire de moi, ne parlais de mon argent qu'en mensonge, comme font les autres, qui s'appauvrissent riches, s'enrichissent pauvres [1], et dispensent leur conscience de jamais témoigner sincèrement de ce qu'ils ont. Ridicule et honteuse prudence. Allais-je en voyage, il ne me semblait être jamais suffisamment pourvu. Et plus je m'étais chargé de monnaie, plus aussi je m'étais chargé de crainte ; tantôt de la sûreté des chemins, tantôt de la fidélité de ceux qui conduisaient mon bagage, duquel, comme d'autres que je connais, je ne m'assurais jamais assez si je ne l'avais devant mes yeux. Laissais-je ma boîte [2] chez moi, combien de soupçons et pensements épineux, et, qui pis est, incommunicables ! J'avais toujours l'esprit de ce côté. Tout compté, il y a plus de peine à garder l'argent qu'à l'acquérir. [...]

Et auparavant j'engageais mes hardes et vendais un cheval avec bien moins de contrainte et moins envîs [3] que lors je ne faisais brèche à cette bourse favorite [4] que je tenais à part. Mais le danger était que malaisément peut-on établir bornes certaines à ce désir (elles sont difficiles à trouver dans les choses qu'on croit bonnes) et arrêter un point à l'épargne. On va toujours grossissant cet amas et l'augmentant d'un nombre à autre, jusqu'à se priver vilainement de la jouissance de ses propres biens, et l'établir toute en la garde [5] et à n'en user point. [...]

Denys le fils [6] eut sur ce propos [7] bonne grâce. On l'avertit que l'un de ses Syracusains avait caché dans terre un trésor. Il lui manda de le lui apporter, ce qu'il [8] fit, s'en réservant à la dérobée quelque partie, avec laquelle il s'en alla en une autre ville, où, ayant perdu cet appétit de thésauriser, il se mit à vivre plus libéralement [9]. Ce qu'entendant

---

1. Qui se disent pauvres alors qu'ils sont riches, et se disent riches alors qu'ils sont pauvres.
2. Cassette.
3. Regrets.
4. Bien-aimée.
5. Économie.
6. Denys le Jeune, tyran de Syracuse (IIIe siècle avant J.-C.).
7. À ce sujet.
8. Le Syracusain.
9. Généreusement.

Denys lui fit rendre le demeurant [1] de son trésor, disant que puisqu'il avait appris à en savoir user, il le lui rendait volontiers.

Je fus quelques années en ce point [2]. Je ne sais quel bon démon m'en jeta hors très utilement, comme le Syracusain, et m'envoya toute cette conserve [3] à l'abandon, le plaisir de certain voyage de grande dépense ayant mis au pied [4] cette sotte imagination. Par où je suis retombé à une tierce [5] sorte de vie (je dis ce que j'en sens) certes plus plaisante beaucoup et plus réglée : c'est que je fais courir ma dépense quand et [6] ma recette ; tantôt l'une devance, tantôt l'autre ; mais c'est de peu qu'elles s'abandonnent. Je vis du jour à la journée, et me contente d'avoir de quoi suffire aux besoins présents et ordinaires ; aux extraordinaires toutes les provisions du monde n'y sauraient baster [7]. Et est folie de s'attendre que fortune elle-même nous arme jamais suffisamment contre soi [8]. C'est de nos armes qu'il la faut combattre. Les fortuites nous trahiront au bon du fait [9]. Si j'amasse, ce n'est que pour l'espérance de quelque voisine emploite [10], non pour acheter des terres, de quoi je n'ai que faire, mais pour acheter du plaisir. [...] Et me gratifie [11] singulièrement que cette correction me soit arrivée en un âge naturellement enclin à l'avarice, et que je me voie défait de cette maladie si commune aux vieux, et la plus ridicule de toutes les humaines folies. [...]

L'aisance donc et l'indigence dépendent de l'opinion d'un chacun ; et non plus [12] la richesse, que la gloire, que

---

1. Reste.
2. En cet état.
3. Ces économies.
4. Vaincu.
5. Troisième.
6. En même temps que.
7. Suffire.
8. Comprendre : il est insensé de croire que les biens de la fortune puissent nous armer contre les revers de fortune. Ces « armes » contre la capricieuse déesse sont la modération et la sagesse, selon les stoïciens et les épicuriens (voir dossier).
9. Moment critique.
10. Proche emploi.
11. Félicite.
12. Pas plus, aussi bien.

la santé, n'ont qu'autant de beauté et de plaisir que leur en prête celui qui les possède. Chacun est bien ou mal selon qu'il s'en trouve. Non de qui on le croit, mais qui le croit de soi est content. Et en cela seul la croyance se donne essence et vérité[1].

La fortune ne nous fait ni bien ni mal : elle nous en offre seulement la matière et la semence, laquelle notre âme, plus puissante qu'elle, tourne et applique comme il lui plaît, seule cause et maîtresse de sa condition heureuse ou malheureuse.

I, 14, Que le goût des biens et des maux dépend en bonne partie de l'opinion que nous en avons

1. C'est cette interprétation subjective qui donne à cette croyance force de vérité.
L'idée qu'il faut savoir se contenter de ce que l'on possède était commune aux épicuriens et aux stoïciens. Montaigne la doit donc à la sagesse antique.

BIZARRE ET CHANGEANT

XII. « Oser dire tout ce que j'ose faire »

Avouer l'étrangeté du moi, même si elle peut sembler repoussante. L'écriture apparaît ici comme une sorte de cure aux vertus thérapeutiques. Pour ce texte et les suivants, voir dossier.

Au reste, je me suis ordonné d'oser dire tout ce que j'ose faire, et me déplais des pensées mêmes impubliables [1]. La pire de mes actions et conditions ne me semble pas si laide comme je trouve laid et lâche de ne l'oser avouer. Chacun est discret en la confession, on le devrait être en l'action ; la hardiesse de faillir [2] est aucunement compensée et bridée par la hardiesse de le confesser. Qui s'obligerait à tout dire, s'obligerait à ne rien faire de ce qu'on est contraint de taire. Dieu veuille que cet excès de ma licence attire nos hommes jusqu'à la liberté, par-dessus ces vertus couardes et mineuses [3] nées de nos imperfections ; qu'aux dépens de mon immodération je les attire jusqu'au point de la raison ! Il faut voir son vice et l'étudier pour le redire. Ceux qui le cèlent à autrui, le cèlent ordinairement à eux-mêmes. Et ne le tiennent pas pour assez couvert, s'ils le voient ; ils le soustraient et déguisent à leur propre conscience.

---

1. Il me déplaît même que certaines pensées (et pas seulement les actions) semblent impubliables.
2. Commettre une faute.
3. Apparentes.

« Pourquoi personne n'avoue-t-il ses vices ? Parce qu'ils nous tiennent encore. Raconter ses rêves suppose que l'on soit éveillé[1]. » Les maux du corps s'éclaircissent en augmentant[2]. Nous trouvons que c'est goutte que nous nommions rhume ou foulure. Les maux de l'âme s'obscurcissent en leur force ; le plus malade les sent le moins. Voilà pourquoi il les faut souvent remanier au jour[3], d'une main impiteuse[4], les ouvrir et arracher du creux de notre poitrine. Comme en matière de bienfaits, de même en matière de méfaits, c'est parfois satisfaction que la seule confession. Est-il quelque laideur au faillir[5], qui nous dispense de nous en devoir confesser ? [...]

Je suis affamé de me faire connaître ; et ne me chaut à combien[6], pourvu que ce soit véritablement ; ou, pour dire mieux, je n'ai faim de rien, mais je crains mortellement d'être pris en échange[7] par ceux à qui il arrive de connaître mon nom.

Celui qui fait tout pour l'honneur et pour la gloire, que pense-t-il gagner en se produisant au monde en masque, dérobant son vrai être à la connaissance du peuple ? [...] Ceux qui se méconnaissent se peuvent paître de fausses approbations ; non pas moi, qui me vois et qui me recherche jusqu'aux entrailles, qui sais bien ce qui m'appartient. Il me plaît d'être moins loué, pourvu que je sois mieux connu.

III, 5, Sur des vers de Virgile

1. Sénèque, *Lettres à Lucilius*, LIII.
2. Quand ils se font plus intenses, la nature des maux du corps devient évidente. C'est le contraire pour les maux de l'âme.
3. Mettre au jour.
4. Impitoyable.
5. Dans la faute.
6. Peu m'importe à quel prix.
7. Pour un autre.

XIII. « Toutes les contrariétés s'y trouvent »

En reconnaissant ses contradictions internes, Montaigne met à mal la notion de bonne foi et la sincérité : elles ne peuvent être que successives, limitées à l'instant, puisque nous portons en nous des états contradictoires qui se révèlent selon l'occasion.

La phrase de conclusion signifie que la peinture du moi n'est que nuances.

Notre façon ordinaire, c'est d'aller après les inclinations de notre appétit, à gauche, à dextre, contre-mont, contre-bas[1], selon que le vent des occasions nous emporte. Nous ne pensons ce que nous voulons, qu'à l'instant que nous le voulons, et changeons comme cet animal qui prend la couleur du lieu où on le couche[2]. Ce que nous avons à cette heure proposé[3], nous le changeons tantôt, et tantôt encore retournons sur nos pas ; ce n'est que branle et inconstance,

Nous sommes menés comme la marionnette aux muscles arti-
[ficiels[4].

Nous n'allons pas ; on nous emporte, comme les choses qui flottent, ores doucement, ores avec violence, selon que l'eau est ireuse[5] ou bonasse :

Ne voyons-nous pas que l'homme ne sait pas
Ce qu'il veut, et qu'il est toujours en quête,
Qu'il change de lieu comme pour se débarrasser d'un fardeau[6] *?*

Chaque jour nouvelle fantaisie, et se meuvent nos humeurs avec les mouvements du temps,

L'esprit humain est semblable à la lumière fécondante
Dont le dieu Jupiter a éclairé la terre[7].

---

1. En montant, en descendant.
2. Le caméléon.
3. Projeté.
4. Horace, *Satires*, II, 7, 82.
5. En colère.
6. Lucrèce, *De la nature des choses*, III, 1070.
7. Vers d'Homère cités en traduction latine par saint Augustin, *Cité de Dieu*, V, 28.

Nous flottons entre divers avis ; nous ne voulons rien librement, rien absolument, rien constamment. [...]

Si je parle diversement de moi, c'est que je me regarde diversement. Toutes les contrariétés[1] s'y trouvent selon quelque tour[2] et en quelque façon. Honteux[3], insolent ; chaste, luxurieux ; bavard, taciturne ; laborieux, délicat ; ingénieux, hébété ; chagrin, débonnaire[4] ; menteur, véritable[5] ; savant, ignorant, et libéral, et avare, et prodigue, tout cela, je le vois en moi aucunement selon que je me vire ; et quiconque s'étudie bien attentivement trouve en soi, voire et en son jugement même, cette volubilité[6] et discordance. Je n'ai rien à dire de moi, entièrement, simplement et solidement, sans confusion et sans mélange, ni en un mot. *Distingo*[7] est le plus universel membre[8] de ma logique.

II, 1, De l'inconstance de nos actions

XIV. « Mille agitations »

Montaigne trouve étrange sa propre inconstance : ses changements d'humeur, d'autant qu'il est sujet à des crises de mélancolie, mais aussi ses volte-face intellectuelles.

Voir dossier.

Moi qui m'épie de plus près, qui ai les yeux incessamment tendus sur moi, comme celui[9] qui n'a pas fort à faire ailleurs,

1. Contradictions.
2. Manière.
3. Pudique.
4. Bienveillant.
5. Véridique.
6. Souplesse.
7. Je distingue (en latin).
8. Article.
9. En homme qui.

Ne me souciant pas de savoir
Quel roi est pris de peur sous l'Ourse glacée
Ni ce qui effraie le roi Tyridate[1],

à peine oserai-je dire la vanité et la faiblesse que je trouve chez moi. J'ai le pied si instable et si mal assis, je le trouve si aisé à crouler[2] et si prêt au branle, et ma vue si déréglée, qu'à jeun je me sens autre qu'après le repas ; si ma santé me rit et la clarté d'un beau jour, me voilà honnête homme ; si j'ai un cor qui me presse l'orteil, me voilà renfrogné, mal plaisant et inaccessible. Un même pas de cheval me semble tantôt rude, tantôt aisé, et même chemin à cette heure plus court, une autre fois plus long, et une même forme ores plus, ores moins agréable. Maintenant[3] je suis à tout faire, maintenant à rien faire ; ce qui m'est plaisir à cette heure, me sera quelquefois peine. Il se fait mille agitations indiscrètes[4] et casuelles chez moi. Ou l'humeur mélancolique me tient, ou la colérique ; et de son autorité privée[5] à cette heure[6] le chagrin prédomine en moi, à cette heure l'allégresse. Quand je prends des livres, j'aurai aperçu en tel passage des grâces excellentes et qui auront féru[7] mon âme ; qu'une autre fois j'y retombe, j'ai beau le tourner et virer, j'ai beau le plier et le manier, c'est une masse inconnue et informe pour moi.

En mes écrits mêmes je ne retrouve pas toujours l'air de ma première imagination ; je ne sais ce que j'ai voulu dire, et m'échauffe souvent à corriger et y mettre un nouveau sens, pour avoir perdu le premier, qui valait mieux. Je ne fais qu'aller et venir : mon jugement ne tire[8] pas toujours avant ; il flotte, il vague[9],

1. Horace, *Odes*, I, 26, 3. L'Ourse est une constellation du pôle nord (comprendre : « quel roi nordique… »).
2. Manquer.
3. Tantôt… tantôt.
4. Irréfléchies.
5. De sa propre autorité.
6. Tantôt… tantôt.
7. Frappé.
8. Va.
9. Erre.

Comme un frêle navire surpris
En plein large par un vent furieux[1].

Maintes fois (comme il m'advient de faire volontiers) ayant pris pour exercice et pour ébat[2] à maintenir une contraire opinion à la mienne, mon esprit, s'appliquant et tournant de ce côté-là, m'y attache si bien que je ne trouve plus la raison de mon premier avis, et m'en départs[3]. Je m'entraîne quasi où je penche, comment que ce soit, et m'emporte de mon poids.

Chacun à peu près en dirait autant de soi, s'il se regardait comme moi. Les prêcheurs savent que l'émotion qui leur vient en parlant, les anime vers la croyance, et qu'en colère nous nous adonnons plus à la défense de notre proposition[4], l'imprimons en nous et l'embrassons avec plus de véhémence et d'approbation que nous ne faisons étant en notre sens froid et reposé. Vous récitez[5] simplement une cause à l'avocat, il vous y répond chancelant et douteux : vous sentez qu'il lui est indifférent de prendre à soutenir l'un ou l'autre parti. L'avez-vous bien payé pour y mordre et pour s'en formaliser[6], commence-t-il d'en être intéressé, y a-t-il échauffé sa volonté ? sa raison et sa science s'y échauffent quant et quant ; voilà une apparente et indubitable vérité qui se présente à son entendement ; il y découvre une toute nouvelle lumière, et le croit à bon escient, et se le persuade ainsi.

II, 12, Apologie de Raymond Sebond

XV. « Je peins le passage »

Entraîné dans le mouvement universel, Montaigne se perçoit comme le sujet d'une perpétuelle mutation, que l'essai est chargé de transcrire.

---

1. Catulle, XXV, 13.
2. Divertissement.
3. Je l'abandonne.
4. Propos.
5. Exposez.
6. Pour la prendre avec véhémence et passion.

Or cette description est valable pour tous, même si l'individu Montaigne n'est pas un homme illustre.

Les autres forment l'homme ; je le récite [1] et en représente un particulier bien mal formé, et lequel, si j'avais à façonner de nouveau, je ferais vraiment bien autre qu'il n'est. Meshui c'est fait. Or les traits de ma peinture ne fourvoient point, quoiqu'ils se changent et diversifient. Le monde n'est qu'une branloire pérenne [2]. Toutes choses y branlent sans cesse : la terre, les rochers du Caucase, les pyramides d'Égypte, et du branle public et du leur. La constance même n'est autre chose qu'un branle plus languissant. Je ne puis assurer mon objet. Il va trouble et chancelant, d'une ivresse naturelle. Je le prends en ce point, comme il est, en l'instant que je m'amuse à lui. Je ne peins pas l'être. Je peins le passage : non un passage d'âge en autre, ou, comme dit le peuple, de sept en sept ans [3], mais de jour en jour, de minute en minute. Il faut accommoder mon histoire à l'heure. Je pourrai tantôt changer, non de fortune seulement, mais aussi d'intention. C'est un contrôle [4] de divers et muables accidents [5] et d'imaginations irrésolues [6] et, quand il y échoit [7], contraires ; soit que je sois autre moi-même, soit que je saisisse les sujets par autres circonstances et considérations. Tant y a que [8] je me contredis bien à l'aventure [9], mais la vérité, comme disait Démade [10], je ne la contredis point. Si mon âme pouvait prendre pied [11], je ne m'essaierais pas [12], je me résoudrais [13] ; elle est toujours en apprentissage et en épreuve.

---

1. Décris.
2. Mouvement perpétuel.
3. Allusion à la croyance populaire selon laquelle le corps et l'état de santé se renouvellent tous les sept ans.
4. Registre.
5. Événements dus au hasard.
6. Pensées non définitives.
7. Parfois.
8. Si bien que.
9. À l'occasion.
10. Orateur athénien.
11. Trouver une base de réflexion durable.
12. Je n'essaierais pas des solutions successives (et je n'écrirais pas des essais, au lieu de faire des traités).
13. Je me déterminerais définitivement.

Je propose une vie basse et sans lustre, c'est tout un[1]. On attache aussi bien toute la philosophie morale à une vie populaire et privée[2] qu'à une vie de plus riche étoffe ; chaque homme porte la forme entière de l'humaine condition.

Les auteurs se communiquent au peuple par quelque marque particulière et étrangère[3] ; moi, le premier, par mon être universel[4], comme Michel de Montaigne, non comme grammairien, ou poète, ou jurisconsulte. Si le monde se plaint de quoi je parle trop de moi, je me plains de quoi il ne pense seulement pas à soi.

III, 2, Du repentir

XVI. « Comme en ombre »

De l'inconstance et de l'incohérence qu'il retrouve en lui, Montaigne conclut que l'être humain ne participe pas à l'être, c'est-à-dire, selon une définition admise à la fois par la philosophie antique et par la théologie du Moyen Âge, à une existence affranchie du temps. Seul Dieu est véritablement.

Finalement, il n'y a aucune constante existence, ni de notre être, ni de celui des objets. Et nous, et notre jugement, et toutes choses mortelles, vont coulant et roulant sans cesse. Ainsi il ne se peut établir rien de certain de l'un à l'autre, et le jugeant et le jugé étant en continuelle mutation et branle.

Nous n'avons aucune communication à l'être[5], parce que toute humaine nature est toujours au milieu entre le naître et le mourir, ne baillant[6] de soi qu'une obscure

---

1. Cela revient au même (c'est-à-dire : c'est aussi utile pour les autres).
2. Une vie qui n'est pas celle d'un grand homme d'État.
3. Extérieure.
4. Par ce que j'ai d'humain.
5. C'est-à-dire l'être éternel, une existence sans commencement ni fin (par opposition à l'existence temporelle).
6. Donnant.

apparence et ombre, et une incertaine et débile opinion. Et si, de fortune, vous fichez [1] votre pensée à vouloir prendre son être, ce sera ni plus ni moins que qui voudrait [2] empoigner l'eau : car tant plus [3] il serrera et pressera ce qui de sa nature coule partout, tant plus il perdra ce qu'il voulait tenir et empoigner. Ainsi, étant toutes choses sujettes à passer d'un changement en autre, la raison, y cherchant une réelle subsistance [4], se trouve déçue, ne pouvant rien appréhender de subsistant et permanent parce que tout ou vient en être et n'est pas encore du tout, ou commence à mourir avant qu'il soit né. [...]

De façon que ce qui commence à naître ne parvient jamais jusqu'à perfection d'être [5], pour autant que ce naître n'achève jamais, et jamais n'arrête [6], comme étant à bout [7], ainsi, depuis la semence [8], va toujours se changeant et muant d'un à autre. Comme de semence humaine se fait premièrement dans le ventre de la mère un fruit sans forme, puis un enfant formé, puis, étant hors du ventre, un enfant de mamelle ; après il devient garçon ; puis conséquemment [9] un jouvenceau ; après un homme fait ; puis un homme d'âge ; à la fin décrépité vieillard. De manière que l'âge et génération subséquente [10] va toujours défaisant et gâtant la précédente :

Car le temps modifie la nature de toute chose,
D'un état sort toujours un autre état,
Et rien ne reste identique : tout passe,
Nature transforme tout, contraint tout à changer [11].

Et puis nous autres sottement craignons une espèce de mort, là où nous en avons déjà passé et en passons tant

1. Fixez, attachez.
2. Que si l'on voulait.
3. Plus… plus.
4. Continuité, matière constante.
5. Ne parvient jamais à être pleinement.
6. Ne s'arrête.
7. Comme s'il était à son terme.
8. À partir de la semence.
9. À la suite.
10. L'âge et la mutation qui suivent.
11. Lucrèce, *De la nature des choses*, V, 828.

d'autres[1]. Car non seulement, comme disait Héraclite[2], la mort du feu est génération de[3] l'air, et la mort de l'air génération de l'eau, mais encore plus manifestement le pouvons-nous voir en nous-mêmes. La fleur d'âge se meurt et passe quand la vieillesse survient, et la jeunesse se termine en fleur d'âge d'homme fait, l'enfance en la jeunesse, et le premier âge meurt en l'enfance, et le jour d'hier meurt en celui du jourd'hui, et le jourd'hui mourra en celui de demain ; et n'y a rien qui demeure ni qui soit toujours un. Car, qu'il soit ainsi, si nous demeurons toujours mêmes et uns[4], comment est-ce que nous nous éjouissons maintenant d'une chose, et maintenant d'une autre ? Comment est-ce que nous aimons choses contraires ou les haïssons, nous les louons ou nous les blâmons ? Comment avons-nous différentes affections, ne retenant plus le même sentiment en la même pensée ? Car il n'est pas vraisemblable que sans mutation nous prenions autres passions, et ce qui souffre mutation ne demeure pas un même[5], et, s'il n'est pas un même, il n'est donc pas aussi. [...] Mais qu'est-ce donc qui est véritablement ? Ce qui est éternel, c'est-à-dire qui n'a jamais eu de naissance, ni n'aura jamais fin ; à qui le temps n'apporte jamais aucune mutation. Car c'est chose mobile que le temps, et qui apparaît comme en ombre, avec la matière coulante et fluante toujours, sans jamais demeurer stable ni permanente ; à qui appartiennent ces mots : « devant » et « après », et « a été » ou « sera », lesquels tout de prime face[6] montrent évidemment que ce n'est pas chose qui soit ; car ce serait grande sottise et fausseté toute apparente de dire que cela soit qui n'est pas encore en être, ou qui déjà a cessé d'être. Et quant à ces mots : « présent », « instant », « maintenant », par lesquels il semble que principalement nous soutenons et fondons l'intelligence du

---

1. Ces morts innombrables sont nos métamorphoses, où nous perdons chaque fois une partie de nous-même.
2. Philosophe grec du VIe siècle avant J.-C. Il pensait que notre univers est dominé par la mutation des quatre éléments l'un dans l'autre, et par un changement incessant. D'où la célèbre formule : « tout coule ».
3. Engendre.
4. À supposer qu'effectivement nous demeurions toujours les mêmes.
5. Le même.
6. Au premier abord.

temps, la raison le découvrant le détruit tout sur-le-champ : car elle le fend incontinent et le part[1] en futur et en passé, comme le voulant voir nécessairement départi[2] en deux. [...]

Par quoi[3] il faut conclure que Dieu seul est, non point selon aucune mesure du temps, mais selon une éternité immuable et immobile, non mesurée par temps, ni sujette à aucune déclinaison[4] : devant lequel rien n'est, ni ne sera après, ni plus nouveau ou plus récent, ainsi un réellement étant[5], qui par un seul maintenant emplit le toujours ; et n'y a rien qui véritablement soit que lui seul, sans qu'on puisse dire : Il a été, ou : Il sera ; sans commencement et sans fin.

II, 12, Apologie de Raymond Sebond

1. Partage.
2. Partagé.
3. C'est pourquoi.
4. Modification.
5. Mais un être qui est véritablement.

II. À LA DÉCOUVERTE DES AUTRES

L'AMITIÉ ET L'AMOUR

XVII. « Ne pas juger d'un autre selon que je suis »

Le respect de l'autre passe par l'acceptation de la différence ou de la supériorité d'autrui. C'est particulièrement vrai quand il s'agit des vertus des grands hommes de l'Antiquité, que les contemporains de Montaigne, dépravés par les troubles civils, ne sont plus toujours capables d'admirer.

Je n'ai point cette erreur commune de juger d'un autre selon que[1] je suis. J'en crois[2] aisément des choses diverses à moi[3]. Pour me sentir engagé à une forme, je n'y oblige pas le monde, comme chacun fait ; et crois, et conçois mille contraires façons de vie ; et, au rebours du commun, reçois[4] plus facilement la différence que la ressemblance en nous. Je décharge tant qu'on veut un autre être de mes conditions et principes, et le considère simplement en lui-même, sans relation[5], l'étoffant sur son propre modèle. Pour n'être continent, je ne laisse d'avouer[6] sincèrement la continence des Feuillants et des Capucins[7], et de bien trouver l'air de

---

1. Selon ce que.
2. Je crois volontiers à.
3. Différentes de moi.
4. J'accepte.
5. Sans le comparer (à moi).
6. Reconnaître.
7. Ordres monastiques.

leur train[1] ; je m'insinue[2], par imagination, fort bien en leur place.

Et si les aime[3] et les honore d'autant plus qu'ils sont autres que moi. Je désire singulièrement qu'on nous juge chacun à part soi, et qu'on ne me tire en conséquence des[4] communs exemples.

Ma faiblesse n'altère aucunement les opinions que je dois avoir de la force et vigueur de ceux qui le méritent. « Certains ne louent que ceux qu'ils sont sûrs de pouvoir imiter[5]. » Rampant au limon[6] de la terre, je ne laisse pas de remarquer, jusque dans les nues, la hauteur inimitable d'aucunes âmes héroïques. [...]

Nos jugements sont encore malades, et suivent la dépravation de nos mœurs. Je vois la plupart des esprits de mon temps faire les ingénieux à obscurcir la gloire des belles et généreuses actions anciennes, leur donnant quelque interprétation vile et leur controuvant[7] des occasions et des causes vaines.

Grande subtilité ! Qu'on me donne l'action la plus excellente et pure, je m'en vais y fournir vraisemblablement cinquante vicieuses intentions. Dieu sait, à qui les veut étendre[8], quelle diversité d'images ne souffre notre interne volonté[9].

I, 37, Du jeune Caton

1. L'esprit de leur conduite.
2. Je me glisse.
3. Et ainsi je les aime.
4. Que l'on ne tire pas, en ce qui me concerne, des conclusions à partir des.
5. Cicéron, *Tusculanes*, II, 1.
6. Boue.
7. Inventant.
8. Si l'on veut les multiplier.
9. C'est-à-dire : combien d'interprétations diverses peuvent s'appliquer à notre motivation intérieure.

XVIII. « Nous étions à moitié de tout »

Montaigne évoque ici son amitié avec Étienne de La Boétie, un collègue du Parlement, mort à l'âge de trente-trois ans.

Les citations de poètes anciens contribuent au ton lyrique de cette évocation.

Au demeurant, ce que nous appelons ordinairement amis et amitiés, ce ne sont qu'accointances et familiarités nouées par quelque occasion[1] ou commodité, par le moyen de laquelle nos âmes s'entretiennent. En l'amitié de quoi[2] je parle, elles se mêlent et confondent l'une en l'autre, d'un mélange si universel[3], qu'elles effacent et ne retrouvent plus la couture qui les a jointes. Si on me presse de dire pourquoi je l'aimais, je sens que cela ne se peut exprimer qu'en répondant : « Parce que c'était lui ; parce que c'était moi. »

Il y a, au-delà de tout mon discours, et de ce que j'en puis dire particulièrement, ne sais quelle force inexplicable et fatale, médiatrice[4] de cette union. Nous nous cherchions avant que de nous être vus, [...] je crois, par quelque ordonnance[5] du ciel ; nous nous embrassions par nos noms[6]. Et à notre première rencontre, qui fut par hasard en une grande fête et compagnie de ville, nous nous trouvâmes si pris, si connus, si obligés entre nous, que rien dès lors ne nous fut si proche que l'un à l'autre. [...] Nos âmes ont charrié si uniment[7] ensemble, elles se sont considérées d'une si ardente affection, et de pareille affection découvertes jusqu'au fin fond des entrailles l'une à l'autre, que non seulement je connaissais la sienne comme la mienne, mais je me fusse certainement plus volontiers fié à lui de moi qu'à moi.

Qu'on ne me mette pas en ce rang[8] ces autres amitiés communes ; j'en ai autant de connaissance qu'un autre, et

1. Hasard.
2. De laquelle.
3. Complet.
4. Qui a servi d'intermédiaire dans.
5. Volonté.
6. Nos noms étaient voués à se rencontrer.
7. Ont tellement suivi leur cours d'une même allure.
8. Que l'on ne me compare pas.

des plus parfaites de leur genre, mais je ne conseille pas qu'on confonde leurs règles : on s'y tromperait. Il faut marcher en ces autres amitiés la bride à la main, avec prudence et précaution ; la liaison n'est pas nouée en manière qu'on n'ait aucunement à s'en défier. « Aimez-le (disait Chilon[1]) comme ayant[2] quelque jour[3] à le haïr ; haïssez-le, comme ayant à l'aimer. » Ce précepte qui est si abominable en cette souveraine et maîtresse amitié, il est salubre[4] en l'usage des amitiés ordinaires et coutumières, à l'endroit desquelles[5] il faut employer le mot qu'Aristote avait très familier : « Ô mes amis, il n'y a nul ami[6] ! »

En ce noble commerce, les offices et les bienfaits, nourriciers des autres amitiés, ne méritent pas seulement d'être mis en compte ; cette confusion[7] si pleine de nos volontés en est cause. [...] L'union de tels amis étant véritablement parfaite, elle leur fait perdre le sentiment de tels devoirs, et haïr et chasser d'entre eux ces mots de division et de différence : bienfait, obligation, reconnaissance, prière, remerciement, et leurs pareils. Tout étant par effet[8] commun entre eux, volontés, pensements, jugements, biens, femmes, enfants, honneur et vie, et leur convenance[9] n'étant qu'une âme en deux corps selon la très propre définition d'Aristote, ils ne se peuvent ni prêter, ni donner rien. Voilà pourquoi les faiseurs de lois, pour honorer le mariage de quelque imaginaire ressemblance de cette divine liaison[10], défendent les donations entre le mari et la femme, voulant inférer[11] par là que tout doit être à chacun d'eux et qu'ils n'ont rien à diviser et partir ensemble. Si, en l'amitié de quoi je parle, l'un pouvait donner à l'autre, ce serait celui qui recevrait le bienfait qui obligerait son compagnon. [...]

---

1. Un des sept sages de la Grèce antique.
2. Comme si vous aviez.
3. Un jour.
4. Salutaire.
5. Au sujet desquelles.
6. Pas d'ami.
7. Fusion.
8. Effectivement.
9. Relation.
10. Pour Montaigne, l'amitié est bien supérieure au mariage, même si un bon mariage doit tendre vers l'amitié.
11. Montrer.

Je souhaiterais aussi parler à des gens qui eussent essayé[1] ce que je dis. Mais, sachant combien c'est chose éloignée du commun usage qu'une telle amitié, et combien elle est rare, je ne m'attends pas d'en trouver aucun bon juge.

Car les discours mêmes que l'Antiquité nous a laissés sur ce sujet me semblent lâches au prix du sentiment que j'en ai. Et, en ce point, les effets[2] surpassent les préceptes mêmes de la philosophie :

En bon sens, je ne comparerais rien à un doux ami[3].

L'ancien Ménandre[4] disait celui-là heureux, qui avait pu rencontrer seulement l'ombre d'un ami. Il avait certes raison de le dire, même[5] s'il en avait tâté. Car, à la vérité, si je compare tout le reste de ma vie, quoique avec la grâce de Dieu je l'aie passée douce, aisée et, sauf la perte d'un tel ami, exempte d'affliction pesante, pleine de tranquillité d'esprit, ayant pris en paiement mes commodités naturelles et originelles sans en rechercher d'autres ; si je la compare, dis-je, toute aux quatre années qu'il m'à été donné de jouir de la douce compagnie et société de ce personnage, ce n'est que fumée, ce n'est qu'une nuit obscure et ennuyeuse. Depuis le jour que je le perdis,

Jour qui me sera toujours cruel, et que j'honorerai
Toujours, Dieux qui l'avez voulu[6] *!*

je ne fais que traîner languissant ; et les plaisirs mêmes qui s'offrent à moi, au lieu de me consoler, me redoublent le regret de sa perte. Nous étions à moitié de tout ; il me semble que je lui dérobe sa part,

Et j'ai décidé de ne plus jouir d'aucun plaisir
Quand j'ai perdu celui qui partageait ma vie[7].

---

1. Fait l'expérience.
2. La réalité.
3. Horace, *Satires*, I, 5, 44.
4. Poète comique de l'antiquité grecque.
5. Surtout.
6. Virgile, *Énéide*, V, 49.
7. Térence, *Héautontimorouménos*, I, 1, 97.

J'étais déjà si fait et accoutumé à être deuxième partout, qu'il me semble n'être plus qu'à demi.

I, 28, De l'amitié

XIX. « La communication des esprits vigoureux et réglés »

L'amitié est aussi un échange intellectuel. Montaigne définit les règles du dialogue constructif (l'essai est d'ailleurs un dialogue de Montaigne avec le lecteur et avec lui-même).

Le plus fructueux et naturel exercice de notre esprit, c'est à mon gré la conférence[1]. J'en trouve l'usage plus doux que d'aucune autre action de notre vie ; et c'est la raison pourquoi, si j'étais asteure forcé de choisir, je consentirais plutôt, ce crois-je, de perdre la vue que l'ouïr ou le parler. Les Athéniens, et encore les Romains, conservaient en grand honneur cet exercice en leurs académies. De notre temps, les Italiens en retiennent quelques vestiges, à leur grand profit, comme il se voit par la comparaison de nos entendements aux leurs[2]. L'étude des livres, c'est un mouvement languissant et faible qui n'échauffe point : là où la conférence apprend et exerce en un coup. Si je confère[3] avec une âme forte et un roide jouteur, il me presse les flancs, me pique à gauche et à dextre ; ses imaginations élancent[4] les miennes ; la jalousie, la gloire, la contention[5] me poussent et rehaussent au-dessus de moi-même, et l'unisson est qualité du tout ennuyeuse en la conférence.

Comme notre esprit se fortifie par la communication des

1. Conversation.
2. La conversation était notamment une des pratiques définies dans le *Courtisan* de l'Italien Castiglione, un livre célèbre à la Renaissance, et qui définissait l'idéal de l'honnête homme.
3. Discute.
4. Excitent.
5. Rivalité.

esprits vigoureux et réglés, il ne se peut dire combien il perd et s'abâtardit par le continuel commerce et fréquentation que nous avons avec les esprits bas et maladifs. Il n'est contagion qui s'épande[1] comme celle-là. Je sais par assez d'expérience combien en vaut l'aune[2]. J'aime à contester et à discourir, mais c'est avec peu d'hommes et pour moi. Car de servir de spectacle aux grands et faire à l'envi parade de son esprit et de son caquet, je trouve que c'est un métier très messéant à un homme d'honneur.

Les contradictions donc des jugements ne m'offensent, ni m'altèrent; elles m'éveillent seulement et m'exercent. Nous fuyons à la correction[3], il s'y faudrait présenter et produire, notamment quand elle vient par forme de conférence, non de régence[4]. À chaque opposition, on ne regarde pas si elle est juste, mais à tort ou à droit, comment on s'en défera. Au lieu d'y tendre les bras, nous y tendons les griffes. Je souffrirais être rudement heurté par mes amis : « Tu es un sot, tu rêves[5]. » J'aime, entre les galants hommes[6], qu'on s'exprime courageusement, que les mots aillent où va la pensée. Il nous faut fortifier l'ouïe et la durcir contre cette tendreur[7] du son[8] cérémonieux des paroles. J'aime une société[9] et familiarité forte et virile, une amitié qui se flatte en l'âpreté et vigueur de son commerce, comme l'amour, ès[10] morsures et égratignures sanglantes.

Elle n'est pas assez vigoureuse et généreuse, si elle n'est querelleuse, si elle est civilisée et artiste, si elle craint le heurt et a ses allures contraintes.

Car on ne peut discuter sans se contredire[11].

---

1. Se répande.
2. Ce qu'il en est (expression proverbiale).
3. Nous ne voulons pas être corrigés.
4. Autorité.
5. Propos que tiendrait un ami.
6. Les hommes vaillants.
7. Tendresse, mollesse.
8. Ton.
9. Compagnie.
10. Dans les.
11. Cicéron, *Des Fins*, I, 8.

Quand on me contrarie, on éveille mon attention, non pas ma colère : je m'avance vers celui qui me contredit, qui m'instruit.

III, 8, De l'art de conférer

XX. « Les femmes n'ont pas tort du tout »

S'il ne veut pas confondre le mariage et la passion (voir texte VII), Montaigne reconnaît que les femmes ont droit à l'épanouissement sexuel. Il dénonce l'hypocrisie de son époque.

Voir dossier.

Les femmes n'ont pas tort du tout quand elles refusent les règles de vie qui sont introduites au monde, d'autant que ce sont les hommes qui les ont faites sans elles. Il y a naturellement de la brigue et riotte [1] entre elles et nous ; le plus étroit consentement que nous ayons avec elles, encore est-il tumultuaire [2] et tempétueux. [...] Nous les traitons inconsidérément en ceci : après que nous avons connu qu'elles sont, sans comparaison, plus capables [3] et ardentes aux effets de l'amour que nous, [...] après avoir cru et prêché cela, nous sommes allés leur donner la continence péculièrement [4] en partage, et sur peines dernières et extrêmes.

Il n'est passion plus pressante que celle-ci, à laquelle nous voulons qu'elles résistent seules, non simplement comme à un vice de sa mesure [5], mais comme à l'abomination et exécration, plus qu'à l'irréligion et au parricide ; et nous nous y rendons cependant sans coulpe et reproche. Ceux mêmes d'entre nous qui ont essayé d'en venir à bout ont assez avoué quelle difficulté ou plutôt impossibilité il

1. Dispute.
2. Tumultueux.
3. Aptes.
4. Particulièrement.
5. Sans le grossir outre mesure.

y avait, usant de remèdes matériels, à mater, affaiblir et refroidir le corps. Nous, au contraire, les voulons saines, vigoureuses, en bon point, bien nourries, et chastes ensemble, c'est-à-dire et chaudes et froides. [...]

Nous les dressons dès l'enfance aux entremises de l'amour : leur grâce, leur attifure [1], leur science, leur parole, toute leur instruction ne regarde qu'à ce but. Leurs gouvernantes ne leur impriment autre chose que le visage de l'amour, ne fût qu'en le leur représentant continuellement pour les en dégoûter. Ma fille (c'est tout ce que j'ai d'enfants) est en l'âge auquel les lois excusent les plus échauffées de se marier ; elle est d'une complexion tardive, mince et molle, et a été par sa mère élevée de même d'une forme retirée [2] et particulière : si qu'elle ne commence encore qu'à se déniaiser de la naïveté de l'enfance. Elle lisait un livre français devant moi. Le mot de *fouteau* [3] s'y rencontra, nom d'un arbre connu ; la femme qu'elle a pour sa conduite [4] l'arrêta tout court un peu rudement, et la fit passer par-dessus ce mauvais pas. Je la laissai faire pour ne troubler leurs règles, car je ne m'empêche [5] aucunement de ce gouvernement ; la police féminine a un train mystérieux, il faut le leur quitter [6]. Mais, si je ne me trompe, le commerce de vingt laquais n'eût su imprimer en sa fantaisie, de six mois, l'intelligence et usage et toutes les conséquences du son de ces syllabes scélérées [7] comme fit cette bonne vieille par sa réprimande et interdiction. [...]

On les leurre, en somme, et acharne [8] par tous moyens ; nous échauffons et incitons leur imagination sans cesse, et puis nous crions au ventre [9] ! Confessons le vrai [10] : il n'en est guère d'entre nous qui ne craigne plus la honte qui lui vient des vices de sa femme que des siens ; qui ne

1. Parure.
2. Façon solitaire.
3. Hêtre.
4. Comme gouvernante.
5. M'occupe.
6. Laisser.
7. Scélérates.
8. Excite.
9. À la débauche.
10. La vérité.

se soigne[1] plus (charité émerveillable[2]) de la conscience de sa bonne épouse que de la sienne propre ; qui n'aimât mieux être voleur et sacrilège, et que sa femme fût meurtrière et hérétique, que si elle n'était plus chaste que son mari.

III, 5, Sur des vers de Virgile

1. Préoccupe.
2. Merveilleuse.

LE VOYAGE

XXI. « Limer notre cervelle contre celle d'autrui »

Après la publication des deux premiers livres des Essais, *Montaigne va faire un grand voyage, de septembre 1580 à novembre 1581, comme s'il s'offrait des vacances.*

Il se distingue de certains humanistes, qui abordent l'Italie plutôt en érudits et en archéologues.

Pour ce texte et les suivants, voir chapitre 2 du dossier, « L'autre ».

Tout ce qui se présente à nos yeux sert de livre suffisant : la malice d'un page, la sottise d'un valet, un propos de table, ce sont autant de nouvelles matières.

À cette cause[1], le commerce[2] des hommes y est merveilleusement propre, et la visite des pays étrangers, non pour en rapporter seulement, à la mode de notre noblesse française, combien de pas a Santa Rotonda[3], ou la richesse des caleçons de la signora Livia[4], ou, comme d'autres, combien le visage de Néron, de quelque vieille ruine de là, est plus long ou plus large que celui de quelque pareille

1. Pour cette raison.
2. Fréquentation.
3. Le Panthéon à Rome (figure circulaire).
4. Les courtisanes romaines étaient célèbres (voir par exemple les *Regrets* du poète Du Bellay, qui évoque leur manège).

médaille, mais pour en rapporter principalement les humeurs de ces nations et leurs façons, et pour frotter et limer notre cervelle contre celle d'autrui. Je voudrais qu'on commençât à le promener dès sa tendre enfance, et premièrement, pour faire d'une pierre deux coups, par les nations voisines où le langage est plus éloigné du nôtre[1], et auquel, si vous ne la formez de bonne heure, la langue ne se peut plier.

Aussi bien est-ce une opinion reçue d'un chacun[2], que ce n'est pas raison de nourrir un enfant au giron[3] de ses parents. Cet amour naturel les attendrit[4] trop et relâche, voire les plus sages. [...]

Il se tire une merveilleuse clarté, pour le jugement humain, de la fréquentation du monde. Nous sommes tous contraints[5] et amoncelés en nous, et avons la vue raccourcie à la longueur de notre nez. On demandait à Socrate d'où il était. Il ne répondit pas : « D'Athènes », mais : « Du monde ». Lui, qui avait son imagination plus pleine et plus étendue, embrassait l'univers comme sa ville, jetait ses connaissances, sa société[6] et ses affections à tout le genre humain, non pas comme nous qui ne regardons que sous nous. Quand les vignes gèlent en mon village, mon prêtre en argumente[7] l'ire[8] de Dieu sur la race humaine, et juge que la pépie[9] en tienne déjà les Cannibales[10]. À voir nos guerres civiles, qui ne crie que cette machine se bouleverse et que le jour du jugement[11] nous prend au collet, sans s'aviser que plusieurs pires choses se sont vues, et que les dix mille parts du monde[12] ne laissent pas de galler le bon temps[13] cependant ? Moi, selon leur licence et impunité,

1. Le grand voyage de Montaigne l'a d'abord conduit en Allemagne.
2. Chacun.
3. Dans le sein de.
4. Ramollit.
5. Ramassés.
6. Compagnie.
7. Déduit.
8. La colère.
9. Soif.
10. Les habitants du Nouveau Monde.
11. Jugement dernier, fin du monde.
12. La plus grande partie du monde.
13. Mener joyeuse vie.

admire[1] de les voir si douces et molles[2]. À qui il grêle sur la tête, tout l'hémisphère semble être en tempête et orage. Et disait le Savoyard que, si ce sot de roi de France eût su bien conduire sa fortune, il était homme pour[3] devenir maître d'hôtel de son duc[4]. Son imagination ne concevait autre plus élevée grandeur que celle de son maître. Nous sommes insensiblement tous en cette erreur : erreur de grande suite[5] et préjudice. Mais qui[6] se présente[7], comme dans un tableau, cette grande image de notre mère nature en son entière majesté ; qui lit en son visage une si générale et constante variété ; qui se remarque là-dedans, et non soi, mais tout un royaume, comme un trait d'une pointe très délicate[8] : celui-là seul estime les choses selon leur juste grandeur.

Ce grand monde, que les uns[9] multiplient encore comme espèces sous un genre, c'est le miroir où il nous faut regarder pour nous connaître de bon biais[10]. Somme, je veux que ce soit le livre de mon écolier. Tant d'humeurs, de sectes, de jugements, d'opinions, de lois et de coutumes nous apprennent à juger sainement des nôtres, et apprennent notre jugement à reconnaître son imperfection et sa naturelle faiblesse : qui[11] n'est pas un léger apprentissage.

I, 26, De l'institution des enfants

---

1. M'étonne.
2. Je m'étonne que ces guerres civiles ne soient pas plus tragiques, vu que tout est permis, dans une impunité générale.
3. À.
4. Ce Savoyard pensait qu'en s'y prenant mieux le roi de France aurait pu devenir maître d'hôtel du duc de Savoie…
5. Conséquence.
6. Celui qui.
7. Représente.
8. C'est-à-dire comme un détail minuscule.
9. Certains (c'est-à-dire les auteurs des classifications, qui multiplient le monde en mondes plus petits, et n'ont qu'une vue étriquée).
10. Correctement.
11. Ce qui.

XXII. « La diversité de tant d'autres vies »

Le voyage est source de diversité, non seulement grâce à la variété des pays et des coutumes, mais parce qu'il rompt la monotonie de la vie conjugale. Montaigne prend ses distances par rapport à sa famille.

Sur cette conception du voyage, voir dossier.

Je réponds ordinairement à ceux qui me demandent raison de mes voyages : que je sais bien ce que je fuis, mais non pas ce que je cherche. Si on me dit que parmi les étrangers il y peut avoir aussi peu de santé, et que leurs mœurs ne valent pas mieux que les nôtres, je réponds : premièrement, qu'il est malaisé[1],

Tant le crime a de visages[2] !

Secondement, que c'est toujours gain de changer un mauvais état à[3] un état incertain, et que les maux d'autrui ne nous doivent pas poindre comme les nôtres. [...]

Non parce que Socrate l'a dit, mais parce qu'en vérité c'est mon humeur, et à l'aventure non sans quelque excès, j'estime tous les hommes mes compatriotes, et embrasse un Polonais comme un Français, postposant cette liaison nationale[4] à l'universelle et commune. Je ne suis guère féru de la douceur d'un air naturel[5]. Les connaissances toutes neuves et toutes miennes me semblent bien valoir ces autres communes et fortuites connaissances du voisinage. Les amitiés pures de notre acquêt[6] emportent[7] ordinairement celles auxquelles la communication du[8] climat ou du sang nous joignent. Nature nous a mis au monde libres et déliés[9] ; nous

1. C'est difficile (vu la corruption qui règne en France. Ironique.)
2. Virgile, *Géorgiques*, I, 506.
3. Contre.
4. Faisant passer ce lien national après.
5. Épris de l'air du pays natal.
6. Que nous avons acquises.
7. Surpassent.
8. Les relations dues au.
9. Sans liens.

nous emprisonnons en certains détroits [1] ; comme les rois de Perse, qui s'obligeaient de ne boire jamais autre eau que celle du fleuve de Choaspès, renonçaient par sottise à leur droit d'usage en toutes les autres eaux. […]

Outre ces raisons, le voyager [2] me semble un exercice profitable. L'âme y a une continuelle exercitation [3] à remarquer les choses inconnues et nouvelles ; et je ne sache point meilleure école, comme j'ai dit souvent, à former la vie que de lui proposer incessamment la diversité de tant d'autres vies, fantaisies et usances, et lui faire goûter une si perpétuelle variété de formes de notre nature. Le corps n'y est ni oisif ni travaillé [4], et cette modérée agitation le met en haleine. Je me tiens à cheval sans démonter [5], tout coliqueux [6] que je suis, et sans m'y ennuyer, huit et dix heures,

Au-delà des forces et condition de la vieillesse [7].

Nulle saison m'est ennemie, que le chaud âpre d'un soleil poignant ; car les ombrelles, de quoi depuis les anciens Romains l'Italie se sert, chargent plus les bras qu'elles ne déchargent la tête. Je voudrais savoir quelle industrie [8] c'était aux Perses si anciennement et en la naissance de la luxure [9] de se faire du vent frais et des ombrages à leur poste [10], comme dit Xénophon [11]. J'aime les pluies et les crottes, comme les canes. La mutation d'air et de climat ne me touche point : tout ciel m'est un [12]. Je ne suis battu [13] que des altérations internes que je produis en moi [14] et celles-là m'arrivent moins en voyageant.

---

1. Cantons.
2. Voyage.
3. Y est exercée.
4. Fatigué.
5. Sans en descendre.
6. Montaigne est affligé de coliques néphrétiques (dues à des calculs dans les reins).
7. Virgile, *Énéide*, VI, 114.
8. Activité, occupation (latinisme).
9. Luxe.
10. Guise.
11. Historien grec, élève de Socrate.
12. M'est indifférent.
13. Affligé.
14. Montaigne est sujet à des crises de mélancolie.

Je suis malaisé à ébranler ; mais, étant avoyé[1], je vais tant qu'on veut. J'estrive[2] autant aux petites entreprises qu'aux grandes, et à m'équiper pour faire une journée et visiter un voisin que pour un juste[3] voyage. J'ai appris à faire mes journées à l'espagnole, d'une traite : grandes et raisonnables journées ; et aux extrêmes chaleurs, les passe de nuit, du soleil couchant jusqu'au levant. L'autre façon de repaître[4] en chemin, en tumulte[5] et hâte, pour la dînée[6], notamment aux jours courts, est incommode. Mes chevaux en valent mieux. Jamais cheval ne m'a failli, qui a su faire avec moi la première journée. Je les abreuve partout, et regarde seulement qu'ils aient assez de chemin de reste pour battre leur eau[7]. La paresse à me lever donne loisir[8] à ceux qui me suivent de dîner à leur aise avant partir. Pour moi, je ne mange jamais trop tard ; l'appétit me vient en mangeant, et point autrement ; je n'ai point de faim qu'à table.

Aucuns se plaignent de quoi je me suis agréé à continuer cet exercice, marié et vieux. Ils ont tort. Il est mieux temps d'abandonner sa famille quand on l'a mise en train de continuer sans nous, quand on y a laissé de l'ordre qui ne démente point sa forme passée[9]. C'est bien plus d'imprudence de s'éloigner, laissant en sa maison une garde moins fidèle et qui ait moins de soin de pourvoir à votre besoin. [...]

Quant aux devoirs de l'amitié maritale[10] qu'on pense être intéressés[11] par cette absence, je ne le crois pas. Au rebours, c'est une intelligence[12] qui se refroidit volontiers par une trop continuelle assistance, et que l'assiduité blesse. Toute femme étrangère nous semble honnête femme. Et

---

1. Mis en route.
2. Je résiste.
3. Vrai.
4. L'autre méthode qui consiste à manger.
5. Trouble.
6. Le déjeuner.
7. Éliminer leur urine.
8. Permet.
9. Une organisation qui perpétue sa structure antérieure.
10. Conjugale.
11. Concernés, et donc lésés.
12. Entente.

chacun sent par expérience que la continuation de se voir ne peut représenter le plaisir que l'on sent à se déprendre[1] et reprendre à secousses. Ces interruptions me remplissent d'une amour récente[2] envers les miens et me redonnent l'usage de ma maison plus doux. La vicissitude[3] échauffe mon appétit vers l'un et puis vers l'autre parti[4]. Je sais que l'amitié a les bras assez longs pour se tenir et se joindre d'un coin de monde à l'autre ; et notamment celle-ci, où[5] il y a une continuelle communication d'offices[6], qui en réveillent l'obligation et la souvenance[7]. Les stoïciens[8] disent bien qu'il y a si grande colligance[9] et relation entre les sages que celui qui dîne en France repaît[10] son compagnon en Égypte ; et qui étend seulement son doigt, où que ce soit, tous les sages qui sont sur la terre habitable en sentent aide. La jouissance et la possession appartiennent principalement à l'imagination. Elle embrasse plus chaudement ce qu'elle va quérir[11] que ce que nous touchons, et plus continuellement. Comptez vos amusements journaliers, vous trouverez que vous êtes lors plus absent de votre ami quand il vous est présent : son assistance[12] relâche votre attention et donne liberté à votre pensée de s'absenter à toute heure pour toute occasion. [...]

Si je craignais de mourir en autre lieu que celui de ma naissance, si je pensais mourir moins à mon aise éloigné des miens, à peine sortirais-je hors de France, je ne sortirais pas sans effroi hors de ma paroisse. Je sens la mort qui me pince continuellement la gorge ou les reins. Mais je suis autrement fait : elle m'est une[13] partout. Si toutefois

---

1. Se quitter.
2. Neuve.
3. Suite de divers hasards.
4. M'inspire tantôt le goût des voyages, tantôt l'amour des miens.
5. Celle où.
6. Services mutuels.
7. Souvenir.
8. Voir dans le chapitre 3 du dossier la mise au point sur stoïcisme et épicurisme à la Renaissance.
9. Communion.
10. Nourrit.
11. Chercher.
12. Présence.
13. Identique.

j'avais à choisir, ce serait, ce crois-je, plutôt à cheval que dans un lit, hors de ma maison et éloigné des miens. Il y a plus de crève-cœur que de consolation à prendre congé de ses amis. J'oublie volontiers ce devoir de notre entregent[1], car des offices de l'amitié celui-là est le seul déplaisant, et oublierais ainsi volontiers à dire ce grand et éternel adieu. S'il se tire quelque commodité de cette assistance, il s'en tire cent incommodités. J'ai vu plusieurs mourants bien piteusement[2] assiégés de tout ce train : cette presse les étouffe.

III, 9, De la vanité

XXIII. « Le soin des morts »

L'image de Rome se confond avec celle du Père, mais aussi avec celle de la mort. La richesse de ces associations nous révèle la sensibilité des hommes de la Renaissance, notamment leurs rapports affectifs avec les siècles passés.

J'ai vu ailleurs des maisons ruinées, et des statues, et du ciel, et de la terre : ce sont toujours des hommes. Tout cela est vrai ; et si pourtant[3] ne saurais revoir si souvent le tombeau de cette ville[4] si grande et si puissante, que je ne l'admire et révère. Le soin des morts nous est en recommandation[5]. Or j'ai été nourri dès mon enfance avec ceux-ci[6]. J'ai eu connaissance des affaires de Rome, longtemps avant que je l'aie eue de celles de ma maison : je savais le Capitole[7] et son plan avant que je susse le Louvre, et le Tibre avant la Seine. J'ai eu plus en tête les conditions et

1. Rapports avec autrui.
2. Pitoyablement.
3. Cependant.
4. C'est-à-dire ses ruines.
5. Est pour nous un devoir.
6. Non seulement Montaigne a parlé couramment latin dès son jeune âge, mais il n'a cessé de pratiquer les auteurs anciens.
7. Une des collines de Rome.

fortunes de Lucullus, Métellus et Scipion, que je n'ai d'aucuns hommes des nôtres. Ils sont trépassés. Si est bien mon père[1], aussi entièrement qu'eux, et s'est éloigné de moi et de la vie autant en dix-huit ans que ceux-là ont fait en seize cents ; duquel pourtant je ne laisse pas d'embrasser et pratiquer la mémoire, l'amitié et société, d'une parfaite union et très vive.

Voire, de mon humeur, je me rends plus officieux[2] envers les trépassés ; ils ne s'aident plus ; ils en requièrent, ce me semble, d'autant plus mon aide. [...] Ceux qui ont mérité de moi de l'amitié et de la reconnaissance ne l'ont jamais perdue pour n'y être plus : je les ai mieux payés et plus soigneusement, absents et ignorants[3]. Je parle plus affectueusement de mes amis quand il n'y a plus moyen qu'ils le sachent.

Or j'ai attaqué cent querelles pour la défense de Pompée et pour la cause de Brutus[4]. Cette accointance[5] dure encore entre nous ; les choses présentes mêmes, nous ne les tenons que par la fantaisie. Me trouvant inutile à ce siècle, je me rejette à cet autre, et en suis si embabouiné[6] que l'état de cette vieille Rome, libre, juste et florissante (car je n'en aime ni la naissance, ni la vieillesse[7]) m'intéresse et me passionne. Par quoi je ne saurais revoir si souvent l'assiette[8] de leurs rues et de leurs maisons, et ces ruines profondes jusqu'aux Antipodes[9], que je ne m'y amuse[10]. Est-ce par nature ou par erreur de fantaisie que la vue des places, que nous savons avoir été hantées[11] et habitées par personnes desquelles la mémoire est en recommandation,

---

1. Pierre Eyquem est mort en 1568.
2. Serviable.
3. Alors qu'ils ne pouvaient plus connaître mon amitié.
4. On pouvait reprocher à Pompée sa lutte acharnée contre César (Ier siècle avant J.-C.). Quant à Brutus, il a participé à l'assassinat de César, son protecteur. – Montaigne prend leur défense au cours de conversations.
5. Amitié.
6. Entiché.
7. C'est-à-dire la royauté et l'empire. Comme tous les humanistes, Montaigne préfère la période républicaine.
8. Topographie.
9. L'autre pôle.
10. Que je m'y intéresse.
11. Fréquentées.

nous émeut aucunement plus qu'ouïr le récit de leurs faits ou lire leurs écrits ?

« Si grand est le pouvoir d'évocation des lieux ! Il est infini dans cette ville, car où que l'on aille, on marche sur de l'histoire[1]. » Il me plaît de considérer leur visage, leur port et leurs vêtements : je remâche ces grands noms entre les dents et les fais retentir à mes oreilles. « Je les vénère et me lève toujours devant de tels noms.[1] » Des choses qui sont en quelque partie grandes et admirables, j'en admire les parties même communes[2]. Je les verrais volontiers deviser, promener, et souper ! Ce serait ingratitude de mépriser les reliques[3] et images de tant d'honnêtes hommes et si valeureux, que j'ai vus vivre et mourir, et qui nous donnent tant de bonnes instructions par leur exemple, si nous les savions suivre.

Et puis cette même Rome que nous voyons mérite qu'on l'aime, confédérée[4] de si longtemps et par tant de titres à notre couronne[5] : seule ville commune et universelle. Le magistrat souverain qui y commande[6] est reconnu pareillement ailleurs : c'est la ville métropolitaine[7] de toutes les nations chrétiennes ; l'Espagnol et le Français, chacun y est chez soi.

III, 9, De la vanité

1. Cicéron, *Des Fins*, V, 1 et 2.
2. C'est-à-dire de la vie quotidienne.
3. Ce qui reste de.
4. Alliée.
5. La France est la fille aînée de l'Église.
6. Le pape, qui est un chef d'État.
7. Capitale.

LE NOUVEAU MONDE

XXIV. « Nous qui les surpassons en toute sorte de barbarie »

Montaigne médite sur le sens du mot barbare, *c'est-à-dire, pour l'antiquité grecque, l'autre, l'étranger. Mais le barbare ne serait-il pas l'Européen ?*

Pour ce texte et les suivants, voir dossier.

Or je trouve, pour revenir à mon propos, qu'il n'y a rien de barbare et de sauvage en cette nation, à ce qu'on m'en a rapporté, sinon que chacun appelle barbarie ce qui n'est pas de son usage ; comme de vrai, il semble que nous n'avons autre mire[1] de la vérité et de la raison que l'exemple et idée des opinions et usances du pays où nous sommes. Là est toujours la parfaite religion, la parfaite police[2], parfait et accompli usage de toutes choses. Ils sont sauvages, de même que nous appelons sauvages les fruits que nature, de soi et de son progrès ordinaire, a produits : là où, à la vérité, ce sont ceux que nous avons altérés par notre artifice et détournés de l'ordre commun, que nous devrions appeler plutôt sauvages. En ceux-là sont vives et vigoureuses les vraies et plus utiles et naturelles vertus[3] et propriétés, lesquelles nous avons abâtardies en ceux-ci, et

1. Point de mire (où l'on croit atteindre la vérité).
2. Organisation politique.
3. Forces.

les avons seulement accommodées au plaisir de notre goût corrompu. Et si pourtant[1], la saveur même et délicatesse se trouve à notre goût excellente, à l'envi des nôtres[2], en divers fruits de ces contrées-là sans culture. Ce n'est pas raison que l'art gagne le point d'honneur sur notre grande et puissante mère nature. Nous avons tant rechargé la beauté et richesse de ses ouvrages par nos inventions, que nous l'avons du tout étouffée. Si est-ce que, partout où sa pureté reluit, elle fait une merveilleuse honte à nos vaines et frivoles entreprises,

Le lierre pousse mieux de lui-même,
L'arbousier pousse plus beau dans les antres solitaires,
Et le chant des oiseaux est plus beau parce qu'il est sans art[3].

Tous nos efforts ne peuvent seulement arriver à représenter le nid du moindre oiselet, sa contexture, sa beauté et l'utilité de son usage, non pas[4] la tissure[5] de la chétive araignée. Toutes choses, dit Platon, sont produites par la nature, ou par la fortune[6], ou par l'art ; les plus grandes et plus belles, par l'une ou l'autre des deux premières ; les moindres et imparfaites, par la dernière[7].

Ces nations me semblent donc ainsi barbares, pour avoir reçu fort peu de façon[8] de l'esprit humain, et être encore fort voisines de leur naïveté originelle. Les lois naturelles leur commandent encore, fort peu abâtardies par les nôtres ; mais c'est en telle pureté, qu'il me prend quelquefois déplaisir de quoi la connaissance n'en soit venue plus tôt, du temps qu'il y avait des hommes qui en eussent su mieux juger que nous[9]. Il me déplaît que Lycurgue et Platon[10] ne l'aient eue ; car il me semble que ce que nous voyons par expérience en

---

1. Pourtant.
2. Plus que les nôtres.
3. Properce, *Élégies*, I, 2, 10.
4. Pas même.
5. Toile.
6. La Fortune, le hasard.
7. Par l'art.
8. Avoir été peu façonnées par.
9. Montaigne regrette que le Nouveau Monde n'ait pas été découvert par les Anciens, qui en auraient fait meilleur usage.
10. Lycurgue a donné des lois à Sparte. Platon a imaginé dans la *République* un État idéal.

ces nations-là, surpasse non seulement toutes les peintures de quoi la poésie a embelli l'âge doré[1] et toutes ses inventions à feindre[2] une heureuse condition d'hommes, mais encore la conception et le désir même de la philosophie. Ils[3] n'ont pu imaginer une naïveté si pure et simple, comme nous la voyons par expérience ; ni n'ont pu croire que notre société se peut maintenir avec si peu d'artifice et de soudure[4] humaine. C'est une nation, dirais-je à Platon, en laquelle il n'y a aucune espèce de trafic[5] ; nulle connaissance de lettres ; nulle science de nombres ; nul nom de magistrat ni de supériorité politique ; nul usage de service[6] ; de richesse ou de pauvreté ; nuls contrats ; nulles successions ; nuls partages ; nulles occupations qu'oisives ; nul respect de parenté que commun ; nuls vêtements ; nulle agriculture ; nul métal ; nul usage de vin ou de blé. Les paroles mêmes qui signifient le mensonge, la trahison, la dissimulation, l'avarice, l'envie, la détraction[7], le pardon, inouïes[8]. Combien trouverait-il la république qu'il a imaginée éloignée de cette perfection, « car ils sont semblables à des hommes que les dieux viennent de créer[9] » :

Telles sont les premières lois que la nature a données[10].

Au demeurant, ils vivent en une contrée de pays très plaisante et bien tempérée ; de façon qu'à ce que m'ont dit mes témoins, il est rare d'y voir un homme malade ; et m'ont assuré n'en y avoir vu aucun[11] tremblant, chassieux[12], édenté, ou courbé de vieillesse. Ils sont assis[13] le long de la mer, et fermés du côté de la terre de grandes et hautes montagnes, ayant, entre deux, cent lieues ou environ d'étendue en large.

---

1. L'âge d'or.
2. Pour présenter.
3. Les philosophes.
4. Liens humains.
5. Commerce.
6. Servitude.
7. Calomnie.
8. Inconnues.
9. Sénèque, *Lettres à Lucilius*, XC.
10. Virgile, *Géorgiques*, II, 20.
11. Personne.
12. Aux yeux pleins d'humeur.
13. Situés.

Ils ont grande abondance de poisson et de chairs [1] qui n'ont aucune ressemblance aux nôtres, et les mangent sans autre artifice que de les cuire. Le premier qui y mena un cheval, quoiqu'il les eût pratiqués à plusieurs autres voyages, leur fit tant d'horreur en cette assiette, qu'ils le tuèrent à coups de trait, avant que le pouvoir reconnaître. Leurs bâtiments sont fort longs, et capables de [2] deux ou trois cents âmes, étoffés d'écorce de grands arbres, tenant à terre par un bout et se soutenant et appuyant l'un contre l'autre par le faîte, à la mode d'aucunes de nos granges, desquelles la couverture pend jusqu'à terre, et sert de flanc [3]. Ils ont du bois si dur qu'ils en coupent et en font leurs épées et des grils à cuire leur viande. Leurs lits sont d'un tissu de coton, suspendus contre le toit, comme ceux de nos navires, à chacun le sien ; car les femmes couchent à part des maris. Ils se lèvent avec le soleil, et mangent soudain après s'être levés, pour toute la journée ; car ils ne font autre repas que celui-là. [...]

Ils ont leurs guerres contre les nations qui sont au-delà de leurs montagnes, plus avant en la terre ferme, auxquelles ils vont tout nus, n'ayant autres armes que des arcs ou des épées de bois, apointées [4] par un bout, à la mode des langues [5] de nos épieux. C'est chose émerveillable [6] que de la fermeté de leurs combats, qui ne finissent jamais que par meurtre et effusion de sang ; car, de routes [7] et d'effroi, ils ne savent que c'est. Chacun rapporte pour son trophée la tête de l'ennemi qu'il a tué, et l'attache à l'entrée de son logis. Après avoir longtemps bien traité leurs prisonniers, et de toutes les commodités dont ils se peuvent aviser, celui qui en est le maître fait une grande assemblée de ses connaissants [8] ; il attache une corde à l'un des bras du prisonnier, par le bout de laquelle il le tient, éloigné de quelques pas, de peur d'en être offensé [9], et donne au plus

1. Viandes.
2. Contenant.
3. Côté.
4. Pointues.
5. Lames.
6. Étonnante.
7. Fuites.
8. Connaissances.
9. Blessé.

cher de ses amis l'autre bras à tenir de même ; et eux deux, en présence de toute l'assemblée, l'assomment à coups d'épée. Cela fait, ils le rôtissent et en mangent en commun et en envoient des lopins[1] à ceux de leurs amis qui sont absents. Ce n'est pas, comme on pense, pour s'en nourrir, ainsi que faisaient anciennement les Scythes ; c'est pour représenter une extrême vengeance. Et qu'il soit ainsi, ayant aperçu que les Portugais, qui s'étaient ralliés à leurs adversaires, usaient d'une autre sorte de mort contre eux, quand ils les prenaient, qui était de les enterrer jusqu'à la ceinture, et tirer au demeurant[2] du corps force coups de trait, et les pendre après, ils pensèrent que ces gens-ci de l'autre monde, comme ceux qui avaient semé la connaissance de beaucoup de vices parmi leur voisinage, et qui étaient beaucoup plus grands maîtres qu'eux en toute sorte de malice, ne prenaient pas sans occasion cette sorte de vengeance, et qu'elle devait être plus aigre[3] que la leur, commencèrent de quitter leur façon ancienne pour suivre celle-ci. Je ne suis pas marri que nous remarquons l'horreur barbaresque[4] qu'il y a en une telle action, mais oui bien de quoi, jugeant bien de leurs fautes, nous soyons si aveuglés aux nôtres[5]. Je pense qu'il y a plus de barbarie à manger un homme vivant qu'à le manger mort, à déchirer par tourments et par géhennes un corps encore plein de sentiment, le faire rôtir par le menu, le faire mordre et meurtrir aux chiens et aux pourceaux (comme nous l'avons non seulement lu, mais vu de fraîche mémoire, non entre des ennemis anciens, mais entre des voisins et concitoyens, et, qui pis est, sous prétexte de piété et de religion), que de le rôtir et manger après qu'il est trépassé[6]. [...]

Nous les pouvons donc bien appeler barbares, eu égard aux règles de la raison, mais non pas eu égard à nous, qui les surpassons en toute sorte de barbarie. Leur guerre est

1. Morceaux.
2. Reste.
3. Douloureuse.
4. Barbare.
5. En ce qui concerne les nôtres.
6. Tous les exemples de cette fin de paragraphe (y compris l'allusion au cannibalisme auquel la famine a parfois conduit les assiégés) sont autant de références aux guerres civiles.

toute noble et généreuse, et a autant d'excuse et de beauté que cette maladie humaine en peut recevoir ; elle n'a autre fondement parmi eux que la seule jalousie de la vertu[1]. Ils ne sont pas en débat de[2] la conquête de nouvelles terres, car ils jouissent encore de cette uberté[3] naturelle qui les fournit sans travail et sans peine de toutes choses nécessaires, en telle abondance qu'ils n'ont que faire d'agrandir leurs limites. Ils sont encore en cet heureux point de ne désirer qu'autant que leurs nécessités naturelles leur ordonnent ; tout ce qui est au-delà est superflu pour eux[4]. Ils s'entr'appellent généralement, ceux de même âge, frères ; enfants, ceux qui sont au-dessous ; et les vieillards sont pères à tous les autres. Ceux-ci laissent à leurs héritiers en commun cette pleine possession de biens par indivis[5], sans autre titre que celui tout pur que nature donne à ses créatures, les produisant[6] au monde. Si leurs voisins passent les montagnes pour les venir assaillir, et qu'ils emportent la victoire sur eux, l'acquêt du victorieux, c'est la gloire, et l'avantage d'être demeuré maître en valeur et en vertu, car autrement ils n'ont que faire des biens des vaincus, et s'en retournent à leur pays, où ils n'ont faute[7] d'aucune chose nécessaire, ni faute encore de cette grande partie[8] de savoir heureusement jouir de leur condition et s'en contenter. Autant en font ceux-ci à leur tour. Ils ne demandent à leurs prisonniers autre rançon que la confession[9] et reconnaissance d'être vaincus ; mais il ne s'en trouve pas un, en tout un siècle, qui n'aime mieux la mort que de relâcher, ni par contenance, ni de parole, un seul point d'une grandeur de courage invincible ; il ne s'en voit aucun qui n'aime mieux être tué et mangé, que de requérir seulement de ne l'être pas. Ils les traitent en toute liberté, afin que la

1. Émulation du courage (*vertu* au sens du mot latin *virtus*).
2. Ils ne recherchent pas.
3. Abondance.
4. Ces Cannibales sont des philosophes : ils se contentent des biens nécessaires, comme le voulaient épicuriens et stoïciens.
5. En indivision.
6. Quand elle les fait venir.
7. Ils ne manquent.
8. Qualité.
9. D'avouer et de reconnaître.

vie leur soit d'autant plus chère ; et les entretiennent communément des menaces de leur mort future, des tourments qu'ils y auront à souffrir, des apprêts qu'on dresse pour cet effet, du détranchement de leurs membres et du festin qui se fera à leurs dépens. Tout cela se fait pour cette seule fin d'arracher de leur bouche quelque parole molle ou rabaissée, ou de leur donner envie de s'enfuir, pour gagner cet avantage de les avoir épouvantés, et d'avoir fait force à leur constance.

I, 31, Des cannibales

XXV. « Ils ne portent pas de haut-de-chausses »

La civilisation vue par des Indiens. Un exercice familier à Montaigne : voir par les yeux d'autrui.

Trois d'entre eux [1], ignorant combien coûtera un jour à leur repos et à leur bonheur la connaissance des corruptions de deçà, et que de ce commerce naîtra leur ruine, comme je présuppose qu'elle soit déjà avancée, bien misérables de s'être laissés piper au désir de la nouvelleté, et avoir quitté la douceur de leur ciel pour venir voir le nôtre, furent à Rouen, du temps que le feu roi Charles neuvième [2] y était. Le roi parla à eux longtemps ; on leur fit voir notre façon, notre pompe [3], la forme d'une belle ville. Après cela, quelqu'un en demanda leur avis, et voulut savoir d'eux ce qu'ils y avaient trouvé de plus admirable ; ils répondirent trois choses, d'où j'ai perdu la troisième, et en suis bien marri ; mais j'en ai encore deux en mémoire. Ils dirent qu'ils trouvaient en premier lieu fort étrange que tant de grands hommes, portant barbe, forts et armés, qui étaient autour

1. Il s'agit de Brésiliens. Entre 1555 et 1567, Villegagnon avait essayé de créer une colonie française au Brésil, où la colonisation portugaise avait commencé vers 1530.
2. Charles IX est sacré roi en 1560 à l'âge de dix ans, et règne d'abord sous la tutelle de sa mère Catherine de Médicis. Il meurt en 1574.
3. Cérémonial.

du roi (il est vraisemblable qu'ils parlaient des Suisses de sa garde[1]), se soumissent à obéir à un enfant, et qu'on ne choisissait plutôt quelqu'un d'entre eux pour commander ; secondement (ils ont une façon de leur langage telle, qu'ils nomment les hommes moitié les uns des autres) qu'ils avaient aperçu qu'il y avait parmi nous des hommes pleins et gorgés de toutes sortes de commodités, et que leurs moitiés étaient mendiants à leurs portes, décharnés de faim et de pauvreté ; et trouvaient étrange comme ces moitiés ici nécessiteuses pouvaient souffrir une telle injustice, qu'ils ne prissent les autres à la gorge, ou missent le feu à leurs maisons.

Je parlai à l'un d'eux fort longtemps ; mais j'avais un truchement[2] qui me suivait si mal et qui était si empêché à recevoir mes imaginations[3] par sa bêtise, que je n'en pus tirer guère de plaisir. Sur ce que je lui demandai quel fruit il recevait de la supériorité qu'il avait parmi les siens (car c'était un capitaine, et nos matelots le nommaient roi), il me dit que c'était marcher le premier à la guerre ; de combien d'hommes il était suivi, il me montra un espace de lieu, pour signifier que c'était autant qu'il en pourrait[4] en un tel espace, ce pouvait être quatre ou cinq mille hommes ; si, hors la guerre, toute son autorité était expirée, il dit qu'il lui en restait cela que, quand il visitait les villages qui dépendaient de lui, on lui dressait des sentiers au travers des haies de leurs bois, par où il pût passer bien à l'aise.

Tout cela ne va pas trop mal : mais quoi, ils ne portent pas de haut-de-chausses[5] !

I, 31, Des cannibales

---

1. Depuis la victoire française de Marignan, la Suisse fournissait au roi de France des gardes de haute taille.
2. Interprète.
3. Saisir mes idées.
4. Pourrait tenir.
5. Culotte (à laquelle on attachait les chausses, c'est-à-dire les bas).

XXVI. « Nous nous sommes servis de leur ignorance »

Le problème de la colonisation est abordé ici sur un ton plus dramatique. Avec la même indignation, des missionnaires augustins et le dominicain Las Casas ont dénoncé les conversions imposées par la force aux Mexicains.

Notre monde vient d'en trouver un autre (et qui nous répond si c'est le dernier de ses frères, puisque les démons [1], les sibylles et nous, avons ignoré celui-ci jusqu'asteure ?) non moins grand, plein et membru que lui, toutefois si nouveau et si enfant qu'on lui apprend encore son a, b, c ; il n'y a pas cinquante ans qu'il ne savait ni lettres, ni poids, ni mesure, ni vêtements, ni blés, ni vignes. Il était encore tout nu au giron [2], et ne vivait que des moyens de sa mère nourrice. Cet autre monde ne fera qu'entrer en lumière quand le nôtre en sortira. [...] L'univers tombera en paralysie ; l'un membre [3] sera perclus, l'autre en vigueur.

Bien crains-je que nous aurons bien fort hâté sa déclinaison [4] et sa ruine par notre contagion, et que nous lui aurons bien cher vendu nos opinions et nos arts. C'était un monde enfant ; si ne l'avons-nous pas fouetté [5] et soumis à notre discipline par l'avantage de notre valeur et forces naturelles, ni ne l'avons pratiqué [6] par notre justice et bonté, ni subjugué par notre magnanimité. La plupart de leurs réponses et des négociations faites avec eux témoignent qu'ils ne nous devaient rien [7] en clarté d'esprit naturelle et en pertinence. L'épouvantable [8] magnificence des villes de Cuzco [9] et de Mexico, et, entre plusieurs choses pareilles,

---

1. À la Renaissance, les oracles anciens passent pour être d'origine démoniaque. Les sibylles sont des prophétesses antiques.
2. Dans le sein.
3. Un membre (c'est-à-dire notre monde).
4. Déclin.
5. Discipliné (métaphore).
6. Séduit.
7. Nous étaient égaux.
8. Extraordinaire.
9. Capitale du Pérou.

le jardin de ce roi, où tous les arbres, les fruits et toutes les herbes, selon l'ordre[1] et grandeur qu'ils ont en un jardin, étaient excellemment formés en or ; comme, en son cabinet, tous les animaux qui naissaient en son État et en ses mers ; et la beauté de leurs ouvrages en pierrerie, en plume, en coton, en la peinture, montrent qu'ils ne nous cédaient[2] non plus en l'industrie. Mais quant à la dévotion, observance des lois, bonté, libéralité, loyauté, franchise, il nous a bien servi de n'en avoir pas tant qu'eux ; ils se sont perdus par cet avantage, et vendus et trahis eux-mêmes[3].

Quant à la hardiesse et courage, quant à la fermeté, constance, résolution contre les douleurs et la faim et la mort, je ne craindrais pas d'opposer les exemples que je trouverais parmi eux aux plus fameux exemples anciens que nous ayons aux mémoires de notre monde par deçà[4]. Car, pour ceux qui les ont subjugués, qu'ils ôtent les ruses et batelages[5] de quoi ils se sont servis à les piper, et le juste étonnement qu'apportait à ces nations-là de voir arriver si inopinément des gens barbus, divers[6] en langage, religion, en forme et en contenance, d'un endroit du monde si éloigné et où ils n'avaient jamais imaginé qu'il y eût habitation quelconque, montés sur des grands monstres inconnus, contre ceux qui n'avaient non seulement jamais vu de cheval, mais bête quelconque duite[7] à porter et soutenir homme ni autre charge ; garnis d'une peau luisante et dure[8] et d'une arme tranchante et resplendissante, contre ceux qui, pour le miracle de la lueur d'un miroir ou d'un couteau, allaient échangeant une grande richesse en or et en perles, et qui n'avaient ni science ni matière par où tout à loisir ils sussent percer notre acier ; ajoutez-y les foudres et tonnerres de nos pièces et arquebuses, capables de trou-

1. La composition.
2. Ne nous étaient pas inférieurs.
3. Parce qu'ils ont eu confiance en leurs envahisseurs.
4. Ici.
5. Tromperies.
6. Différents.
7. Instruite.
8. L'armure. Quand Cortés débarque au Mexique en 1519, avec quatre cents fantassins, seize cavaliers et six canons, les Mexicains ne connaissent ni les chevaux ni les armes à feu.

bler César même, qui l'en eût surpris autant inexpérimenté[1], et à cette heure[2], contre des peuples nus, si ce n'est où l'invention était arrivée[3] de quelque tissu de coton, sans autres armes, pour le plus, que d'arcs, pierres, bâtons et boucliers de bois ; des peuples surpris, sous couleur d'amitié et de bonne foi, par la curiosité de voir des choses étrangères et inconnues : comptez, dis-je, aux conquérants cette disparité[4], vous leur ôtez toute l'occasion de tant de victoires.

Quand je regarde cette ardeur indomptable de quoi[5] tant de milliers d'hommes, femmes et enfants, se présentent et rejettent à tant de fois aux dangers inévitables, pour la défense de leurs dieux et de leur liberté ; cette généreuse obstination de souffrir toutes extrémités et difficultés, et la mort, plus volontiers que de se soumettre à la domination de ceux de qui ils ont été si honteusement abusés, et aucuns choisissant plutôt de se laisser défaillir par faim[6] et par jeûne, étant pris, que d'accepter le vivre des mains de leurs ennemis, si vilement victorieuses, je prévois que, à qui les eût attaqués pair à pair[7], et d'armes, et d'expérience, et de nombre, il y eût fait[8] aussi dangereux, et plus, qu'en autre guerre que nous voyons.

Que[9] n'est tombée sous Alexandre ou sous ces anciens Grecs et Romains une si noble conquête, et une si grande mutation et altération de tant d'empires et de peuples, sous des mains qui eussent doucement poli et défriché ce qu'il y avait de sauvage, et eussent conforté[10] et promu les bonnes semences que nature y avait produites, mêlant non seulement à la culture des terres et ornement des villes les arts de deçà, en tant[11] qu'ils y eussent été nécessaires, mais

1. Si on l'avait surpris ainsi inexpérimenté.
2. Alors.
3. Sauf qu'ils avaient inventé.
4. Tenez compte de cette inégalité.
5. Avec laquelle.
6. Mourir de faim.
7. Si on les avait attaqués d'égal à égal.
8. Cela aurait été aussi dangereux.
9. Quel dommage que.
10. Fortifié.
11. Autant.

aussi mêlant les vertus grecques et romaines aux originelles du pays ! Quelle réparation [1] eût-ce été, et quel amendement à toute cette machine [2], que les premiers exemples et déportements [3] nôtres, qui se sont présentés par-delà, eussent appelé ces peuples à l'admiration et imitation de la vertu et eussent dressé entre eux et nous une fraternelle société et intelligence [4] ! Combien il eût été aisé de faire son profit d'âmes si neuves, si affamées d'apprentissage [5], ayant pour la plupart de si beaux commencements naturels !

Au rebours, nous nous sommes servis de leur ignorance et inexpérience à les plier plus facilement vers la trahison, luxure, avarice et vers toute sorte d'inhumanité et de cruauté, à l'exemple et patron de nos mœurs. Qui mit jamais à tel prix le service de la mercadence [6] et de la traficque [7] ? Tant de villes rasées, tant de nations exterminées, tant de millions de peuples passés au fil de l'épée, et la plus riche et belle partie du monde bouleversée pour la négociation des perles et du poivre ! mécaniques [8] victoires. Jamais l'ambition, jamais les inimitiés publiques ne poussèrent les hommes les uns contre les autres à si horribles hostilités et calamités si misérables.

En côtoyant la mer à la quête [9] de leurs mines [10], aucuns Espagnols prirent terre en une contrée fertile et plaisante, fort habitée, et firent à ce peuple leurs remontrances [11] accoutumées : « Qu'ils étaient gens paisibles, venant de lointains voyages, envoyés de la part du roi de Castille [12],

---

1. Amélioration.
2. Ensemble (du Nouveau Monde).
3. Comportements.
4. Des relations et une compréhension.
5. D'apprendre.
6. Commerce.
7. Trafic.
8. Viles, inférieures.
9. Pour conquérir.
10. Mines d'or.
11. Discours.
12. Ferdinand II, roi d'Aragon, avait épousé en 1469 Isabelle de Castille, achevant ainsi l'unité de l'Espagne. En 1492, Isabelle nomme Christophe Colomb vice-roi des terres qu'il découvrirait. L'Italien Christophe Colomb a en effet navigué pour le compte des Espagnols, pendant ses voyages de 1492 à 1504. Mais il a tenté de défendre les indigènes contre les exactions des Espagnols, ce qui lui a valu des ennuis.

le plus grand prince de la terre habitable, auquel le pape[1], représentant Dieu en terre, avait donné la principauté de toutes les Indes[2]; que, s'ils voulaient lui être tributaires[3], ils seraient très bénignement traités ; leur demandaient des vivres pour leur nourriture et de l'or pour le besoin de quelque médecine[4]; leur remontraient[5] au demeurant la créance d'un seul Dieu et la vérité de notre religion, laquelle ils leur conseillaient d'accepter, y ajoutant quelques menaces. »

La réponse fut telle : « Que, quant à être paisibles, ils n'en portaient pas la mine, s'ils l'étaient ; quant à leur roi, puisqu'il demandait, il devait être indigent et nécessiteux ; et celui qui lui avait fait cette distribution[6], homme aimant dissension, d'aller donner à un tiers chose qui n'était pas sienne, pour le mettre en débat contre les anciens possesseurs ; quant aux vivres, qu'ils leur en fourniraient ; d'or, ils en avaient peu, et que c'était chose qu'ils mettaient en nulle estime, d'autant qu'elle était inutile au service de leur vie, là où tout leur soin regardait seulement à la passer heureusement et plaisamment ; pourtant, ce qu'ils en pourraient trouver, sauf ce qui était employé au service de leurs dieux, qu'ils le prissent hardiment ; quant à un seul Dieu, le discours leur en avait plu, mais qu'ils ne voulaient changer leur religion, s'en étant si utilement servis si longtemps, et qu'ils n'avaient accoutumé prendre conseil que de leurs amis et connaissants[7]; quant aux menaces, c'était signe de faute de jugement d'aller menaçant[8] ceux desquels la nature et les moyens étaient inconnus ; ainsi qu'ils se dépêchassent promptement de vider leur terre, car ils n'étaient pas accoutumés de prendre en bonne part les honnêtetés et remontrances de gens armés et étrangers ; autrement, qu'on ferait d'eux comme de ces autres », leur montrant les têtes

1. Dès 1493, le pape établissait une limite entre les récents empires coloniaux espagnols et portugais.
2. Pays des Indiens.
3. Soumis.
4. Pour intégrer cet or à quelque remède.
5. Exposaient.
6. Distribution de terres (par le pape).
7. Connaissances.
8. C'était signe de sottise que de menacer.

d'aucuns hommes justiciés autour de leur ville. Voilà un exemple de la balbucie [1] de cette enfance.

III, 6, Des coches

XXVII. « Le tourment d'être brûlé tout vif »

L'essai devient témoignage, en faveur des victimes innocentes, et Montaigne instaure une sorte de tribunal pour crimes contre l'humanité.

Des deux les plus puissants monarques [2] de ce monde-là, et, à l'aventure, de celui-ci, rois de tant de rois, les derniers qu'ils en chassèrent, celui du Pérou [3], ayant été pris en une bataille et mis à une rançon si excessive qu'elle surpasse toute croyance, et celle-là fidèlement payée, et avoir donné par sa conversation signe d'un courage [4] franc, libéral et constant, et d'un entendement net et bien composé [5], il prit envie aux vainqueurs, après en avoir tiré un million trois cent vingt-cinq mille cinq cents poisants [6] d'or, outre l'argent et autres choses qui ne montèrent [7] pas moins, si que leurs chevaux n'allaient plus ferrés que d'or massif, de voir encore, au prix de quelque déloyauté que ce fût, quel pouvait être le reste des trésors de ce roi, et jouir librement de ce qu'il avait réservé. On lui aposta [8] une fausse accusation et preuve, qu'il desseignait [9] de faire soulever ses

1. Balbutiements.
2. Les rois du Pérou et de Mexico.
3. L'Espagnol Pizarre, qui travaillait pour le compte de l'empereur Charles Quint à l'extension de l'empire colonial espagnol en Amérique, affronta en 1532 avec trois cents soldats les trente mille Indiens d'Atahualpa, souverain de l'empire inca. Malgré une énorme rançon, Atahualpa fut baptisé, puis étranglé, et Cuzco, capitale de l'empire inca, fut occupée en novembre 1533.
4. Disposition.
5. Cohérent.
6. Besants (monnaie européenne d'or et d'argent, d'origine byzantine).
7. Furent d'un prix aussi élevé.
8. Machina.
9. Avait dessein.

provinces pour se remettre en liberté. Sur quoi, par beau jugement de ceux mêmes qui lui avaient dressé cette trahison, on le condamna à être pendu et étranglé publiquement, lui ayant fait racheter le tourment d'être brûlé tout vif par le baptême qu'on lui donna au supplice même. Accident[1] horrible et inouï, qu'il souffrit pourtant sans se démentir ni de contenance, ni de parole, d'une forme[2] et gravité vraiment royales. Et puis, pour endormir les peuples étonnés et transis de chose si étrange, on contrefit un grand deuil de sa mort, et lui ordonna-t-on des somptueuses funérailles.

L'autre, roi de Mexico, ayant longtemps défendu sa ville assiégée[3] et montré en ce siège tout ce que peut et la souffrance et la persévérance, si onques prince et peuple le montra, et son malheur l'ayant rendu vif[4] entre les mains des ennemis, avec capitulation[5] d'être traité en roi (aussi ne leur fit-il rien voir, en la prison, indigne de ce titre) ; ne trouvant point après cette victoire tout l'or qu'ils s'étaient promis, après avoir tout remué et tout fouillé, se mirent à en chercher des nouvelles par les plus âpres géhennes de quoi ils se purent aviser sur les prisonniers qu'ils tenaient. Mais, n'ayant rien profité[6], trouvant des courages plus forts que leurs tourments, ils en vinrent enfin à telle rage que, contre leur foi et contre tout droit des gens, ils condamnèrent le roi même et l'un des principaux seigneurs de sa cour à la géhenne en présence l'un de l'autre. Ce seigneur, se trouvant forcé[7] de la douleur, environné de brasiers ardents, tourna sur la fin piteusement[8] sa vue vers son maître, comme pour lui demander merci[9] de ce qu'il n'en pouvait plus. Le roi, plantant fièrement et rigoureusement les yeux

1. Malheur.
2. Façon.
3. Dès 1519, l'Espagnol Cortés débarque au Mexique, et occupe Mexico. Mais les Espagnols durent évacuer l'année suivante la capitale révoltée. En 1521, Cortés la reprenait après un long siège et une bataille navale (la cité était bâtie au milieu d'un lac) contre le roi Montezuma.
4. Vivant.
5. Convention.
6. N'étant arrivés à rien.
7. Torturé.
8. Pitoyablement.
9. Pardon.

sur lui, pour reproche de sa lâcheté et pusillanimité, lui dit seulement ces mots, d'une voix rude et ferme : « Et moi, suis-je dans un bain ? suis-je pas plus à mon aise que toi ? » Celui-là, soudain après, succomba aux douleurs et mourut sur la place. Le roi, à demi rôti, fut emporté de là, non tant par pitié (car quelle pitié toucha jamais des âmes qui, pour la douteuse information de quelque vase d'or à piller, fissent griller devant leurs yeux un homme, non qu'un[1] roi si grand et en fortune et en mérite ?) mais ce fut que sa constance[2] rendait de plus en plus honteuse leur cruauté. Ils le pendirent depuis, ayant[3] courageusement entrepris de se délivrer par armes d'une si longue captivité et sujétion[4], où il fit sa fin digne d'un magnanime prince.

III, 6, Des coches

1. Bien plus qu'un.
2. Courage.
3. Lui qui avait.
4. Servitude.

III. S'INTERROGER

L'HOMME EST-IL SUPÉRIEUR À L'ANIMAL?

XXVIII. « Ses confrères et compagnons »

En dénonçant la présomption humaine, Montaigne prend le contre-pied de la vision cosmique des théologiens, selon qui le monde a été créé pour l'homme.

Considérons donc pour cette heure l'homme seul, sans secours étranger, armé seulement de ses armes, et dépourvu de la grâce[1] et connaissance divines, qui sont tout son honneur, sa force et le fondement de son être. Voyons combien il a de tenue[2] en ce bel équipage. Qu'il me fasse entendre par l'effort de son discours, sur quels fondements il a bâti ces grands avantages qu'il pense avoir sur les autres créatures. Qui lui a persuadé que ce branle admirable de la voûte céleste[3], la lumière éternelle de ces flambeaux roulant si fièrement sur sa tête, les mouvements épouvantables de cette mer infinie, soient établis

1. Pour les théologiens, la grâce est l'aide que Dieu accorde à l'homme pour son salut. Montaigne ne nie pas que l'homme reçoive cette grâce divine, bien au contraire, et il la croit nécessaire. Simplement, dans ce texte, il considère les ressources *naturelles* de l'homme, indépendamment de cette aide surnaturelle, et il constate que de par sa nature l'homme est une créature faible et minuscule dans l'univers.
2. Quelle allure il a.
3. Au XVIe siècle, on croit que la Terre est immobile au centre de différentes sphères célestes qui tournent imbriquées les unes dans les autres.

et se continuent tant de siècles pour sa commodité et pour son service ? Est-il possible de rien imaginer si ridicule que cette misérable et chétive créature, qui n'est pas seulement maîtresse de soi, exposée aux offenses de toutes choses, se dise maîtresse et emperière [1] de l'univers, duquel il n'est pas en sa puissance de connaître la moindre partie, tant s'en faut de la commander ? Et ce privilège qu'il s'attribue d'être seul en ce grand bâtiment, qui ait la suffisance d'en reconnaître la beauté et les pièces, seul qui en puisse rendre grâces à l'architecte [2] et tenir compte de la recette et mise [3] du monde, qui lui a scellé [4] ce privilège ? Qu'il nous montre lettres [5] de cette belle et grande charge. [...]

La présomption [6] est notre maladie naturelle et originelle. La plus calamiteuse [7] et frêle [8] de toutes les créatures, c'est l'homme, et quant et quant la plus orgueilleuse. Elle se sent et se voit logée ici, parmi la bourbe et le fient [9] du monde, attachée et clouée à la pire, plus morte et croupie partie de l'univers, au dernier étage du logis et le plus éloigné de la voûte céleste, avec les animaux de la pire condition des trois [10] ; et se va plantant par imagination au-dessus du cercle de la Lune et ramenant le ciel sous ses pieds. C'est par la vanité de cette même imagination qu'il s'égale à Dieu, qu'il s'attribue les conditions divines, qu'il se trie [11] soi-même et sépare de la presse des autres créatures, taille les parts [12] aux animaux ses confrères et compagnons, et leur distribue telle portion de facilités et de forces que bon lui semble. Comment connaît-il, par l'effort de son intelli-

1. Impératrice.
2. C'est-à-dire Dieu.
3. Constitution et disposition.
4. Mis un sceau, un cachet officiel pour authentifier un acte.
5. Lettres patentes, officielles.
6. Opinion trop avantageuse de soi.
7. Misérable.
8. Fragile.
9. La fiente.
10. Avec les créatures qui vivent dans le plus vil des trois domaines de l'univers (la voûte céleste, le ciel au-dessous du cercle de la Lune, et la boue terrestre).
11. Se distingue.
12. Délimite ce qui revient.

gence, les branles internes et secrets des animaux ? Par quelle comparaison d'eux à nous conclut-il la bêtise qu'il leur attribue ?

Quand je me joue à[1] ma chatte, qui sait si elle passe son temps de moi plus que je ne fais d'elle ? Platon, en sa peinture de l'âge doré[2] sous Saturne, compte entre les principaux avantages de l'homme de lors la communication qu'il avait avec les bêtes, desquelles s'enquérant et s'instruisant, il savait les vraies qualités et différences de chacune de celles-ci ; par où il acquérait une très parfaite intelligence et prudence, et en conduisait de bien loin plus heureusement sa vie que nous ne saurions faire. [...]

Ce défaut qui empêche la communication d'entre elles et nous, pourquoi n'est-il aussi bien à nous[3] qu'à elles ? C'est à deviner à qui est la faute de ne nous entendre point ; car nous ne les entendons non plus qu'elles nous. Par cette même raison, elles nous peuvent estimer bêtes, comme nous les en estimons. Il nous faut remarquer la parité[4] qui est entre nous. Nous avons quelque moyenne intelligence de leur sens[5] : aussi ont les bêtes du nôtre, environ à même mesure[6]. Elles nous flattent, nous menacent et nous requièrent ; et nous, elles.

Au demeurant, nous découvrons bien évidemment qu'entre elles il y a une pleine et entière communication et qu'elles s'entendent, non seulement celles de même espèce, mais aussi d'espèces diverses.

Même les troupeaux muets et les bêtes sauvages
Poussent des cris divers et variés quand ils sont pris
De peur ou de douleur, ou qu'ils ressentent le plaisir[7].

En certain aboyer du chien, le cheval connaît qu'il y a de la colère ; de certaine autre sienne[8] voix, il ne s'effraie point. Aux bêtes mêmes qui n'ont pas de voix, par la société

1. Avec.
2. L'âge d'or, sous le règne du dieu Saturne.
3. C'est-à-dire : pourquoi n'est-ce pas notre faute ?
4. Égalité.
5. Une compréhension limitée de leur intelligence.
6. Dans la même mesure.
7. Lucrèce, *De la nature des choses*, V, 1058.
8. Du chien.

d'offices[1] que nous voyons entre elles, nous argumentons[2] aisément quelque autre moyen de communication.

II, 12, Apologie de Raymond Sebond

XXIX. « Tant de sortes de ruses et d'inventions »

*Non seulement les animaux ne sont pas dépourvus d'intelligence ni de sentiments mais, à certains égards, même l'instinct est une forme d'intelligence supérieure à l'entendement humain. Cette démonstration est d'autant plus neuve à l'époque de Montaigne que l'*âme *comprenait l'*âme intellective, *c'est-à-dire l'intelligence : dépourvu d'âme, l'animal était donc privé de toute faculté intellectuelle. C'était une sorte de machine.*

Au reste, quelle sorte de notre suffisance[3] ne reconnaissons-nous[4] aux opérations des animaux ? Est-il police réglée avec plus d'ordre, diversifiée à[5] plus de charges et d'offices, et plus constamment entretenue que celle des mouches à miel[6] ? Cette disposition d'actions et de vacations si ordonnée, la pouvons-nous imaginer se conduire sans discours et sans providence[7] ?

À voir ces signes et ces exemples,
Certains ont dit que les abeilles
Ont une part de l'âme divine et des effluves célestes[8].

Les arondelles[9], que nous voyons au retour du printemps fureter tous les coins de nos maisons, cherchent-elles sans jugement et choisissent-elles sans discrétion[10], de mille

1. Par leurs services mutuels.
2. Concluons à.
3. Laquelle de nos capacités.
4. Ne voyons-nous.
5. En.
6. Abeilles.
7. Capacité de prévoir.
8. Virgile, *Géorgiques*, IV, 219.
9. Hirondelles.
10. Discernement.

places, celle qui leur est la plus commode à se loger ? Et, en cette belle et admirable contexture de leurs bâtiments, les oiseaux peuvent-ils se servir plutôt d'une figure carrée que de la ronde, d'un angle obtus que d'un angle droit, sans en savoir les conditions et les effets ? Prennent-ils tantôt de l'eau, tantôt de l'argile, sans juger que la dureté s'amollit en l'humectant ? Planchent-ils [1] de mousse leur palais, ou de duvet, sans prévoir que les membres tendres de leurs petits y seront plus mollement et plus à l'aise ? Se couvrent-ils [2] du vent pluvieux, et plantent leur loge [3] à l'orient [4], sans connaître les conditions différentes de ces vents et considérer que l'un leur est plus salutaire que l'autre ? Pourquoi épaissit l'araignée sa toile en un endroit et relâche en un autre ? Se sert [5] à cette heure de cette sorte de nœud, tantôt de celle-là, si elle n'a et délibération, et pensement, et conclusion [6] ? Nous reconnaissons assez, en la plupart de leurs ouvrages, combien les animaux ont d'excellence au-dessus de nous et combien notre art est faible à les imiter. Nous voyons toutefois aux nôtres [7], plus grossiers, les facultés que nous y employons, et que notre âme [8] s'y sert de toutes ses forces ; pourquoi n'en estimons-nous autant d'eux ? Pourquoi attribuons-nous à je ne sais quelle inclination naturelle et servile les ouvrages qui surpassent tout ce que nous pouvons par nature et par art ? En quoi, sans y penser, nous leur donnons un très grand avantage sur nous, de faire que nature, par une douceur maternelle, les accompagne et guide, comme par la main, à toutes les actions et commodités de leur vie ; et qu'à nous elle nous abandonne au hasard et à la fortune, et à quêter par art les choses nécessaires à notre conservation ; et nous refuse quant et quant les moyens de pouvoir arriver, par aucune institution [9] et contention d'esprit, à l'industrie naturelle

1. Tapissent-ils.
2. Protègent-ils.
3. Logis.
4. L'est.
5. Pourquoi se sert-elle.
6. Faculté de conclure.
7. Dans nos ouvrages.
8. Esprit.
9. Quelque instruction.

des bêtes ; de manière que leur stupidité brutale[1] surpasse en toutes commodités tout ce que peut notre divine intelligence. [...]

Par ainsi, le renard, de quoi se servent les habitants de la Thrace[2] quand ils veulent entreprendre de passer par-dessus la glace quelque rivière gelée et le lâchent devant eux pour cet effet, quand nous le verrions au bord de l'eau approcher son oreille bien près de la glace, pour sentir s'il ouïra d'une longue ou d'une voisine distance bruire l'eau courant au-dessous, et selon qu'il trouve par là qu'il y a plus ou moins d'épaisseur en la glace, se reculer ou s'avancer, n'aurions-nous pas raison de juger qu'il lui passe par la tête ce même discours qu'il ferait en la nôtre, et que c'est une ratiocination[3] et conséquence tirée du sens naturel[4] : ce qui fait bruit, se remue ; ce qui se remue, n'est pas gelé ; ce qui n'est pas gelé, est liquide, et ce qui est liquide, plie sous le faix ? Car d'attribuer cela seulement à une vivacité du sens de l'ouïe, sans discours et sans conséquence, c'est une chimère, et ne peut entrer en notre imagination. De même faut-il estimer[5] de tant de sortes de ruses et d'inventions de quoi les bêtes se couvrent des entreprises que nous faisons sur elles[6]. [...]

Tout ce qui nous semble étrange, nous le condamnons, et ce que nous n'entendons pas : comme il nous advient au jugement que nous faisons des bêtes. Elles ont plusieurs conditions qui se rapportent[7] aux nôtres ; de celles-là par comparaisons nous pouvons tirer quelque conjecture ; mais de ce qu'elles ont particulier, que savons-nous que c'est ? Les chevaux, les chiens, les bœufs, les brebis, les oiseaux et la plupart des animaux qui vivent avec nous reconnaissent notre voix et se laissent conduire par elle ; si[8] faisait

1. De bête.
2. Province qui dans l'Antiquité correspondait à la Bulgarie et à la Roumanie.
3. Déduction.
4. Intelligence naturelle.
5. Il faut interpréter de la même façon.
6. Grâce auxquelles les bêtes se protègent de ce que nous entreprenons contre elles.
7. Ont quelque rapport avec.
8. Ainsi.

bien encore[1] la murène de Crassus[2], et venait à lui quand il l'appelait ; et font aussi les anguilles qui se trouvent en la fontaine d'Aréthuse. Et j'ai vu des gardoirs[3] assez où les poissons accourent, pour manger, à certain cri de ceux qui les traitent ;

Ils ont un nom, et chacun vient
Quand le maître l'a appelé[4].

Nous pouvons juger de cela. Nous pouvons aussi dire que les éléphants ont quelque participation de religion, d'autant qu'après plusieurs ablutions et purifications on les voit, haussant leur trompe comme des bras et tenant les yeux fichés[5] vers le soleil levant, se planter longtemps en méditation et contemplation à certaines heures du jour, de leur propre inclination, sans instruction[6] et sans précepte. Mais, pour ne voir aucune telle apparence chez les autres animaux, nous ne pouvons pourtant établir qu'ils soient sans religion, et ne pouvons prendre en aucune part[7] ce qui nous est caché. [...]

Si c'est justice de rendre à chacun ce qui lui est dû, les bêtes qui servent, aiment et défendent leurs bienfaiteurs, et qui poursuivent et outragent les étrangers et ceux qui les offensent, elles représentent en cela quelque air de[8] notre justice, comme aussi en conservant une égalité très équitable en la dispensation de leurs biens à leurs petits. Quant à l'amitié, elles l'ont, sans comparaison, plus vive et plus constante que n'ont pas les hommes. Hircanos, le chien du roi Lysimaque[9], son maître mort, demeura obstiné sur son lit sans vouloir boire ni manger ; et, le jour qu'on en brûla le corps, il prit sa course et se jeta dans le feu, où il fut brûlé. Comme fit aussi le chien d'un nommé Pyrrhus, car il ne bougea de dessus le lit de son maître

---

1. Également.
2. Riche Romain de l'Antiquité.
3. Beaucoup de viviers.
4. Martial, *Épigrammes*, IV, 29, 6.
5. Fixés.
6. Formation.
7. Tenir compte de.
8. Elles ont quelque similitude avec.
9. Roi de Macédoine, ancien capitaine de l'empereur Alexandre.

depuis qu'il fut mort ; et, quand on l'emporta, il se laissa enlever quant et[1] lui, et finalement se lança dans le bûcher où on brûlait le corps de son maître. Il y a certaines inclinations d'affection qui naissent quelquefois en nous sans le conseil de la raison, qui viennent d'une témérité fortuite[2] que d'autres nomment sympathie : les bêtes en sont capables comme nous.

II, 12, Apologie de Raymond Sebond

XXX. « Un lièvre sans poil et sans os »

L'homme n'a pas le privilège de l'abstraction, c'est-à-dire de l'opération par laquelle l'esprit isole une qualité (par exemple l'épaisseur) ou une catégorie (ici l'espèce lièvre) des divers objets concrets auxquels elle s'applique. Importante dans la philosophie et dans l'enseignement de la Renaissance, cette notion provenait de la logique héritée d'Aristote.

Pour suivre encore un peu plus loin cette équalité et correspondance de nous aux bêtes, le privilège de quoi notre âme[3] se glorifie, de ramener à sa condition[4] tout ce qu'elle conçoit, de dépouiller de qualités mortelles et corporelles tout ce qui vient à elle, de ranger[5] les choses qu'elle estime dignes de son accointance, à dévêtir et dépouiller leurs conditions corruptibles, et leur faire laisser à part comme vêtements superflus et vils, l'épaisseur, la longueur, la profondeur, le poids, la couleur, l'odeur, l'âpreté, la polissure[6], la dureté, la mollesse et tous accidents[7] sensibles, pour les

---

1. Avec.
2. Élan dû au hasard.
3. Esprit.
4. Les théologiens affirmaient que l'âme est immatérielle et immortelle. L'intelligence ou *âme intellective* est donc capable d'*abstraire*, c'est-à-dire de dépouiller un objet de ses caractères matériels et temporels.
5. Contraindre.
6. L'aspect poli.
7. Caractères particuliers (par opposition à l'essence).

accommoder à sa condition immortelle et spirituelle, de manière que Rome et Paris que j'ai en l'âme, Paris que j'imagine, je l'imagine et le comprends sans grandeur et sans lieu, sans pierre, sans plâtre et sans bois ; ce même privilège, dis-je, semble être bien évidemment aux bêtes ; car un cheval accoutumé aux trompettes, aux arquebusades[1] et aux combats, que nous voyons trémousser et frémir en dormant, étendu sur sa litière, comme s'il était en la mêlée, il est certain qu'il conçoit en son âme un son de tambourin sans bruit, une armée sans armes et sans corps. [...]

Ce lièvre qu'un lévrier imagine en songe, après lequel nous le voyons haleter en dormant, allonger la queue, secouer les jarrets et représenter parfaitement les mouvements de sa course, c'est un lièvre sans poil et sans os.

II, 12, Apologie de Raymond Sebond

XXXI. « Plusieurs bêtes ont l'œil ainsi pressé »

À partir d'une réflexion sur la perception animale, Montaigne en vient à mettre en doute l'universalité de la sensation, et par conséquent la valeur du témoignage des sens. Nous ne percevons que nos propres sensations, non pas les choses en elles-mêmes. L'homme vit dans un monde de représentations subjectives.

Ceux qui ont cette maladie que les médecins nomment hyposphragma[2], qui est une suffusion[3] de sang sous la peau, voient toutes choses rouges et sanglantes. Ces humeurs qui changent ainsi les opérations de notre vue, que savons-nous si elles prédominent aux bêtes et leur sont ordinaires ? Car nous en voyons les unes qui ont les yeux jaunes comme nos malades de jaunisse, d'autres qui les ont sanglants de rougeur ; à celles-là il est vraisemblable que la couleur des objets paraît autre qu'à nous : quel jugement

1. Tirs d'arquebuse (arme à feu).
2. Ecchymose de l'œil.
3. Hématome.

des deux sera le vrai ? Car il n'est pas dit que l'essence des choses se rapporte à l'homme seul[1]. La dureté, la blancheur, la profondeur et l'aigreur touchent[2] le service et science des animaux, comme la nôtre ; nature leur en a donné l'usage comme à nous. Quand nous pressons l'œil, les corps que nous regardons, nous les apercevons plus longs et étendus ; plusieurs bêtes ont l'œil ainsi pressé : cette longueur est donc à l'aventure la véritable forme de ce corps, non pas celle que nos yeux lui donnent en leur assiette[3] ordinaire. Si nous serrons l'œil par-dessous, les choses nous semblent doubles.

Deux lumières resplendissent sur les lampes,
Les visages des hommes sont doubles, et leurs corps vont par [deux[4].

Si nous avons les oreilles empêchées[5] de quelque chose, ou le passage de l'ouïe resserré, nous recevons le son autre que nous ne faisons ordinairement ; les animaux qui ont les oreilles velues, ou qui n'ont qu'un bien petit trou au lieu de l'oreille, ils n'oyent par conséquent pas ce que nous oyons et reçoivent le son autre. [...]

Pour le jugement de l'action des sens, il faudrait donc que nous en fussions premièrement d'accord avec les bêtes, secondement entre nous-mêmes. Ce que nous ne sommes aucunement ; et entrons en débat tous les coups de ce que l'un oit, voit ou goûte quelque chose autrement qu'un autre ; et débattons, autant que d'autre chose, de la diversité des images que les sens nous rapportent. Autrement oit et voit, par la règle ordinaire de nature, et autrement goûte un enfant qu'un homme de trente ans, et celui-ci autrement qu'un sexagénaire. Les sens sont aux uns plus obscurs et plus sombres, aux autres plus ouverts et plus aigus. Nous recevons les choses autres et autres[6], selon que nous sommes et qu'il nous semble. Or notre sembler étant si

1. C'est-à-dire : que l'homme soit seul à percevoir les choses telles qu'elles sont, avec leurs véritables qualités.
2. Participent à.
3. Dans leur position.
4. Lucrèce, *De la nature des choses*, IV, 451.
5. Obstruées.
6. Différemment.

incertain et controversé, ce n'est plus miracle si on nous dit que nous pouvons avouer[1] que la neige nous apparaît blanche, mais que d'établir si de son essence elle est telle et à la vérité, nous ne nous en saurions répondre : et, ce commencement ébranlé, toute la science du monde s'en va nécessairement à vau-l'eau. Quoi, que nos sens mêmes s'entr'empêchent[2] l'un l'autre ? [...]

Pour juger des apparences que nous recevons des sujets, il nous faudrait un instrument judicatoire[3] ; pour vérifier cet instrument, il nous y faut de la démonstration ; pour vérifier la démonstration, un instrument : nous voilà au rouet[4]. Puisque les sens ne peuvent arrêter notre dispute, étant pleins eux-mêmes d'incertitude[5], il faut que ce soit la raison ; aucune raison ne s'établira sans une autre raison : nous voilà à reculons jusqu'à l'infini.

II, 12, Apologie de Raymond Sebond

1. Affirmer.
2. Se contrarient.
3. Servant à juger.
4. Cercle vicieux.
5. Sous-entendu : ne s'appliquant pas directement aux objets (car les sens perçoivent seulement leurs propres sensations, qui sont une sorte d'écran entre le monde et les choses).

NOTRE IGNORANCE

XXXII. « Une évidente imposture de la vue »

Non seulement les sens nous abusent, comme il ressort de certaines illusions, mais ils sont tout puissants sur nous. La raison est asservie à ces puissances trompeuses, si bien que notre vie est un songe.

Ce thème des erreurs des sens avait été développé dans l'Antiquité surtout par les sceptiques, mais aussi par les épicuriens, par exemple le poète Lucrèce. Pour ce texte de Montaigne et les suivants, voir dossier.

Quant à l'erreur et incertitude de l'opération des sens, chacun s'en peut fournir autant d'exemples qu'il lui plaira, tant les fautes et tromperies qu'ils nous font sont ordinaires. Au retentir[1] d'un vallon, le son d'une trompette semble venir devant nous, qui vient d'une lieue derrière. [...] À manier une balle d'arquebuse sous le second doigt, celui du milieu étant entrelacé par-dessus, il faut extrêmement se contraindre, pour avouer qu'il n'y en ait qu'une, tant le sens nous en représente deux. Car que les sens soient maintes fois maîtres du discours, et le contraignent de recevoir des impressions qu'il sait et juge être fausses, il se voit à tous coups. [...] Il n'est cœur si mou que le son de nos tambourins et de nos trompettes n'échauffe, ni si dur que

1. Par suite de l'écho.

la douceur de la musique n'éveille et ne chatouille ; ni âme si revêche qui ne se sente touchée de quelque révérence [1] à considérer cette vastité [2] sombre de nos églises, la diversité d'ornements et ordre de nos cérémonies, et ouïr le son dévotieux [3] de nos orgues, et l'harmonie si posée et religieuse de nos voix. [...]

Qu'on loge un philosophe dans une cage de menus filets de fer clairsemés, qui soit suspendue au haut des tours Notre-Dame de Paris, il verra par raison évidente qu'il est impossible qu'il en tombe, et si, ne se saurait garder [4] (s'il n'a accoutumé le métier des recouvreurs [5]) que la vue de cette hauteur extrême ne l'épouvante et ne le transisse. Car nous avons assez affaire [6] de nous assurer aux galeries qui sont en nos clochers, si elles sont façonnées à jour, encore qu'elles soient de pierre. Il y en a qui n'en peuvent pas seulement porter [7] la pensée. Qu'on jette une poutre entre ces deux tours, d'une grosseur telle qu'il nous la faut à nous promener dessus : il n'y a sagesse philosophique de si grande fermeté qui puisse nous donner courage d'y marcher comme nous le ferions si elle était à terre. J'ai souvent essayé [8] cela en nos montagnes de deçà [9] (et si suis de ceux qui ne s'effraient que médiocrement de telles choses) que je ne pouvais souffrir la vue de cette profondeur infinie sans horreur et tremblement de jarrets et de cuisses, encore qu'il s'en fallût bien ma longueur que je ne fusse du tout au bord, et n'eusse su choir si je ne me fusse porté à escient [10] au danger. J'y remarquai aussi, quelque hauteur qu'il y eût, pourvu qu'en cette pente il s'y présentât un arbre ou bosse de rocher pour soutenir un peu la vue et la diviser, que cela nous allège [11] et donne assurance, comme si c'était chose de quoi

---

1. Vénération.
2. Vaste espace.
3. Plein de dévotion.
4. Empêcher.
5. Couvreurs.
6. Nous avons du mal.
7. Supporter.
8. Fait l'expérience de.
9. De cette région.
10. Volontairement.
11. Soulage.

à la chute nous pussions recevoir secours ; mais que les précipices coupés[1] et unis, nous ne les pouvons pas seulement regarder sans tournoiement de tête. « Si bien que l'on ne peut regarder sans vertige des yeux et de l'esprit[2] » ; qui est une évidente imposture de la vue. Ce beau philosophe[3] se creva les yeux pour décharger l'âme de la débauche[4] qu'elle en recevait, et pouvoir philosopher plus en liberté.

Mais, à ce compte, il se devait aussi faire étouper[5] les oreilles, que Théophraste[6] dit être le plus dangereux instrument que nous ayons pour recevoir des impressions violentes à nous troubler et changer, et se devait priver enfin de tous les autres sens, c'est-à-dire de son être et de sa vie. Car ils ont tous cette puissance de commander notre discours et notre âme. [...]

Ceux qui ont apparié[7] notre vie à un songe[8], ont eu de la raison, à l'aventure plus qu'ils ne pensaient. Quand nous songeons[9], notre âme vit, agit, exerce toutes ses facultés, ni plus ni moins que quand elle veille ; mais si plus mollement[10] et obscurément, non de tant certes que la différence y soit comme de la nuit à une clarté vive ; oui[11], comme de la nuit à l'ombre : là elle dort, ici elle sommeille, plus et moins[12]. Ce sont toujours ténèbres, et ténèbres cimmériennes[13].

---

1. Taillés de façon abrupte.
2. Tite-Live, *Histoire romaine*, XLIV, 6.
3. Il s'agit du philosophe grec Démocrite, qui se creva les yeux pour ne pas être distrait dans sa méditation.
4. Distraction.
5. Boucher.
6. Philosophe grec, disciple d'Aristote (IIIe et IVe siècles avant J.-C.). Il a écrit les *Caractères*.
7. Comparé.
8. Métaphore antique, employée déjà chez le poète grec Pindare.
9. Rêvons.
10. Si elle exerce ses facultés plus mollement.
11. Plutôt.
12. Plus ou moins.
13. Le pays des Cimmériens (sur la mer Noire) passait pour être constamment dans les ténèbres.

La fin de ce texte révèle la curiosité avec laquelle Montaigne observe les limites incertaines entre conscience et inconscient. Au XVIe siècle, on explique les songes soit par l'influence de phénomènes physiques (par ex. la digestion), soit par la séparation du corps et de l'âme, cette dernière parcourant l'univers pendant le songe.

Nous veillons dormant, et veillant dormons. Je ne vois pas si clair dans le sommeil ; mais, quant au veiller, je ne le trouve jamais assez pur et sans nuage. Encore le sommeil en sa profondeur endort parfois les songes. Mais notre veiller n'est jamais si éveillé qu'il purge [1] et dissipe bien à point les rêveries, qui sont les songes des veillants, et pires que songes.

Notre raison et notre âme, recevant les fantaisies et opinions qui lui naissent en dormant, et autorisant les actions de nos songes de pareille approbation qu'elle fait celles du jour, pourquoi ne mettons-nous en doute [2] si notre penser, notre agir, ne sont pas un autre songer et notre veiller quelque espèce de dormir ?

II, 12, Apologie de Raymond Sebond

XXXIII. « Nous ne travaillons qu'à remplir la mémoire »

Avant de s'interroger, il faut faire le vide : prendre conscience du fait qu'une bonne partie de notre savoir est empruntée. À l'époque de Montaigne, la fascination exercée par le livre imprimé a des résultats aussi nocifs que la dictature des médias au XXe siècle.

À la mode de quoi [3] nous sommes instruits, il n'est pas merveille si [4] ni les écoliers, ni les maîtres n'en deviennent pas plus habiles, quoiqu'ils s'y fassent plus doctes [5]. De vrai, le soin et la dépense de nos pères ne visent qu'à nous meubler la tête de science ; du jugement et de la vertu, peu de nouvelles. Criez d'un passant à notre peuple : « Ô le savant homme ! » Et d'un autre : « Ô le bon homme ! » Il

1. Épure.
2. Ne nous demandons-nous pas.
3. À la façon dont.
4. Rien d'étonnant si.
5. Savants.

ne faudra[1] pas de tourner les yeux et son respect vers le premier. Il y faudrait un tiers[2] crieur : « Ô les lourdes têtes ! » Nous nous enquérons volontiers : « Sait-il du grec ou du latin ? Écrit-il en vers ou en prose ? » Mais s'il est devenu meilleur ou plus avisé, c'était le principal, et c'est ce qui demeure derrière. Il fallait s'enquérir qui est mieux savant, non qui est plus savant.

Nous ne travaillons qu'à remplir la mémoire, et laissons l'entendement et la conscience vides. Tout ainsi que les oiseaux vont quelquefois à la quête du grain et le portent au bec sans le tâter[3], pour en faire becquée à leurs petits, ainsi nos pedantes[4] vont pillotant[5] la science dans les livres, et ne la logent qu'au bout de leurs lèvres, pour la dégorger seulement et mettre au vent.

C'est merveille[6] combien proprement[7] la sottise se loge sur mon exemple[8]. Est-ce pas faire de même, ce que je fais en la plupart de cette composition[9] ? Je m'en vais écornifiant[10] par-ci par-là des livres les sentences qui me plaisent, non pour les garder, car je n'ai point de gardoires, mais pour les transporter en celui-ci, où, à vrai dire, elles ne sont plus miennes qu'en leur première place. Nous ne sommes, ce crois-je, savants que de la science présente, non de la passée, aussi peu que de la future.

Mais, qui pis est, leurs écoliers et leurs petits ne s'en nourrissent et alimentent non plus ; ains elle passe de main en main, pour cette seule fin d'en faire parade, d'en entretenir autrui, et d'en faire des contes, comme une vaine monnaie inutile à tout autre usage et emploite[11] qu'à compter et jeter[12]. [...]

Nous savons dire : « Cicéron dit ainsi ; voilà les mœurs

1. Le passant ne manquera pas.
2. Un troisième.
3. Goûter.
4. Pédant, en italien (personnage de la comédie italienne, maître d'école).
5. Pillant.
6. C'est extraordinaire.
7. Précisément.
8. Se trouve en l'exemple que je donne.
9. La composition des *Essais*.
10. Me procurant aux dépens des livres.
11. Emploi.
12. Servir de jetons (avec lesquels on comptait au XVIe siècle).

de Platon ; ce sont les mots mêmes d'Aristote. » Mais nous, que disons-nous nous-mêmes ? que jugeons-nous ? que faisons-nous ? Autant en dirait bien un perroquet. Cette façon me fait souvenir de ce riche Romain, qui avait été soigneux[1], à fort grande dépense, de recouvrer des hommes suffisants[2] en tout genre de sciences, qu'il tenait continuellement autour de lui, afin que, quand il écherrait[3] entre ses amis quelque occasion de parler d'une chose ou d'autre, ils suppléassent sa place et fussent tout prêts à lui fournir, qui d'un discours, qui d'un vers d'Homère, chacun selon son gibier[4] ; et pensait ce savoir être sien parce qu'il était en la tête de ses gens ; et comme font aussi ceux desquels la suffisance[5] loge en leurs somptueuses librairies.

J'en connais à qui, quand je demande ce qu'il sait, il me demande un livre pour me le montrer ; et n'oserait me dire qu'il a le derrière galeux, s'il ne va sur-le-champ étudier en son lexicon[6], que c'est que galeux, et que c'est que derrière.

Nous prenons en garde les opinions et le savoir d'autrui, et puis c'est tout. Il les faut faire nôtres. Nous semblons[7] proprement celui qui, ayant besoin de feu, en irait quérir chez son voisin, et, y en ayant trouvé un beau et grand, s'arrêterait là à se chauffer, sans plus se souvenir d'en rapporter chez soi. Que nous sert-il d'avoir la panse pleine de viande, si elle ne se digère ? si elle ne se transforme en nous ? si elle ne nous augmente et fortifie ? Pensons-nous que Lucullus[8], que les lettres rendirent et formèrent si grand capitaine sans l'expérience, les eût prises à notre mode ?

Nous nous laissons si fort aller sur les bras d'autrui, que nous anéantissons nos forces. Me veux-je armer contre la crainte de la mort ? c'est aux dépens de Sénèque. Veux-je

1. Avait eu soin.
2. Capables.
3. Arriverait.
4. Selon sa spécialité.
5. Talent.
6. Dictionnaire.
7. Ressemblons à.
8. Général romain qui mena la guerre contre Mithridate, souverain du Pont (royaume au nord-est de l'Asie Mineure), au Ier siècle avant J.-C.

tirer de la consolation pour moi, ou pour autre ? je l'emprunte de Cicéron. Je l'eusse prise en moi-même, si on m'y eût exercé. Je n'aime point cette suffisance[1] relative[2] et mendiée.

Quand bien[3] nous pourrions être savants du savoir d'autrui, au moins sages ne pouvons-nous être que de notre propre sagesse.

I, 25, Du pédantisme

XXXIV. « Le centième commentaire »

Époque où l'on publie les textes anciens accompagnés de commentaires, la Renaissance n'échappe pas à la manie de la glose, déjà forte au Moyen Âge, où le commentaire prenait parfois la place du texte même. Dans ce cas, le livre n'est plus outil de communication, mais s'interpose comme un écran.

Qui ne dirait que les gloses[4] augmentent les doutes et l'ignorance, puisqu'il ne se voit aucun livre, soit humain, soit divin, auquel le monde s'embesogne[5], duquel l'interprétation fasse tarir la difficulté ? Le centième commentaire le[6] renvoie à son suivant, plus épineux et plus scabreux[7] que le premier[8] ne l'avait trouvé. Quand est-il convenu entre nous : ce livre en a assez, il n'y a meshui plus que dire ? Ceci se voit mieux en la chicane[9]. On donne autorité de loi à infinis docteurs, infinis arrêts, et à autant d'interprétations[10]. Trouvons-nous pourtant quelque fin au

1. Savoir.
2. Relative à autrui.
3. Bien même.
4. Commentaires.
5. Travaille.
6. Le livre.
7. Difficile à interpréter.
8. Le premier commentaire.
9. Procédure juridique.
10. Cette accumulation monstrueuse de commentaires juridiques faisait déjà rire Rabelais.

besoin d'interpréter ? s'y voit-il quelque progrès et avancement vers la tranquillité ? nous faut-il moins d'avocats et de juges que lorsque cette masse de droit était encore en sa première enfance ? Au rebours, nous obscurcissons et ensevelissons l'intelligence ; nous ne la découvrons plus qu'à la merci de [1] tant de clôtures et barrières. Les hommes méconnaissent la maladie naturelle de leur esprit : il ne fait que fureter et quêter, et va sans cesse tournoyant, bâtissant et s'empêtrant en sa besogne, comme nos vers de soie [2], et s'y étouffe. « Une souris dans la poix[3]. » Il pense remarquer de loin je ne sais quelle apparence de clarté et vérité imaginaire, mais, pendant qu'il y court, tant de difficultés lui traversent la voie, d'empêchements et de nouvelles quêtes, qu'elles l'égarent et l'enivrent. Non guère autrement qu'il advint aux chiens d'Ésope [4], lesquels, découvrant quelque apparence de corps mort flotter en mer, et ne le pouvant approcher, entreprirent de boire cette eau, d'assécher le passage et s'y étouffèrent. À quoi se rencontre [5] ce qu'un Cratès disait des écrits d'Héraclite [6], qu'ils avaient besoin d'un lecteur bon nageur. [...]

Il y a plus à faire à interpréter les interprétations qu'à interpréter les choses, et plus de livres sur les livres que sur autre sujet : nous ne faisons que nous entre-gloser [7].

Tout fourmille de commentaires ; d'auteurs, il en est grande cherté [8].

Le principal et plus fameux savoir de nos siècles, est-ce pas savoir entendre les savants ? Est-ce pas la fin commune et dernière de toutes études ?

Nos opinions s'entent [9] les unes sur les autres. La première sert de tige à la seconde ; la seconde à la tierce [10].

---

1. Entourée de.
2. Le ver à soie enfermé dans le cocon qu'il file.
3. Formule proverbiale citée notamment par l'humaniste Érasme dans sa collection d'*Adages*.
4. Fabuliste grec.
5. Histoire analogue à.
6. L'obscurité des écrits du philosophe grec Héraclite (VIe siècle avant J.-C.) était proverbiale.
7. Commenter les uns les autres.
8. Rareté.
9. Se greffent.
10. Troisième.

Nous échelons[1] ainsi de degré en degré. Et advient de là que le plus haut monté a souvent plus d'honneur que de mérite, car il n'est monté que d'un grain sur les épaules du pénultième[2].

III, 13, De l'expérience

XXXV. « Reconnaître sa faiblesse »

Cet éloge de l'ignorance reprend l'argumentation des sceptiques grecs, mais ce long chapitre des Essais *la présente dans une perspective chrétienne : avouer son ignorance, c'est se préparer à accepter les vérités de la foi, par humilité. Le doute épargne donc le domaine de la religion. Voir dossier.*

Si me faut-il voir enfin s'il est en la puissance de l'homme de trouver ce qu'il cherche, et si cette quête qu'il y a employée depuis tant de siècles l'a enrichi de quelque nouvelle force et de quelque vérité solide.

Je crois qu'il me confessera, s'il parle en conscience, que tout l'acquêt[3] qu'il a retiré d'une si longue poursuite, c'est d'avoir appris à reconnaître sa faiblesse. L'ignorance qui était naturellement en nous, nous l'avons, par longue étude, confirmée et avérée[4]. Il est advenu aux gens véritablement savants ce qui advient aux épis de blé : ils vont s'élevant et se haussant, la tête droite et fière, tant qu'ils sont vides ; mais, quand ils sont pleins et grossis de grain en leur maturité, ils commencent à s'humilier et à baisser les cornes. Pareillement, les hommes ayant tout essayé et tout sondé, n'ayant trouvé en cet amas de science et provision de tant de choses diverses rien de massif et ferme, et rien que vanité, ils ont renoncé à leur présomption et reconnu leur condition naturelle. [...]

---

1. Montons.
2. Avant-dernier.
3. Acquisition.
4. Démontrée.

Phérécyde, l'un des sept sages[1], écrivant à Thalès, comme il expirait : « J'ai, dit-il, ordonné aux miens, après qu'ils m'auront enterré, de t'apporter mes écrits ; s'ils contentent et toi et les autres sages, publie-les ; sinon, supprime-les ; ils ne contiennent nulle certitude qui me satisfasse à moi-même. Aussi ne fais-je pas profession de savoir la vérité, et d'y atteindre. J'ouvre[2] les choses plus que je ne les découvre. » Le plus sage homme qui fut onques, quand on lui demanda ce qu'il savait, répondit qu'il savait cela, qu'il ne savait rien[3]. Il vérifiait ce qu'on dit, que la plus grande part de ce que nous savons, est la moindre[4] de celles que nous ignorons ; c'est-à-dire que ce même que nous pensons savoir, c'est une pièce[5], et bien petite, de notre ignorance.

Nous savons les choses en songe, dit Platon, et les ignorons en vérité.

L'ignorance qui se sait, qui se juge et qui se condamne, ce n'est pas une entière ignorance : pour l'être, il faut qu'elle s'ignore soi-même. De façon que la profession des pyrrhoniens[6] est de branler[7], douter et enquérir, ne s'assurer de rien, de rien ne se répondre[8].

Ils ne mettent en avant leurs propositions que pour combattre celles qu'ils pensent que nous ayons en notre créance. Si vous prenez la leur, ils prendront aussi volontiers la contraire à soutenir : tout leur est un ; ils n'y ont aucun choix. Si vous établissez que la neige soit noire, ils argumentent au rebours qu'elle est blanche. Si vous dites qu'elle n'est ni l'un, ni l'autre, c'est à eux à maintenir qu'elle est tous les deux. Si, par certain jugement[9], vous

---

1. Les sept sages de la Grèce antique, comme Thalès (VIIe siècle avant J.-C.).
2. J'entr'ouvre.
3. Il s'agit de Socrate.
4. La plus petite.
5. Partie.
6. Pour Pyrrhon, la sagesse est de ne rien affirmer. En effet, nous n'avons de connaissance que par l'intermédiaire des sens, qui sont trompeurs. Sur ce philosophe, voir le chapitre 3 du dossier.
7. Hésiter (va-et-vient de la balance).
8. Être sûr.
9. Par un jugement assuré.

tenez que vous n'en savez rien, ils vous maintiendront que vous le savez. Oui, et si, par un axiome[1] affirmatif, vous assurez que vous en doutez, ils vous iront débattant que vous n'en doutez pas, ou que vous ne pouvez juger et établir que vous en doutez.

II, 12, Apologie de Raymond Sebond

XXXVI. « Écrire si vainement »

Condamné à l'ignorance, l'être humain reconnaît la vanité de ses activités intellectuelles... y compris de la composition des Essais. *Travail vain, et sans fin, dit Montaigne : coquetterie d'auteur, ou intuition de l'absurde ?*

Il n'en est à l'aventure aucune[2] plus expresse que d'en écrire si vainement[3]. Ce que la divinité nous en a si divinement exprimé[4] devrait être soigneusement et continuellement médité par les gens d'entendement.

Qui ne voit que j'ai pris une route par laquelle, sans cesse et sans travail, j'irai autant qu'il y aura d'encre et de papier au monde ? Je ne puis tenir registre de ma vie par mes actions : fortune les met trop bas ; je le tiens par mes fantaisies. Si[5] ai-je vu un gentilhomme qui ne communiquait sa vie que par les opérations de son ventre ; vous voyiez chez lui, en montre[6], un ordre[7] de bassins de sept ou huit jours ; c'était son étude, ses discours ; tout autre propos lui puait[8]. Ce sont ici, un peu plus civilement[9], des

1. Formule.
2. Aucune vanité (cette phrase est la première de l'essai *De la vanité*).
3. Inutilement.
4. Dans l'*Ecclésiaste*, un des livres de la Bible, « vanité des vanités, et tout est vanité : quel intérêt a l'homme à toute la peine qu'il prend sous le soleil ? » (I, 2-3).
5. Ainsi.
6. En spectacle.
7. Série.
8. Répugnait.
9. Courtoisement.

excréments d'un vieil esprit, dur[1] tantôt, tantôt lâche, et toujours indigeste[2]. Et quand serai-je à bout de représenter une continuelle agitation et mutation de mes pensées, en quelque matière qu'elles tombent, puisque Diomède[3] remplit six mille livres du seul sujet de la grammaire ? [...]

Mais il y devrait avoir quelque coercition des lois[4] contre les écrivains ineptes et inutiles, comme il y a contre les vagabonds et fainéants. On bannirait des mains de notre peuple et moi et cent autres. Ce n'est pas moquerie[5]. L'écrivaillerie semble être quelque[6] symptôme d'un siècle débordé[7]. Quand écrivîmes-nous tant que depuis que nous sommes en trouble ? Quand les Romains tant[8], que lors de leur ruine ?

III, 13, De l'expérience

1. Constipé.
2. Lent à la digestion.
3. En fait, cet exploit est plutôt dû au grammairien grec Didyme.
4. Retenue exercée par les lois.
5. Je ne le dis pas pour rire.
6. Un.
7. Qui a passé hors de toutes limites (comme un fleuve en crue).
8. Quand les Romains ont-ils tant écrit.

DOUTER TOUJOURS

XXXVII. « Point de fin en nos inquisitions »

Bien qu'elle serve à reconnaître notre ignorance, la quête intellectuelle est sans fin, mais non pas sans noblesse.

Ce n'est rien que faiblesse particulière qui nous fait contenter de ce que d'autres ou que nous-mêmes avons trouvé en cette chasse de connaissance ; un plus habile ne s'en contentera pas. Il y a toujours place pour un suivant, oui et pour nous-mêmes, et route par ailleurs. Il n'y a point de fin en nos inquisitions [1] ; notre fin est en l'autre monde. C'est signe de raccourciment [2] d'esprit quand il se contente, ou de lasseté. Nul esprit généreux [3] ne s'arrête en soi : il prétend [4] toujours et va outre ses forces ; il a des élans au-delà de ses effets [5] ; s'il ne s'avance et ne se presse et ne s'accule et ne se choque, il n'est vif qu'à demi [6] ; ses poursuites sont sans terme et sans forme [7] ; son aliment c'est admiration [8],

1. Recherches.
2. Petitesse.
3. Doté d'une vigueur généreuse.
4. S'élance.
5. Il prétend aller plus loin qu'il ne peut.
6. Il ne se sent pas vivre s'il ne s'escrime pas comme au combat (*se presse* : part à l'assaut ; *s'accule* : se met en position où il ne peut reculer ; *se choque* : affronte l'ennemi dans un violent corps à corps).
7. Sans fin et sans trajectoire définie.
8. Étonnement.

chasse, ambiguïté. Ce que déclarait assez[1] Apollon[2], parlant toujours à nous doublement[3], obscurément et obliquement[4], ne nous repaissant[5] pas, mais nous amusant et embesognant[6]. C'est un mouvement irrégulier, perpétuel, sans patron, et sans but. Ses inventions s'échauffent, se suivent, et s'entre-produisent l'une l'autre.

Ainsi voit-on, en un ruisseau coulant,
Sans fin l'une eau après l'autre roulant,
Et tout de rang, d'un éternel conduit,
L'une suit l'autre, et l'une l'autre fuit.
Par celle-ci celle-là est poussée,
Et celle-ci par l'autre est devancée :
Toujours l'eau va dans l'eau, et toujours est-ce
Même ruisseau, et toujours eau diverse[7].

III, 13, De l'expérience

XXXVIII. « Il n'y a que les fous certains et résolus »

L'éveil de l'esprit critique est le grand principe de la pédagogie définie dans l'essai De l'institution des enfants. *Montaigne réagit en particulier contre une des tendances des humanistes, le recours à l'autorité des Anciens.*

On ne cesse de criailler à nos oreilles, comme qui verserait dans un entonnoir, et notre charge ce n'est que redire ce qu'on nous a dit. Je voudrais qu'il[8] corrigeât cette partie, et que, de belle arrivée[9] selon la portée de l'âme qu'il a en main, il commençât à la mettre sur la montre[10], lui fai-

1. Montrait bien.
2. Les oracles d'Apollon étaient réputés pour leur ambiguïté volontaire.
3. De façon ambiguë.
4. Indirectement.
5. Satisfaisant (littéralement nourrissant).
6. Occupant.
7. Ces vers sont d'Étienne de La Boétie, l'ami que Montaigne a perdu.
8. Le précepteur.
9. Dès le début.
10. Mettre cet esprit (âme) à l'essai.

sant goûter les choses, les choisir et discerner d'elle-même ; quelquefois lui ouvrant chemin, quelquefois le lui laissant ouvrir. Je ne veux pas qu'il invente et parle seul, je veux qu'il écoute son disciple parler à son tour. [...]

Notre âme ne branle qu'à crédit[1], liée et contrainte à l'appétit des fantaisies d'autrui, serve et captivée sous l'autorité de leur leçon. On nous a tant assujettis aux cordes que nous n'avons plus de franches allures. Notre vigueur et liberté est éteinte. [...]

Qu'il lui fasse tout passer par l'étamine[2] et ne loge rien en sa tête par simple autorité et à crédit ; les principes d'Aristote ne lui soient principes, non plus que ceux des stoïciens ou épicuriens. Qu'on lui propose cette diversité de jugements : il choisira s'il peut, sinon il en demeurera en doute. Il n'y a que les fous certains et résolus.

Non moins que savoir, douter me plaît[3].

Car s'il embrasse les opinions de Xénophon et de Platon par son propre discours, ce ne seront plus les leurs, ce seront les siennes. Qui suit un autre, il ne suit rien. Il ne trouve rien, voire il ne cherche rien.

I, 26, De l'institution des enfants

XXXIX. « Est-il vrai ? »

Montaigne ne propose pas de solutions toutes faites aux grands problèmes de l'existence humaine : il réfléchit sur la méthode à adopter. Avant les philosophes du XVIIIe siècle, il définit comme indispensable un stade préparatoire qui consiste à s'interroger sur l'existence du fait étudié.

Je ravassais[4] présentement, comme je fais souvent, sur

1. D'après autrui.
2. Filtre.
3. Dante, *Enfer*, XI, 93.
4. Rêvassais.

ce, combien l'humaine raison est un instrument libre[1] et vague[2]. Je vois ordinairement que les hommes, aux faits qu'on leur propose, s'amusent plus volontiers à en chercher la raison qu'à en chercher la vérité : ils laissent là les choses, et s'amusent à traiter les causes.

Plaisants causeurs[3]. La connaissance des causes appartient seulement à celui qui a la conduite des choses[4], non à nous qui n'en avons que la souffrance[5], et qui en avons l'usage parfaitement plein, selon notre nature, sans en pénétrer l'origine et l'essence. Ni le vin n'en est plus plaisant à celui qui en sait les facultés[6] premières. Au contraire ! Et le corps et l'âme interrompent et altèrent le droit qu'ils ont de l'usage du monde[7], y mêlant l'opinion de science[8]. [...]

Ils passent par-dessus les effets[9], mais ils en examinent curieusement les conséquences. Ils commencent ordinairement ainsi : « Comment est-ce que cela se fait ? » – Mais se fait-il ? faudrait-il dire. Notre discours est capable d'étoffer[10] cent autres mondes et d'en trouver les principes et la contexture. Il ne lui faut ni matière, ni base ; laissez-le courre[11] : il bâtit aussi bien sur le vide que sur le plein, et de l'inanité[12] que de matière,

Capable de donner du poids à la fumée[13].

Je trouve quasi partout qu'il faudrait dire : « Il n'en est rien » ; et employerais souvent cette réponse, mais je n'ose, car ils crient que c'est une défaite produite de faiblesse d'esprit et d'ignorance. Et me faut ordinairement bateler[14]

1. Sans règles.
2. Qui va à l'aventure, erratique.
3. Avec jeu de mots.
4. Dieu, le créateur.
5. Utilisation.
6. Propriétés.
7. De profiter du monde.
8. S'ils y mêlent une apparence de science (*opinion* : forme incertaine de connaissance).
9. La réalité des choses, leur existence effective.
10. Donner de la matière à.
11. Courir.
12. Vide.
13. Perse, *Satires*, V, 20.
14. Faire le charlatan.

par compagnie à traiter des sujets et contes frivoles, que je mécrois entièrement[1]. Joint qu'à[2] la vérité il est un peu rude et querelleux de nier tout sec une proposition de fait. Et peu de gens faillent, notamment aux choses malaisées à persuader, d'affirmer qu'ils l'ont vu, ou d'alléguer des témoins desquels l'autorité arrête notre contradiction. Suivant cet usage, nous savons les fondements et les causes de mille choses qui ne furent onques. Et s'escarmouche le monde en mille questions, desquelles et le pour et le contre est faux. [...]

La vérité et le mensonge ont leurs visages conformes, le port, le goût, et les allures pareilles ; nous les regardons de même œil. Je trouve que nous ne sommes pas seulement lâches[3] à nous défendre de la piperie, mais que nous cherchons et convions[4] à nous y enferrer. Nous aimons à nous embrouiller en la vanité, comme conforme à notre être. [...]

Il s'engendre beaucoup d'abus au monde ou, pour le dire plus hardiment, tous les abus du monde s'engendrent de ce qu'on nous apprend à craindre de faire profession de[5] notre ignorance[6], et que nous sommes tenus d'accepter tout ce que nous ne pouvons réfuter. Nous parlons de toutes choses par précepte et résolution[7]. Le style[8] à Rome portait que cela même qu'un témoin déposait pour l'avoir vu de ses yeux, et ce qu'un juge ordonnait de sa plus certaine science, était conçu en cette forme de parler : « Il me semble. » On me fait haïr les choses vraisemblables quand on me les plante pour infaillibles. J'aime ces mots, qui amollissent et modèrent la témérité de nos propositions : « À l'aventure », « Aucunement[9] », « Quelque », « On dit », « Je pense », et semblables. Et si j'eusse eu à dresser des enfants, je leur eusse tant mis en la bouche cette façon de

1. Auxquels je ne crois pas du tout.
2. Ajoutez qu'à.
3. Négligents.
4. Invitons.
5. L'aveu de.
6. Voir texte XXXV.
7. Décision imposée.
8. Formulaire de procédure.
9. Un peu.

répondre enquêteuse, non résolutive[1] : « Qu'est-ce à dire ? » « Je ne l'entends pas », « Il pourrait être », « Est-il vrai ? » qu'ils eussent plutôt gardé la forme d'apprentis à soixante ans que de représenter les docteurs à dix ans, comme ils font. Qui veut guérir de l'ignorance, il faut la confesser.

III, 11, Des boiteux

XL. « Je n'en ai jamais trouvé trois d'accord »

Le scepticisme de Montaigne envers la médecine s'explique aisément. Au XVI*e siècle, la médecine est à peine une science, malgré les progrès de l'anatomie, la pratique courante de la dissection, et l'œuvre du Belge Vésale, partisan de la méthode expérimentale (Vésale publie en 1543 un ouvrage sur l'anatomie du corps humain). La pharmacologie aperçoit des voies nouvelles grâce à Paracelse, qui cherche à composer des remèdes comprenant des éléments minéraux (ces essais préfigurent dans une certaine mesure la thérapeutique chimique). La chirurgie progresse grâce à Ambroise Paré, un praticien, qui substitue par exemple la ligature des artères à la cautérisation au fer rouge.*

Toutefois la médecine reste impuissante devant les épidémies collectives, appelées pestes, *ou devant des maladies nouvelles telles que la syphilis. Un des grands remèdes est toujours la saignée.*

Que les médecins excusent un peu ma liberté, car, par cette même infusion et insinuation[2] fatale, j'ai reçu la haine et le mépris de leur doctrine[3] : cette antipathie que j'ai à leur art m'est héréditaire. Mon père a vécu soixante et quatorze ans, mon aïeul soixante et neuf, mon bisaïeul près de quatre-vingts, sans avoir goûté aucune sorte de médecine. [...]

1. Qui ne conclut pas.
2. Hérédité et transmission (Montaigne vient de dire qu'il a hérité de son père la maladie de la pierre).
3. La science des médecins.

Mes ancêtres avaient la médecine à contrecœur par quelque inclination occulte et naturelle ; car la vue même des drogues faisait horreur à mon père. Le seigneur de Gaviac, mon oncle paternel, homme d'Église, maladif dès sa naissance, et qui fit toutefois durer cette vie débile jusqu'à soixante-sept ans, étant tombé autrefois en une grosse et véhémente fièvre continue, il fut ordonné par les médecins qu'on lui déclarerait, s'il ne se voulait aider (ils appellent secours ce qui le plus souvent est empêchement[1]), qu'il était infailliblement mort. Ce bon homme, tout effrayé comme il fut[2] de cette horrible sentence, si répondit-il : « Je suis donc mort. » Mais Dieu rendit tantôt après vain ce pronostic.

Le dernier des frères, ils étaient quatre, sieur de Bussaguet, et de bien loin le dernier, se soumit seul à cet art, pour le commerce, ce crois-je, qu'il avait avec les autres arts, car il était conseiller en la cour de parlement, et lui succéda[3] si mal qu'étant[4] par apparence de plus forte complexion, il mourut pourtant longtemps avant les autres, sauf un, le sieur de Saint-Michel. [...]

Combien de fois nous advient-il de voir les médecins imputant les uns aux autres la mort de leurs patients ! Il me souvient d'une maladie populaire[5] qui fut aux villes de mon voisinage, il y a quelques années, mortelle et très dangereuse ; cet orage étant passé, qui avait emporté un nombre infini d'hommes, l'un des plus fameux médecins de toute la contrée vint à publier un livret touchant cette matière, par lequel il se ravise[6] de ce qu'ils avaient usé de la saignée, et confesse que c'est l'une des causes principales du dommage qui en était advenu. Davantage, leurs auteurs tiennent qu'il n'y a aucune médecine qui n'ait quelque partie nuisible, et si celles mêmes qui nous servent nous offensent aucunement, que doivent faire celles qu'on nous applique du tout hors de propos ?

1. Nuisance.
2. Qu'il fût.
3. Cela lui réussit.
4. Bien qu'étant.
5. Épidémie (la peste, terme qui couvrait diverses maladies contagieuses).
6. Il regrette qu'ils.

De moi[1], quand il n'y aurait autre chose, j'estime qu'à ceux qui haïssent le goût de la médecine, ce soit un dangereux effort, et de préjudice, de l'aller avaler à une heure si incommode avec tant de contrecœur ; et crois que cela essaye merveilleusement[2] le malade en une saison où il a tant besoin de repos. Outre ce que, à considérer les occasions sur quoi ils fondent ordinairement la cause de nos maladies, elles sont si légères et si délicates que j'argumente[3] par là qu'une bien petite erreur en la dispensation de leurs drogues peut nous apporter beaucoup de nuisance.

Or, si le mécompte[4] du médecin est dangereux, il nous va bien mal, car il est bien aisé qu'il n'y[5] retombe souvent ; il a besoin de trop de pièces[6], considérations et circonstances pour affûter justement son dessein ; il faut qu'il connaisse la complexion du malade, sa température, ses humeurs, ses inclinations, ses actions, ses pensements mêmes et ses imaginations ; il faut qu'il se réponde des circonstances externes, de la nature du lieu, condition de l'air et du temps, assiette[7] des planètes et leurs influences ; qu'il sache en la maladie les causes, les signes, les affections, les jours critiques ; en la drogue, le poids, la force, le pays[8], la figure, l'âge, la dispensation[9] ; et faut que toutes ces pièces, il les sache proportionner et rapporter l'une à l'autre pour en engendrer une parfaite symétrie[10]. À quoi s'il faut[11] tant soit peu, si de tant de ressorts il y en a un tout seul qui tire à gauche[12], en voilà assez pour nous perdre. Dieu sait

1. Quant à moi.
2. Éprouve très fortement.
3. Je conclus.
4. Erreur.
5. Qu'il y (*n'* est explétif).
6. Éléments.
7. Situation (on croyait que les planètes tournent autour de la Terre).
8. Pays d'origine (on utilisait beaucoup de plantes exotiques).
9. La façon de l'administrer.
10. Ce texte est un document sur la médecine du XVIe siècle, où l'on tient compte du tempérament du malade (c'est-à-dire de la prédominance de l'une des quatre humeurs corporelles définies par les médecins anciens, Hippocrate et Galien : le sang, le phlegme, la bile et la bile noire), de l'astrologie, mais aussi du psychisme (par ex. la mélancolie).
11. S'il manque.
12. Du mauvais côté.

de quelle difficulté est la connaissance de la plupart de ces parties[1] : car, pour[2] exemple, comment trouvera-t-il le signe propre de la maladie, chacune étant capable d'un infini nombre de signes ? Combien ont-ils de débats entre eux et de doutes sur l'interprétation des urines ! Autrement d'où viendrait cette altercation continuelle que nous voyons entre eux sur la connaissance du mal ? Comment excuserions-nous cette faute, où ils tombent si souvent, de prendre martre pour renard[3] ? Aux maux que j'ai eus[4], pour peu qu'il y eût de difficulté, je n'en ai jamais trouvé trois d'accord. Je remarque plus volontiers les exemples qui me touchent. Dernièrement, à Paris, un gentilhomme fut taillé[5] par l'ordonnance des médecins, auquel on ne trouva de pierre non plus à la vessie qu'à la main ; et là même, un évêque qui m'était fort ami avait été instamment sollicité, par la plupart des médecins qu'il appelait à son conseil, de se faire tailler ; j'aidai moi-même, sous la foi d'autrui[6], à le lui suader[7] : quand il fut trépassé et qu'il fut ouvert, on trouva qu'il n'avait mal qu'aux reins. Ils sont moins excusables en cette maladie, d'autant qu'elle est aucunement[8] palpable. [...]

1. Éléments.
2. Par.
3. Se tromper (expression proverbiale : la martre est un petit animal du grand Nord).
4. Montaigne souffre cruellement de calculs rénaux, et a pu éprouver à ses dépens l'impuissance prétentieuse des médecins. La gravelle est décrite par le médecin et chirurgien A. Paré. Les calculs de la vessie proviennent du rein, d'où ils sont descendus par les uretères. La lithiase, c'est-à-dire la formation de petites pierres, serait favorisée par les excès de nourriture. Les symptômes énumérés par Paré sont les suivants : du sable jaunâtre apparaît dans les urines, et le malade éprouve dans la région lombaire une douleur qui devient intolérable lorsque le calcul entre dans l'uretère.
Pour favoriser l'évacuation du calcul, on fait boire au patient de grandes quantités d'huile. On lui conseille aussi de se livrer à l'équitation. Des bains servent à apaiser la douleur. Lorsque le calcul s'arrête au col de la vessie, il peut être extrait avec un crochet, mais souvent l'extraction n'est possible que par l'incision du périnée, opération qui finit parfois en hémorragie, et dont la cicatrisation est difficile.
5. Opéré.
6. Sur la promesse d'autrui.
7. Persuader.
8. Dans une certaine mesure.

Voilà comment ils vont batelant[1] et baguenaudant à nos dépens en tous leurs discours ; et ne me sauraient fournir proposition à laquelle je n'en rebâtisse une contraire de pareille force.

Qu'on ne crie donc plus après ceux qui, en ce trouble, se laissent doucement conduire à leur appétit et au conseil de nature, et se remettent à la fortune commune.

II, 37, De la ressemblance des enfants aux pères

XLI. « Cette transmigration de corps à un autre »

Montaigne se moque de la métempsycose, croyance répandue en Inde et en Égypte, d'où elle aurait été rapportée par Pythagore, philosophe grec du VI*e siècle avant J.-C. À la mort de l'individu, l'âme passerait dans une autre enveloppe, humaine, animale ou végétale.*

La plus universelle et plus reçue[2] opinion, et qui dure jusqu'à nous en divers lieux, ç'a été celle de laquelle on fait auteur Pythagore, non qu'il en fût le premier inventeur, mais d'autant qu'elle reçut beaucoup de poids et de crédit par l'autorité de son approbation ; c'est que les âmes, au partir de nous[3], ne faisaient que rouler de l'un corps à un autre, d'un lion à un cheval, d'un cheval à un roi, se promenant ainsi sans cesse de maison en maison.

Et lui, disait se souvenir avoir été Æthalidès, depuis Euphorbe, en après Hermotimos, enfin de Pyrrhus être passé en Pythagore, ayant mémoire de soi de deux cent six ans. Ajoutaient aucuns que ces âmes remontent au ciel parfois et après en dévalent encore :

Père, faut-il penser que les âmes quittent la terre
Pour remonter en haut, et retrouver la lourdeur du corps ?

---

1. Faisant les charlatans.
2. Répandue.
3. Quand elles nous quittent.

Pourquoi ces malheureuses ont-elles un si violent désir de la
[lumière[1] *?* [...]

Mais je ne veux oublier l'objection que font à cette transmigration de corps à un autre les épicuriens. Elle est plaisante. Ils demandent quel ordre il y aurait si la presse des mourants venait à être plus grande que des naissants : car les âmes délogées de leur gîte seraient à se fouler à qui prendrait place la première dans ce nouvel étui. Et demandent aussi à quoi elles passeraient leur temps, cependant qu'elles attendraient qu'un logis leur fût apprêté. Ou, au rebours, s'il naissait plus d'animaux qu'il n'en mourrait, ils disent que les corps seraient en mauvais parti, attendant l'infusion de leur âme[2], et en adviendrait qu'aucuns de ceux-ci se mourraient avant que d'avoir été vivants :

Il est vraiment ridicule de croire que les âmes
Surveillent les bêtes sauvages qui s'accouplent et qui mettent bas,
Et que ces immortelles, en nombre infini, guettent
Des corps mortels, et se disputent entre elles
À qui s'y glisse la première[3].

D'autres ont arrêté l'âme au corps des trépassés pour en animer les serpents, les vers et autres bêtes qu'on dit s'engendrer de la corruption de nos membres, voire et de nos cendres. D'autres la divisent en une partie mortelle, et l'autre immortelle. Autres la font corporelle, et ce néanmoins immortelle. Aucuns la font immortelle, sans science et sans connaissance. Il y en a aussi qui ont estimé que des âmes des condamnés il s'en faisait des diables.

II, 12, Apologie de Raymond Sebond

---

1. Virgile, *Énéide*, VI, 719.
2. L'introduction d'une âme.
3. Lucrèce, *De la nature des choses*, III, 777.

XLII. « Vouloir deviner Dieu par nos analogies »

Montaigne ne remet aucunement en question l'existence de Dieu, mais critique l'image humaine que nous nous faisons de cette puissance incompréhensible.

Nous disons que Dieu craint, que Dieu se courrouce, que Dieu aime,

Imposant aux réalités immortelles la marque d'un discours [mortel[1];

ce sont toutes agitations et émotions qui ne peuvent loger en Dieu selon notre forme ; ni nous, l'imaginer selon la sienne. C'est à Dieu seul de se connaître et d'interpréter ses ouvrages. [...]

Qu'est-il plus vain que de vouloir deviner Dieu par nos analogies et conjectures, le régler et le monde à[2] notre capacité et à nos lois, et nous servir aux dépens de la divinité de ce petit échantillon de suffisance[3] qu'il lui a plu départir[4] à notre naturelle condition ? Et, parce que nous ne pouvons étendre notre vue jusqu'en son glorieux siège, l'avoir ramené[5] çà-bas à notre corruption et à nos misères ?

De toutes les opinions humaines et anciennes touchant la religion, celle-là me semble avoir eu plus[6] de vraisemblance et plus d'excuse, qui reconnaissait Dieu comme une puissance incompréhensible, origine et conservatrice de toutes choses, toute bonté, toute perfection, recevant et prenant en bonne part l'honneur et la révérence que les humains lui rendaient sous quelque visage, sous quelque nom et en quelque manière que ce fût. [...]

L'homme ne peut être que ce qu'il est, ni imaginer que selon sa portée[7]. C'est plus grande présomption, dit

---

1. Lucrèce, *De la nature des choses*, V, 122.
2. Ainsi que le monde selon.
3. Intelligence.
4. Attribuer.
5. Avoir ramené Dieu.
6. Le plus.
7. Voir le texte XXXI, pour l'idée que l'homme ne peut aborder tout objet de connaissance qu'au travers d'impressions trompeuses et humaines.

Plutarque, à ceux qui ne sont qu'hommes d'entreprendre de parler et discourir des dieux et des demi-dieux que ce n'est, à un homme ignorant de musique, vouloir juger de ceux qui chantent.

II, 12, Apologie de Raymond Sebond

IV. AGIR EN HONNÊTE HOMME

LA VIE PUBLIQUE, OU LES MAINS SALES

XLIII. « Le bien public requiert qu'on trahisse et qu'on mente »

Comme Machiavel, Montaigne reconnaît que la raison d'État et le service public nécessitent parfois le recours à des moyens douteux, mensonge, assassinat (qui veut la fin veut les moyens). Mais il ne l'approuve en aucune façon, si bien que pour sa part il renonce aux hautes fonctions qui demandent pareilles compromissions.

Sur ce texte et les suivants, voir dossier.

Notre être est cimenté de qualités maladives ; l'ambition, la jalousie, l'envie, la vengeance, la superstition, le désespoir, logent en nous d'une si naturelle possession que l'image s'en reconnaît aussi aux bêtes [1] ; voire et la cruauté, vice si dénaturé [2] ; car, au milieu de la compassion, nous sentons au-dedans je ne sais quelle aigre-douce pointe de volupté maligne à voir souffrir autrui [3] ; et les enfants le sentent ;

Il est doux, en pleine mer, quand les vents troublent les flots,
De regarder depuis la terre les grandes épreuves d'autrui [4].

---

1. Ces vices sont donc inhérents aux mécanismes de la vie.
2. Contraire à la nature.
3. On notera l'analyse du sadisme, notion non formulée au XVIe siècle, même si les exemples en abondent pendant les guerres civiles.
4. Lucrèce, *De la nature des choses*, II, 1.

Desquelles qualités qui ôterait les semences[1] en l'homme, détruirait les fondamentales conditions de notre vie. De même, en toute police[2], il y a des offices nécessaires, non seulement abjects, mais encore vicieux ; les vices y trouvent leur rang et s'emploient à la couture de notre liaison[3], comme les venins[4] à la conservation de notre santé. S'ils deviennent excusables, d'autant qu'ils nous font besoin et que la nécessité commune efface leur vraie qualité[5], il faut laisser jouer cette partie[6] aux citoyens plus vigoureux et moins craintifs qui sacrifient leur honneur et leur conscience, comme ces autres anciens[7] sacrifièrent leur vie pour le salut de leur pays ; nous autres, plus faibles, prenons des rôles et plus aisés et moins hasardeux. Le bien public requiert qu'on trahisse et qu'on mente et qu'on massacre ; résignons[8] cette commission à gens plus obéissants et plus souples.

Certes, j'ai eu souvent dépit de voir des juges attirer par fraude et fausses espérances de faveur ou pardon le criminel à découvrir son fait, et y employer la piperie et l'impudence. Il servirait bien à la justice[9], et à Platon même, qui favorise cet usage, de me fournir d'autres moyens plus selon moi[10]. C'est une justice malicieuse[11] ; et ne l'estime pas moins blessée par soi-même que par autrui. Je répondis, n'y a pas longtemps, qu'à peine trahirais-je le prince pour un particulier, qui serais très marri de trahir aucun particulier pour le prince ; et ne hais pas seulement à piper, mais je hais aussi qu'on se pipe en moi[12]. Je n'y veux pas seulement fournir de matière et d'occasion.

En ce peu que j'ai eu à négocier entre nos princes[13], en

1. Si l'on ôtait les semences.
2. État.
3. À consolider nos relations.
4. Poisons.
5. Leur véritable nature (vicieuse).
6. Ce rôle.
7. D'autres hommes parmi les Anciens.
8. Abandonnons.
9. Il serait bon pour la justice.
10. Qui me conviennent mieux.
11. Méchante.
12. En ce qui me concerne.
13. Montaigne sert notamment d'intermédiaire entre Henri III et le réformé Henri de Navarre, le futur Henri IV.

ces divisions et subdivisions qui nous déchirent aujourd'hui, j'ai curieusement évité qu'ils se méprissent en moi et s'enferrassent en mon masque. Les gens du métier[1] se tiennent les plus couverts et se présentent et contrefont les plus moyens et les plus voisins[2] qu'ils peuvent. Moi, je m'offre par mes opinions les plus vives et par la forme plus mienne. Tendre[3] négociateur et novice, qui aime mieux faillir à l'affaire qu'à moi ! Ç'a été pourtant jusqu'à cette heure avec tel heur (car certes la fortune y a principale part) que peu ont passé de main à autre avec moins de soupçon, plus de faveur et de privauté[4]. J'ai une façon ouverte, aisée à s'insinuer[5] et à se donner crédit aux premières accointances[6]. La naïveté et la vérité pure, en quelque siècle que ce soit, trouvent encore leur opportunité et leur mise[7]. Et puis, de ceux-là est la liberté peu suspecte et peu odieuse, qui besognent sans aucun leur intérêt[8] et qui peuvent véritablement employer la réponse d'Hypéride[9] aux Athéniens se plaignant de l'âpreté de son parler : « Messieurs, ne considérez pas si je suis libre, mais si je le suis sans rien prendre et sans amender[10] par là mes affaires. »

Au demeurant, je ne suis pressé de passion ou haineuse ou amoureuse envers les grands ; ni n'ai ma volonté garrottée[11] d'offense[12] ou obligation particulière. Je regarde nos rois d'une affection simplement légitime et civile, ni émue, ni démue[13] par intérêt privé. De quoi je me sais bon gré. La cause générale et juste ne m'attache non plus que modérément et sans fièvre. Je ne suis pas sujet à ces hypothèques[14] et engagements pénétrants et intimes ; la colère et la haine

1. Les diplomates de profession.
2. Communs.
3. Débutant, inexpérimenté.
4. Familiarité.
5. S'introduire.
6. Rencontres.
7. Fonction.
8. Sans aucun intérêt particulier.
9. Orateur athénien (IVe siècle avant J.-C.).
10. Faire profiter.
11. Liée.
12. Offense inspirant de la rancune.
13. Ni déchaînée ni détournée.
14. Façons d'engager sa liberté.

sont au-delà du devoir de la justice, et sont passions servant seulement à ceux qui ne tiennent pas assez à leur devoir par la raison simple ; toutes intentions légitimes et équitables sont d'elles-mêmes équables et tempérées, sinon elles s'altèrent en séditieuses et illégitimes [1]. C'est ce qui me fait marcher partout la tête haute, le visage et le cœur ouverts.

III, 1, De l'utile et de l'honnête

XLIV. « Selon les affaires »

Les dangers d'une trop grande loyauté, pour qui se risque dans les hautes sphères.

La vertu assignée aux affaires du monde est une vertu à plusieurs plis, encoignures [2] et coudes, pour s'appliquer et joindre à l'humaine faiblesse, mêlée [3] et artificielle, non [4] droite, nette, constante, ni purement innocente. Les annales reprochent jusqu'à cette heure à quelqu'un de nos rois de s'être trop simplement laissé aller aux consciencieuses persuasions de son confesseur [5]. Les affaires d'État ont des préceptes plus hardis :

Qu'il abandonne la cour, celui qui veut respecter
Les règles morales [6].

J'ai autrefois essayé d'employer au service des maniements [7] publics les opinions et règles de vivre ainsi rudes, neuves, impolies ou impollues [8], comme je les ai nées [9]

1. Souvenir de la morale d'Aristote, pour qui toute vertu devient vice lorsqu'elle est excessive : la vertu doit être modérée.
2. Coins.
3. Une vertu mêlée.
4. Non pas.
5. Il s'agit de Charles VIII, roi de France de 1483 à 1498, et qui sur les conseils de son confesseur aurait renoncé au Roussillon.
6. Lucain, *Pharsale*, VIII, 493.
7. Affaires.
8. Intactes.
9. Innées.

chez moi ou rapportées de mon institution[1], et desquelles je me sers sinon commodément, au moins sûrement en particulier, une vertu scolastique[2] et novice[3]. Je les y ai trouvées ineptes et dangereuses. Celui qui va en la presse, il faut qu'il gauchisse[4], qu'il serre ses coudes, qu'il recule ou qu'il avance, voire qu'il quitte le droit chemin, selon ce qu'il rencontre ; qu'il vive non tant selon soi que selon autrui, non selon ce qu'il se propose, mais selon ce qu'on lui propose, selon le temps, selon les hommes, selon les affaires.

Platon dit que qui échappe braies[5] nettes du maniement du monde, c'est par miracle qu'il en échappe. Et dit aussi que, quand il ordonne son philosophe[6] chef d'une police[7], il n'entend pas le dire d'une police corrompue comme celle d'Athènes, et encore bien moins comme la nôtre, envers lesquelles la sagesse même perdrait son latin. Comme une herbe transplantée en solage[8] fort divers à[9] sa condition se conforme bien plutôt à celui-ci qu'elle ne le réforme à soi.

Je sens que si j'avais à me dresser tout à fait à telles occupations, il m'y faudrait beaucoup de changement et de rhabillage. Quand je pourrais cela sur moi (et pourquoi ne le pourrais-je, avec le temps et le soin ?), je ne le voudrais pas. De ce peu que je me suis essayé en cette vacation, je m'en suis d'autant dégoûté. Je me sens fumer en l'âme parfois aucunes tentations vers l'ambition ; mais je me bande[10] et obstine au contraire :

Mais toi, Catulle, reste obstiné[11] *!*

On ne m'y appelle guère, et je m'y convie[12] aussi peu. La

1. Inculquées par mon éducation.
2. Apprise à l'école.
3. Inexpérimentée.
4. Esquive les coups.
5. Pantalon.
6. Platon pense que le philosophe est le chef d'État idéal.
7. Quand il veut faire de son philosophe un chef d'État.
8. Sol.
9. Ne convenant pas à.
10. Tends.
11. Catulle, VIII, 19 (emploi humoristique de cette citation).
12. M'y rends.

liberté et l'oisiveté, qui sont mes maîtresses qualités, sont qualités diamétralement contraires à ce métier-là.

III, 9, De la vanité

XLV. « Aucune partie n'est exempte de corruption »

Le spectacle des guerres civiles est celui d'une corruption généralisée, aggravée par l'indiscipline des troupes. Même le clan catholique, auquel Montaigne appartient, n'échappe pas à cette corruption.

J'écrivais ceci environ le temps qu'une forte charge de nos troubles[1] se croupit[2] plusieurs mois[3], de tout son poids, droit sur moi. J'avais d'une part les ennemis à ma porte, d'autre part les picoreurs[4], pires ennemis : « on ne combat pas par les armes, mais par les vices[5] » ; et essayais toute sorte d'injures[6] militaires à la fois.

Je redoute un ennemi à droite et un à gauche,
Et le danger me presse des deux côtés[7].

Monstrueuse guerre : les autres agissent au-dehors, celle-ci encore contre soi se ronge et se défait par son propre venin[8]. Elle est de nature si maligne et ruineuse qu'elle se ruine quand et quand le reste, et se déchire et démembre de rage. Nous la voyons plus souvent se dissoudre par elle-même que par disette[9] d'aucune chose nécessaire, ou par la force ennemie. Toute discipline la fuit. Elle vient guérir

1. Troubles des guerres civiles.
2. S'accumula.
3. Allusion aux exactions accomplies par les troupes huguenotes en 1585 dans la province de Guyenne (dont la capitale était Bordeaux).
4. Maraudeurs, pillards.
5. L'auteur de cette citation est inconnu.
6. Offenses, attaques.
7. Ovide, *Pontiques*, I, 3, 57.
8. À l'intérieur d'un même clan, la cruauté et le vice font des ravages, si bien qu'il n'y a ni vaincu ni vainqueur, et qu'aucun parti n'est juste.
9. Manque.

la sédition[1] et en est pleine, veut châtier la désobéissance, et en montre l'exemple ; et, employée à la défense des lois, fait sa part[2] de rébellion à l'encontre des siennes propres. Où en sommes-nous ? Notre médecine porte infection[3]. [...]

En ces maladies populaires[4], on peut distinguer sur le commencement les sains des malades, mais quand elles viennent à durer, comme la nôtre, tout le corps s'en sent, et la tête et les talons, aucune partie n'est exempte de corruption. Car il n'est air qui se hume si goulûment, qui s'épande[5] et pénètre, comme fait la licence[6]. Nos armées ne se lient et tiennent plus que par ciment étranger[7] ; des Français, on ne sait plus faire un corps d'armée constant et réglé. Quelle honte ! Il n'y a qu'autant de discipline que nous en font voir des soldats empruntés. Quant à nous, nous nous conduisons à discrétion[8], et non pas du chef, chacun selon la sienne : il a plus affaire[9] au-dedans qu'au-dehors. C'est au commandant de suivre, courtiser et plier, à lui seul d'obéir ; tout le reste est libre et dissolu[10]. Il me plaît de voir combien il y a de lâcheté et de pusillanimité en l'ambition, par combien d'abjection et de servitude il lui faut arriver à son but. Mais ceci me déplaît-il de voir des natures débonnaires et capables de justice se corrompre tous les jours au maniement et commandement de cette confusion[11]. La longue souffrance[12] engendre la coutume, la coutume le consentement et l'imitation. Nous avions assez d'âmes mal nées sans gâter les bonnes et généreuses. Si

---

1. C'était le but officiel des troupes catholiques.
2. Joue son rôle dans.
3. Notre traitement contribue à l'infection.
4. Épidémies (métaphore pour désigner les guerres civiles).
5. Se répande.
6. L'indiscipline.
7. C'est-à-dire les mercenaires.
8. Chacun selon sa volonté, non pas selon celle du chef.
9. Le chef a plus à faire.
10. C'est-à-dire qu'il n'y a aucune discipline dans ces armées.
11. Autrement dit : je savais bien que les grands ambitieux se corrompent à essayer de commander ces bandes indisciplinées, et cela confirme mon refus de l'ambition. Mais les honnêtes gens non plus n'en sortent pas indemnes.
12. Tolérance.

que[1], si nous continuons, il restera malaisément à qui fier[2] la santé de cet État, au cas que fortune nous la redonne.

III, 12, De la physionomie

XLVI. « Je suis dégoûté de la nouvelleté »

L'action politique est nuisible lorsqu'elle conduit à des réformes qui ébranlent l'équilibre national.

Il y a grand doute, s'il se peut[3] trouver si évident profit au changement d'une loi reçue, telle qu'elle soit, qu'il y a de mal à la remuer[4] : d'autant qu'une police, c'est comme un bâtiment de diverses pièces jointes ensemble, d'une telle liaison qu'il est impossible d'en ébranler une que tout le corps ne s'en sente. Le législateur des Thuriens[5] ordonna que quiconque voudrait ou abolir une des vieilles lois, ou en établir une nouvelle, se présenterait au peuple la corde au col[6], afin que si la nouvelle n'était approuvée d'un chacun, il fût incontinent étranglé. Et celui de Lacédémone employa sa vie pour tirer de ses citoyens une promesse assurée de n'enfreindre aucune de ses ordonnances. [...]

Je suis dégoûté de la nouvelleté, quelque visage qu'elle porte, et ai raison, car j'en ai vu des effets très dommageables. Celle qui nous presse depuis tant d'ans[7], elle n'a pas tout exploité[8], mais on peut dire avec apparence[9] que par accident elle a tout produit et engendré, voire et les maux et ruines qui se font depuis sans elle, et contre elle ; c'est à elle à s'en prendre au nez,

1. Au point que.
2. Confier.
3. Il est douteux que l'on puisse.
4. Comprendre : il n'est pas sûr que l'on trouve autant de profit à changer une loi que l'on se donne de mal à la modifier.
5. Habitants de Thurium, ville de l'Italie ancienne.
6. Cou.
7. La Réforme protestante, cause des guerres civiles.
8. Provoqué.
9. Apparence de raison.

Hélas, je souffre des blessures causées par mes flèches[1] *!*

Ceux qui donnent le branle à un état sont volontiers[2] les premiers absorbés en sa ruine. Le fruit du trouble ne demeure guère à celui qui l'a ému[3] ; il bat et brouille l'eau pour d'autres pêcheurs. La liaison et contexture de cette monarchie et ce grand bâtiment ayant été démis et dissous, notamment sur ses vieux ans, par elle, donne tant qu'on veut d'ouverture et d'entrée à pareilles injures[4].

I, 23, De la coutume et de ne changer aisément une loi reçue

XLVII. « Parce qu'elles sont lois »

L'obéissance de Montaigne aux lois de son pays ne l'empêche pas de leur vouer une confiance toute relative. Ne pas être dupe. Les lois sont beaucoup trop nombreuses et trop obscures pour être soutenues par l'idée lumineuse et simple de la justice. Les seules lois valables seraient celles de la Nature, avec lesquelles nos États n'ont rien à voir.

*Montaigne a siégé au Parlement de Bordeaux, et connaît bien le milieu de la justice. La corruption de certains juges et la lenteur des procès sont aggravées par la diversité des coutumes d'une province à l'autre (malgré le travail de rédaction des coutumes entrepris au XVI*e *siècle). Les abus de la justice avaient été dénoncés avec virulence dans le* Cinquième Livre *de Rabelais (épisode de Grippeminaud).*

Puisque les lois éthiques[5], qui regardent le devoir particulier de chacun en soi, sont si difficiles à dresser[6], comme nous voyons qu'elles sont, ce n'est pas merveille si celles qui gouvernent tant de particuliers[7] le sont davan-

1. Ovide, *Héroïdes* (lettre de Phyllis à Démophon).
2. Souvent.
3. Suscité.
4. Méfaits.
5. Morales.
6. Établir.
7. Tant d'individus.

tage. Considérez la forme de cette justice qui nous régit : c'est un vrai témoignage de l'humaine imbécillité, tant il y a de contradiction et d'erreur. Ce que nous trouvons faveur et rigueur en la justice, et y en trouvons tant que je ne sais si l'entre-deux s'y trouve si[1] souvent, ce sont parties maladives et membres injustes du corps même et essence de la justice[2]. Des paysans viennent de m'avertir en hâte qu'ils ont laissé présentement en une forêt qui est à moi un homme meurtri de cent coups, qui respire encore et qui leur a demandé de l'eau par pitié et du secours pour le soulever. Disent qu'ils n'ont osé l'approcher et s'en sont fuis, de peur que les gens de la justice ne les y attrapassent et, comme il se fait de ceux qu'on rencontre près d'un homme tué, ils n'eussent à rendre compte de cet accident à[3] leur totale ruine, n'ayant ni suffisance, ni argent, pour défendre leur innocence. Que leur eussé-je dit ? Il est certain que cet office[4] d'humanité les eût mis en peine.

Combien avons-nous découvert d'innocents avoir été punis, je dis sans la coulpe des juges ; et combien en y a-t-il eu que nous n'avons pas découverts ? Ceci est advenu de mon temps : certains sont condamnés à la mort pour un homicide ; l'arrêt, sinon prononcé[5], au moins conclu et arrêté. Sur ce point[6], les juges sont avertis par les officiers d'une cour subalterne voisine qu'ils tiennent quelques prisonniers, lesquels avouent disertement[7] cet homicide, et apportent à tout ce fait une lumière indubitable. On délibère si pourtant on doit interrompre et différer l'exécution de l'arrêt donné contre les premiers. On considère la nouvelleté de l'exemple, et sa conséquence pour accrocher[8] les jugements ; que la condamnation est juridiquement passée, les juges privés de repentance[9].

1. Aussi.
2. Ces deux excès, la faveur et la rigueur, ne sont pas des accidents : ils sont inhérents à la nature même de notre justice.
3. Pour.
4. Service.
5. Prononcé officiellement.
6. À ce moment.
7. Explicitement.
8. Mettre en question.
9. Sans possibilité de revenir sur leur jugement.

Somme, ces pauvres diables sont consacrés [1] aux formules de la justice. [...]

Nul juge n'a encore, Dieu merci, parlé à moi comme juge, pour quelque cause que ce soit, ou mienne ou tierce [2], ou criminelle ou civile. Nulle prison m'a reçu, non pas seulement pour m'y promener [3]. L'imagination m'en rend la vue, même du dehors, déplaisante. Je suis si affadi après la liberté [4], que qui me défendrait l'accès de quelque coin des Indes, j'en vivrais aucunement plus mal à l'aise. Et tant que mal je trouverai terre ou air ouvert ailleurs, je ne croupirai en lieu où il me faille cacher. Mon Dieu ! que mal pourrais-je souffrir la condition où je vois tant de gens, cloués à un quartier [5] de ce royaume, privés de l'entrée des villes principales et des cours et de l'usage des chemins publics, pour avoir querellé nos lois ! Si celles que je sers me menaçaient seulement le bout du doigt, je m'en irais incontinent en trouver d'autres, où que ce fût. Toute ma petite prudence, en ces guerres civiles où nous sommes, s'emploie à ce qu'elles n'interrompent ma liberté d'aller et venir.

Or les lois se maintiennent en crédit, non parce qu'elles sont justes, mais parce qu'elles sont lois [6]. C'est le fondement mystique de leur autorité ; elles n'en ont point d'autre. Qui bien leur sert. Elles sont souvent faites par des sots, plus souvent par des gens qui, en haine d'équalité, ont faute d'équité [7], mais toujours par des hommes, auteurs vains [8] et irrésolus [9].

Il n'est rien si lourdement et largement fautier [10] que les lois, ni si ordinairement. Quiconque leur obéit parce qu'elles sont justes, ne leur obéit pas justement par où il

1. Sacrifiés.
2. Concernant un tiers.
3. En 1588, lors d'un séjour à Paris, Montaigne sera mis pendant huit heures à la Bastille par le parti de la Ligue, les ultra-catholiques.
4. Fou de liberté.
5. Région.
6. Par conséquent même l'action conforme aux lois n'est pas nécessairement juste, puisque les lois n'ont guère de fondement moral.
7. Les lois sont injustes parce que favorables aux puissants.
8. Sans substance intellectuelle.
9. Incapables de juger.
10. Erroné.

doit. Les nôtres françaises prêtent aucunement[1] la main, par leur dérèglement et déformité[2], au désordre et corruption qui se voit en leur dispensation[3] et exécution. Le commandement est si trouble et inconstant qu'il excuse aucunement et la désobéissance et le vice de l'interprétation, de l'administration et de l'observation.

III, 13, De l'expérience

XLVIII. « On ne corrige pas celui qu'on pend »

À la Renaissance, ce souci de « l'avertissement » contribue à transformer l'exécution en spectacle.

C'est un usage de notre justice, d'en condamner aucuns pour l'avertissement des autres.

De les condamner parce qu'ils ont failli[4], ce serait bêtise, comme dit Platon. Car, ce qui est fait, ne se peut défaire ; mais c'est afin qu'ils ne faillent plus de même, ou qu'on fuie l'exemple de leur faute.

On ne corrige pas celui qu'on pend, on corrige les autres par lui.

III, 8, De l'art de conférer

1. Dans une certaine mesure.
2. Incertitude.
3. Application.
4. Commis une faute.

SANS AMBITION

XLIX. « Les moins habiles »

Pas de grands hommes pour Montaigne, contrairement à toute une tradition de l'Antiquité qui leur voue un culte.

Qu'on regarde qui sont les plus puissants aux villes, et qui font mieux leurs besognes[1] : on trouvera ordinairement que ce sont les moins habiles. Il est advenu aux femmes, aux enfants et aux insensés, de commander des grands États, à l'égal des plus suffisants princes[2]. Et y rencontrent[3], dit Thucydide[4], plus ordinairement les grossiers que les subtils. Nous attribuons les effets de leur bonne fortune à leur prudence.

Grâce à la fortune, chacun peut s'élever,
Et ensuite, nous disons tous qu'il a du talent[5].

Par quoi je dis bien, en toutes façons, que les événements sont maigres témoins[6] de notre prix et capacité.

Or, j'étais sur ce point[7], qu'il ne faut que voir un homme élevé en dignité : quand nous l'aurions connu trois jours

1. Affaires.
2. Des princes les plus capables.
3. Réussissent.
4. Historien grec.
5. Plaute, *Pseudolus*, II, 3, 15.
6. Témoignent mal.
7. Je me disais.

devant[1] homme de peu, il coule insensiblement en nos opinions une image de grandeur, de suffisance, et nous persuadons[2] que, croissant de train[3] et de crédit, il est cru de[4] mérite. Nous jugeons de lui, non selon sa valeur, mais, à la mode des jetons[5], selon la prérogative de son rang. Que la chance tourne aussi, qu'il retombe et se remêle à la presse, chacun s'enquiert avec admiration de la cause qui l'avait guindé[6] si haut. « Est-ce lui ? fait-on ; n'y savait-il autre chose quand il y était ? les princes se contentent-ils de si peu ? nous étions vraiment en bonnes mains. » C'est chose que j'ai vue souvent de mon temps. Voire et le masque des grandeurs, qu'on représente aux comédies, nous touche aucunement et nous pipe. Ce que j'adore moi-même aux rois, c'est la foule de leurs adorateurs. Toute inclination[7] et soumission leur est due, sauf celle de l'entendement. Ma raison n'est pas duite[8] à se courber et fléchir, ce sont mes genoux.

III, 8, De l'art de conférer

L. « Troisième à Périgueux »

La misère des grands. Montaigne inverse les idées reçues, selon une logique paradoxale qui lui est familière.

Si ne m'est-il jamais advenu de souhaiter ni empire ni royauté, ni l'éminence de ces hautes fortunes et commenderesses[9]. Je ne vise pas de ce côté-là, je m'aime trop. Quand je pense à croître, c'est bassement, d'une accrois-

---

1. Avant.
2. Nous nous persuadons.
3. Statut social.
4. Il a grandi en.
5. Jetons à la valeur variable selon leur place.
6. Élevé.
7. Inclination respectueuse.
8. Faite pour.
9. Pourvues d'autorité.

sance contrainte et couarde, proprement pour moi, en résolution[1], en prudence, en santé, en beauté, et en richesse encore. Mais ce crédit, cette autorité si puissante foule[2] mon imagination. Et, tout à l'opposite de l'autre[3], m'aimerais à l'aventure mieux deuxième ou troisième à Périgueux que premier à Paris ; au moins, sans mentir, mieux troisième à Paris, que premier en charge[4]. Je ne veux ni débattre avec un huissier de porte, misérable inconnu, ni faire fendre en adoration les presses où je passe[5]. Je suis duit à un étage moyen, comme par mon sort, aussi par mon goût. Et ai montré, en la conduite de ma vie et de mes entreprises, que j'ai plutôt fui qu'autrement d'enjamber par-dessus le degré de fortune auquel Dieu logea ma naissance. Toute constitution naturelle est pareillement juste et aisée.

J'ai ainsi l'âme poltronne[6], que je ne mesure pas la bonne fortune selon sa hauteur ; je la mesure selon sa facilité. [...]

Le plus âpre et difficile métier du monde, à mon gré, c'est faire dignement le roi. J'excuse plus de leurs fautes qu'on ne fait communément, en considération de l'horrible poids de leur charge, qui m'étonne. Il est difficile de garder mesure à une puissance si démesurée. [...]

C'est pitié de pouvoir tant, qu'il advienne que toutes choses vous cèdent. Votre fortune rejette trop loin de vous la société et la compagnie, elle vous plante trop à l'écart. Cette aisance et lâche facilité de faire tout baisser sous soi est ennemie de toute sorte de plaisir ; c'est glisser, cela, ce n'est pas aller ; c'est dormir, ce n'est pas vivre. Concevez l'homme accompagné d'omnipotence[7], vous l'abîmez[8] ; il faut qu'il vous demande par aumône de l'empêchement et de la résistance ; son être et son bien sont[9] en indigence.

---

1. Fermeté.
2. Écrase.
3. César, qui voulait être premier à Rome.
4. En fonction.
5. Comprendre : je ne veux être ni le dernier ni le premier.
6. Paresseuse (terme d'origine italienne).
7. Toute-puissance.
8. Le précipitez au plus bas.
9. Résident dans.

Leurs bonnes qualités sont mortes et perdues, car elles ne se sentent que par comparaison, et on les en met hors ; ils ont peu de connaissance de la vraie louange, étant battus[1] d'une si continuelle approbation et uniforme. Ont-ils affaire au plus sot de leurs sujets, ils n'ont aucun moyen de prendre avantage sur lui ; en disant : « C'est pour ce qu'il est mon roi », il lui semble avoir assez dit qu'il a prêté la main à[2] se laisser vaincre. Cette qualité étouffe et consomme les autres qualités vraies et essentielles[3] : elles sont enfoncées dans la royauté, et ne leur laisse à eux faire valoir que les actions qui la touchent directement et qui lui servent, les offices de leur charge. C'est tant être roi qu'il n'est que par là[4]. Cette lueur étrangère qui l'environne, le cache et nous le dérobe, notre vue s'y rompt[5] et s'y dissipe étant remplie et arrêtée[6] par cette forte lumière. Le sénat ordonna[7] le prix d'éloquence à Tibère[8] ; il le refusa, n'estimant pas que, d'un jugement si peu libre, quand bien il[9] eût été véritable, il s'en pût ressentir[10].

III, 7, De l'incommodité de la grandeur

LI. « Plions bagage »

Dans ce chapitre, Montaigne justifie la retraite qu'il a prise en renonçant à sa charge de conseiller, en 1571, à l'âge de trente-huit ans. Cette retraite n'est pas le fruit de l'égoïsme : elle permet au contraire d'agir sans ambition et sans âpreté.

La solitude me semble avoir plus d'apparence et de rai-

1. Ayant les oreilles rebattues.
2. Accepté de.
3. C'est-à-dire les qualités humaines.
4. Il est tellement roi qu'il n'est plus que par sa fonction.
5. Perd.
6. Éblouie.
7. Décerna.
8. Empereur romain.
9. Même s'il.
10. Il en eût du plaisir.

son à ceux qui ont donné au monde leur âge plus actif et florissant, suivant l'exemple de Thalès[1].

C'est assez vécu pour autrui, vivons pour nous au moins ce bout de vie. Ramenons à nous et à notre aise nos pensées et nos intentions. Ce n'est pas une légère partie[2] que de faire sûrement sa retraite ; elle nous empêche[3] assez sans y mêler d'autres entreprises. Puisque Dieu nous donne loisir[4] de disposer de notre délogement[5], préparons-nous-y ; plions bagage ; prenons de bonne heure congé de la compagnie ; dépêtrons-nous de ces violentes prises qui nous engagent ailleurs et éloignent de nous. Il faut dénouer ces obligations si fortes, et meshui aimer ceci et cela, mais n'épouser rien que soi. C'est-à-dire : le reste soit à nous, mais non pas joint et collé en façon qu'on ne le puisse déprendre sans nous écorcher et arracher ensemble quelque pièce du nôtre. La plus grande chose du monde, c'est de savoir être à soi.

Il est temps de nous dénouer de la société, puisque nous n'y pouvons rien apporter. Et qui ne peut prêter, qu'il se défende d'emprunter. Nos forces nous faillent ; retirons-les et resserrons en nous. Qui peut renverser[6] et confondre en soi les offices de l'amitié et de la compagnie[7], qu'il le fasse. En cette chute[8], qui le rend inutile, pesant et importun aux autres, qu'il se garde d'être importun à soi-même, et pesant, et inutile. Qu'il se flatte et caresse, et surtout se régente[9], respectant et craignant sa raison et sa conscience, si qu'il[10] ne puisse sans honte broncher[11] en leur présence. « Il est rare en effet que l'on se respecte soi-même suffisamment[12]. »

---

1. Un des sept sages de la Grèce antique.
2. Entreprise.
3. Occupe.
4. La possibilité.
5. Départ.
6. Inverser.
7. Chacun de nous est son propre compagnon : qu'il devienne aussi son ami.
8. Chute de la vieillesse imminente (qui lui interdira de « rien apporter » à la collectivité).
9. Se maîtrise.
10. Si bien qu'il.
11. Trébucher, commettre une faute.
12. Quintilien, *Institution oratoire*, X, 7.

Socrate dit que les jeunes se doivent faire instruire, les hommes s'exercer à bien faire, les vieux se retirer de toute occupation civile et militaire, vivant à leur discrétion[1], sans obligation à nul certain office[2].

Il y a des complexions plus propres à ces préceptes de la retraite les unes que les autres. Celles qui ont l'appréhension[3] molle et lâche, et une affection[4] et volonté délicates, et qui ne s'asservissent ni s'emploient pas aisément, desquels je suis et par naturelle condition et par discours, ils se plieront mieux à ce conseil[5] que les âmes actives et occupées qui embrassent tout et s'engagent partout, qui se passionnent de toutes choses, qui s'offrent, qui se présentent et qui se donnent à toutes occasions. Il se faut servir de ces commodités accidentelles et hors de nous, en tant qu'elles nous sont plaisantes, mais sans en faire notre principal fondement ; ce ne l'est pas ; ni la raison ni la nature ne le veulent[6]. Pourquoi contre ses lois asservirons-nous notre contentement à la puissance d'autrui ?

I, 39, De la solitude

LII. « Mes armes vaincues »

Montaigne n'a même pas l'ambition de l'emporter dans les joutes oratoires, à une époque où les dissensions verbales nourrissent le fanatisme idéologique. Voir dossier.

Je festoie et caresse la vérité en quelque main que je la trouve, et m'y rends allégrement, et lui tends mes armes vaincues, de loin que je la vois approcher. Et, pourvu qu'on

---

1. Selon leur volonté.
2. Aucun emploi déterminé.
3. Prise (sur les choses).
4. Appétit.
5. Cette décision.
6. Précepte commun aux épicuriens et aux stoïciens : garder son indépendance par rapport aux biens externes et fortuits, tels que les honneurs et le pouvoir.

n'y procède d'une trogne trop impérieuse et magistrale, je prête l'épaule aux répréhensions que l'on fait en mes écrits ; et les ai souvent changés[1] plus par raison de civilité[2] que par raison d'amendement ; aimant à gratifier et nourrir[3] la liberté de m'avertir par la facilité de céder[4] ; oui, à mes dépens. Toutefois il est certes malaisé d'y attirer les hommes de mon temps ; ils n'ont pas le courage de corriger, parce qu'ils n'ont pas le courage de souffrir à l'être, et parlent toujours avec dissimulation en présence les uns des autres. Je prends si grand plaisir d'être jugé et connu, qu'il m'est comme indifférent en quelle des deux formes[5] je le sois. Mon imagination se contredit elle-même si souvent et condamne, que ce m'est tout un[6] qu'un autre le fasse : vu principalement que je ne donne à sa répréhension que l'autorité que je veux[7]. [...]

Nos disputes devraient être défendues[8] et punies comme d'autres crimes verbaux. Quel vice n'éveillent-elles et n'amoncellent, toujours régies et commandées par la colère ! Nous entrons en inimitié, premièrement contre les raisons[9], et puis contre les hommes. Nous n'apprenons à disputer que pour contredire ; et, chacun contredisant et étant contredit, il en advient que le fruit du disputer, c'est perdre et anéantir la vérité.

III, 8, De l'art de conférer

1. Modifiés.
2. Par politesse.
3. Développer.
4. En tenant compte de leurs remarques, il encourage les autres à le critiquer.
5. En bien ou en mal.
6. Cela m'est égal.
7. Il ne cède pas non plus à tous les coups.
8. Interdites.
9. Arguments.

MONTAIGNE MAIRE DE BORDEAUX

LIII. « Messieurs de Bordeaux m'élurent maire de leur ville »

Un dévouement sans passion et sans haine. Montaigne s'efforce aussi d'éviter les soucis, à la différence de son père, qui avait également été maire de Bordeaux.

Voir dossier.

Au prix du commun des hommes, peu de choses me touchent, ou, pour mieux dire, me tiennent ; car c'est raison qu'elles touchent, pourvu qu'elles ne nous possèdent. J'ai grand soin d'augmenter par étude et par discours ce privilège d'insensibilité, qui est naturellement bien avancé[1] en moi. J'épouse, et me passionne par conséquent, de peu de choses. J'ai la vue claire, mais je l'attache à peu d'objets ; le sens[2] délicat et mou. Mais l'appréhension[3] et l'application, je l'ai dure et sourde : je m'engage difficilement. Autant que je puis, je m'emploie tout à moi ; et en ce sujet même, je briderais pourtant et soutiendrais[4] volontiers mon affection qu'elle ne s'y plonge trop entière, puisque c'est un sujet que je possède à la merci

1. Par nature bien développé.
2. Sensibilité.
3. Prise, engagement.
4. Retiendrais.

d'autrui [1], et sur lequel la fortune [2] a plus de droit que je n'ai. De manière que, jusqu'à la santé que j'estime tant, il me serait besoin de [3] ne la pas désirer et m'y adonner [4] si furieusement que j'en trouve les maladies importables [5]. On se doit modérer entre la haine de la douleur et l'amour de la volupté ; et ordonne Platon une moyenne route de vie entre les deux [6].

Mais aux affections qui me distraient de moi et attachent ailleurs, à celles-là certes m'opposé-je de toute ma force. Mon opinion est qu'il se faut prêter à autrui et ne se donner qu'à soi-même. Si ma volonté se trouvait aisée à s'hypothéquer [7] et à s'appliquer, je n'y durerais pas : je suis trop tendre, et par nature et par usage [8],

Fuyant les affaires, et né pour les loisirs paisibles [9].

Les débats contestés et opiniâtrés qui donneraient en fin avantage à mon adversaire, l'issue qui rendrait honteuse ma chaude poursuite, me rongerait à l'aventure bien cruellement. Si je mordais à même [10], comme font les autres, mon âme n'aurait jamais la force de porter les alarmes et émotions qui suivent ceux qui embrassent tant ; elle serait incontinent [11] disloquée par cette agitation intestine [12]. Si quelquefois on m'a poussé au maniement d'affaires étrangères, j'ai promis de les prendre en main, non pas au poumon et au foie ; de m'en charger, non de les incorporer ; de m'en soigner [13], oui, de m'en passionner, nullement : j'y regarde, mais je ne les couve point. J'ai assez affaire à

---

1. Dont la possession dépend d'autrui.
2. Les caprices de la Fortune.
3. Il me faudrait.
4. Attacher.
5. Insupportables.
6. Cette moyenne route de vie est également la grande règle de la morale d'Aristote. La modération tient une grande place dans la morale antique. Voir la fin du texte XLIII.
7. S'engager, se lier.
8. Habitude.
9. Ovide, *Tristes*, III, 2, 9.
10. Si j'y mordais vigoureusement.
11. Aussitôt.
12. Intérieure.
13. Soucier.

disposer et ranger la presse domestique[1] que j'ai dans mes entrailles et dans mes veines, sans y loger, et me fouler[2] d'une presse étrangère ; et suis assez intéressé de mes affaires essentielles, propres et naturelles, sans en convier d'autres foraines[3]. Ceux qui savent combien ils se doivent et de combien d'offices ils sont obligés à eux trouvent que nature leur a donné cette commission[4] pleine assez et nullement oisive. Tu as bien largement affaire chez toi, ne t'éloigne pas.

Les hommes se donnent à louage[5]. Leurs facultés ne sont pas pour eux, elles sont pour ceux à qui ils s'asservissent ; leurs locataires sont chez eux, ce ne sont pas eux. Cette humeur commune ne me plaît pas : il faut ménager la liberté de notre âme et ne l'hypothéquer[6] qu'aux occasions justes[7] ; lesquelles sont en bien petit nombre, si nous jugeons sainement. Voyez les gens appris à[8] se laisser emporter et saisir, ils le font partout, aux petites choses comme aux grandes, à ce qui ne les touche point comme à ce qui les touche ; ils s'ingèrent indifféremment où il y a de la besogne et de l'obligation, et sont sans vie quand ils sont sans agitation tumultuaire[9]. « Ils ne sont dans les affaires que pour le plaisir des affaires[10]. » Ils ne cherchent la besogne que pour embesognement. Ce n'est pas qu'ils veuillent aller, tant comme c'est qu'ils ne se peuvent tenir[11], ni plus ni moins qu'une pierre ébranlée en sa chute, qui ne s'arrête jusqu'à tant qu'elle se couche. L'occupation est à certaine manière de gens marque de suffisance et de dignité. Leur esprit cherche son repos au branle, comme les enfants au berceau. Ils se peuvent dire autant serviables à leurs amis comme importuns à eux-mêmes. Personne ne

---

1. Foule interne.
2. Sans y loger une presse étrangère et m'en embarrasser.
3. Étrangères.
4. Charge.
5. Se louent à autrui.
6. Soumettre à hypothèque, *d'où* aliéner.
7. Pour des raisons justes.
8. Habitués à.
9. Sans agitation et sans trouble.
10. Sénèque, *Lettres à Lucilius*, XXII.
11. Tenir immobiles.

distribue son argent à autrui, chacun y[1] distribue son temps et sa vie ; il n'est rien de quoi nous soyons si prodigues que de ces choses-là, desquelles seules l'avarice nous serait utile et louable.

Je prends une complexion[2] toute diverse. Je me tiens sur moi, et communément désire mollement ce que je désire, et désire peu ; m'occupe et embesogne de même ; rarement et tranquillement. Tout ce qu'ils veulent et conduisent, ils le font de toute leur volonté et véhémence. Il y a tant de mauvais pas que, pour le plus sûr, il faut un peu légèrement et superficiellement couler ce monde. Il le faut glisser, non pas s'y enfoncer. La volupté même est douloureuse en sa profondeur :

Tu avances sur un feu
Couvert d'une cendre trompeuse[3].

Messieurs de Bordeaux[4] m'élurent maire de leur ville, étant[5] éloigné de France et encore plus éloigné d'un tel pensement. Je m'en excusai[6], mais on m'apprit que j'avais tort, le commandement du roi aussi s'y interposant. C'est une charge qui en doit sembler d'autant plus belle, qu'elle n'a ni loyer, ni gain autre que l'honneur de son exécution. Elle dure deux ans, mais elle peut être continuée par seconde élection, ce qui advient très rarement. Elle le fut à moi, et ne l'avait été que deux fois auparavant. [...]

À mon arrivée, je me déchiffrai[7] fidèlement et consciencieusement, tout tel que je me sens être : sans mémoire, sans vigilance, sans expérience, et sans vigueur ; sans haine aussi, sans ambition, sans avarice et sans violence ; à ce qu'ils[8] fussent informés et instruits de ce qu'ils avaient à attendre de mon service. Et parce que la connaissance de feu mon père les avait seule incités à cela, et l'honneur de

1. Lui.
2. Comportement.
3. Horace, *Odes*, II, 1, 7.
4. Les jurats de Bordeaux (magistrats municipaux).
5. Lorsque j'étais.
6. Je refusai.
7. Décrivis.
8. Afin qu'ils.

sa mémoire, je leur ajoutai bien clairement que je serais très marri que chose quelconque fît autant d'impression en ma volonté comme avaient fait autrefois en la sienne leurs affaires et leur ville, pendant qu'il l'avait en gouvernement, en ce même lieu auquel ils m'avaient appelé. Il me souvenait de l'avoir vu vieil, en mon enfance, l'âme cruellement agitée de cette tracasserie publique, oubliant le doux air de sa maison, où la faiblesse des ans l'avait attaché longtemps avant, et son ménage et sa santé, et, en méprisant certes sa vie qu'il y cuida perdre, engagé pour eux à des longs et pénibles voyages. Il était tel, et lui partait[1] cette humeur d'une grande bonté de nature : il ne fut jamais âme plus charitable et populaire[2]. Ce train[3], que je loue en autrui, je n'aime point à le suivre, et ne suis pas sans excuse. Il avait ouï[4] dire qu'il se fallait oublier pour le prochain, que le particulier ne venait en aucune considération au prix du général.

La plupart des règles et préceptes du monde prennent ce train de nous pousser hors de nous et chasser en la place[5], à l'usage de la société publique.

III, 10, De ménager sa volonté

LIV. « Sans passion »

Malgré l'utilité du service public, le grand précepte de la morale est l'amitié que chacun se doit à lui-même. D'ailleurs, sans cette amitié et sans cet équilibre, il n'est pas possible de se rendre utile à autrui.

J'estime qu'au temple de Pallas[6], comme nous voyons en toutes autres religions, il y avait des mystères apparents pour être montrés au peuple, et d'autres mystères plus

1. Venait.
2. Ouverte au peuple.
3. Cette conduite.
4. Entendu.
5. Les affaires publiques.
6. Temple de la Sagesse.

secrets et plus hauts, pour être montrés seulement à ceux qui en étaient profès[1]. Il est vraisemblable qu'en ceux-ci se trouve le vrai point[2] de l'amitié que chacun se doit. Non une amitié fausse, qui nous fait embrasser la gloire, la science, la richesse et telles choses d'une affection principale et immodérée, comme membres de notre être, ni une amitié molle et indiscrète en laquelle il advient ce qui se voit au lierre, qu'il corrompt et ruine la paroi qu'il accole ; mais une amitié salutaire et réglée, également utile et plaisante. Qui en sait les devoirs et les exerce, il est vraiment du cabinet des muses[3], il a atteint le sommet de la sagesse humaine et de notre bonheur. Celui-ci, sachant exactement ce qu'il se doit, trouve dans son rôle qu'il doit appliquer à soi l'usage des autres hommes et du monde, et, pour ce faire, contribuer[4] à la société publique les devoirs et offices[5] qui le touchent. Qui ne vit aucunement à autrui ne vit guère à soi. « L'homme qui est ami de soi-même, sache qu'il est ami de tous[6]. » La principale charge que nous ayons, c'est à chacun sa conduite ; et est ce pour quoi nous sommes ici. Comme qui oublierait de bien et saintement vivre, et penserait être quitte de son devoir en y acheminant et dressant les autres, ce serait un sot ; tout de même[7] qui abandonne en son propre[8] le sainement et gaiement vivre pour en servir autrui, prend à mon gré un mauvais et dénaturé parti.

Je ne veux pas qu'on refuse aux charges qu'on prend l'attention, les pas, les paroles, et la sueur et le sang au besoin :

Ne craignant pas de mourir moi-même
Pour mes amis chers ou pour ma patrie[9].

Mais c'est par emprunt et accidentellement, l'esprit se

---

1. Initiés.
2. Parmi ces mystères secrets, figure la vraie règle.
3. Les Muses sont aussi les déesses de la sagesse.
4. Apporter, fournir.
5. Tâches qui lui incombent.
6. Sénèque, *Lettres à Lucilius*, VI.
7. De la même façon.
8. En ce qui le concerne.
9. Horace, *Odes*, IV, 9, 5.

tenant toujours en repos et en santé, non pas sans action, mais sans vexation[1], sans passion. L'agir simplement[2] lui coûte si peu, qu'en dormant même il agit. Mais il lui faut donner le branle avec discrétion[3] ; car le corps reçoit les charges qu'on lui met sus[4], justement[5] selon qu'elles sont ; l'esprit les étend et les appesantit souvent à ses dépens, leur donnant la mesure que bon lui semble[6]. On fait pareilles choses avec divers efforts et différente contention de volonté. L'un va bien sans l'autre. Car combien de gens se hasardent tous les jours aux guerres, de quoi il ne leur chaut[7], et se pressent aux dangers des batailles, desquelles la perte ne leur troublera pas le voisin[8] sommeil ? Tel en sa maison, hors de ce danger, qu'il n'oserait avoir regardé, est plus passionné de l'issue de cette guerre et en a l'âme plus travaillée que n'a le soldat qui y emploie son sang et sa vie. J'ai pu me mêler des charges publiques sans me départir de moi de la largeur d'un ongle, et me donner à autrui sans m'ôter à moi.

Cette âpreté et violence de désir empêche[9], plus qu'elle ne sert, à la conduite de ce qu'on entreprend, nous remplit d'impatience envers les événements ou contraires ou tardifs, et d'aigreur et de soupçon envers ceux avec qui nous négocions. Nous ne conduisons jamais bien la chose de laquelle nous sommes possédés et conduits :

La passion est toujours de mauvais conseil[10].

Celui qui n'y emploie que son jugement et son adresse, il y procède plus gaiement : il feint, il ploie, il diffère tout à son aise, selon le besoin des occasions ; il faut

1. Sans tourment.
2. Le simple fait d'agir (sous-entendu : sans y ajouter de la passion).
3. Discernement.
4. Qu'on lui fait supporter.
5. Exactement.
6. Certes l'esprit est fait pour agir. Mais il ne faut pas l'ébranler trop vivement, car à la différence du corps, il a tendance à accroître les charges réelles d'un poids subjectif.
7. Qui leur sont indifférentes (il s'agit de mercenaires).
8. Proche.
9. Fait obstacle à.
10. Stace, *Thébaïde*, X, 704.

d'atteinte[1] sans tourment et sans affliction, prêt et entier pour une nouvelle entreprise ; il marche toujours la bride à la main. En celui qui est enivré de cette intention violente et tyrannique, on voit par nécessité[2] beaucoup d'imprudence et d'injustice ; l'impétuosité de son désir l'emporte ; ce sont mouvements téméraires, et, si fortune n'y prête beaucoup, de peu de fruit[3]. La philosophie veut qu'au châtiment des offenses reçues[4], nous en distrayions[5] la colère : non afin que la vengeance en soit moindre, mais au rebours afin qu'elle en soit d'autant mieux assenée et plus pesante ; à quoi il lui semble que cette impétuosité porte empêchement. Non seulement la colère trouble, mais de soi elle lasse aussi les bras de ceux qui châtient. Ce feu étourdit et consomme leur force.

III, 10, De ménager sa volonté

LV. « Le maire et Montaigne ont toujours été deux »

Voici à nouveau l'opposition entre la substance interne et les honneurs ou les biens externes qui ne sont que passagers. Montaigne la doit à la lecture de textes stoïciens, par exemple de Sénèque.

La plupart de nos vacations sont farcesques. « Le monde entier joue la comédie[6]. » Il faut jouer dûment notre rôle, mais comme rôle d'un personnage emprunté. Du masque et de l'apparence il n'en faut pas faire une essence réelle, ni de l'étranger le propre. Nous ne savons pas distinguer la peau de la chemise. C'est assez de s'enfariner le visage, sans s'enfariner la poitrine. J'en vois qui se transforment et se transubstantient[7] en autant de nouvelles figures et de

---

1. Il manque sa prise.
2. Nécessairement.
3. Profit.
4. Quand nous châtions les offenses que nous avons reçues.
5. Ôtions.
6. Citation de Pétrone, auteur latin du *Satyricon*.
7. Métamorphosent.

nouveaux êtres qu'ils entreprennent de charges, et qui se prélatent[1] jusqu'au foie et aux intestins, et entraînent leur office jusqu'en leur garde-robe[2]. Je ne puis leur apprendre à distinguer les bonnetades[3] qui les regardent de celles qui regardent leur commission[4] ou leur suite, ou leur mule. « Ils s'abandonnent tellement à leur fortune qu'ils oublient la nature[5]. » Ils enflent et grossissent leur âme et leur discours naturel à la hauteur de leur siège magistral. Le maire et Montaigne ont toujours été deux, d'une séparation bien claire. Pour être avocat ou financier, il n'en faut pas méconnaître la fourbe[6] qu'il y a en telles vacations. Un honnête homme n'est pas comptable du vice ou sottise de son métier, et ne doit pourtant en refuser l'exercice : c'est l'usage de son pays, et il y a du profit[7]. Il faut vivre du monde et s'en prévaloir[8] tel qu'on le trouve. Mais le jugement d'un empereur doit être au-dessus de son empire, et le voir et considérer comme accident[9] étranger ; et lui, doit savoir jouir de soi à part et se communiquer comme Jacques et Pierre, au moins à soi-même.

Je ne sais pas m'engager si profondément et si entier. Quand ma volonté me donne à un parti, ce n'est pas d'une si violente obligation que mon entendement s'en infecte. Aux présents brouillis[10] de cet État, mon intérêt ne m'a fait méconnaître ni les qualités louables en nos adversaires, ni celles qui sont reprochables[11] en ceux que j'ai suivis. Ils adorent tout ce qui est de leur côté ; moi je n'excuse pas seulement la plupart des choses que je vois du mien. [...]

Je veux que l'avantage soit pour nous, mais je ne forcène[12] point s'il ne l'est. Je me prends[13] fermement au

---

1. Se transforment en prélats.
2. Endroit où l'on met la chaise percée.
3. Salutations, le bonnet à la main.
4. Fonction.
5. Quinte-Curce, *Histoire d'Alexandre*, III, II, 18.
6. Malhonnêteté.
7. Avantage.
8. En tirer parti.
9. Complément.
10. Troubles.
11. À critiquer.
12. Je ne deviens pas furieux.
13. Je m'attache.

plus sain des partis, mais je n'affecte[1] pas qu'on me remarque spécialement ennemi des autres, et outre[2] la raison générale.

III, 10, De ménager sa volonté

1. Cherche.
2. Au-delà.

V. VIVRE

VAINCRE SA PEUR

LVI. « La pointe de notre esprit »

La douleur est en partie subjective. Celui qui prend conscience de ce pouvoir de l'imagination est mieux armé pour affronter les maux.

Il est aisé à voir que ce qui aiguise en nous la douleur et la volupté, c'est la pointe de notre esprit. Les bêtes, qui le tiennent sous boucle [1], laissent aux corps leurs sentiments, libres et naïfs [2], et par conséquent uns [3], à peu près en chaque espèce, comme nous voyons par la semblable application [4] de leurs mouvements. Si nous ne troublions pas en nos membres la juridiction [5] qui leur appartient en cela, il est à croire que nous en serions mieux et que nature leur a donné un juste et modéré tempérament envers la volupté [6] et envers la douleur. Et ne peut faillir d'être juste, étant égal et commun. Mais puisque nous nous sommes émancipés de ses règles, pour nous abandonner à la vagabonde liberté de nos fantaisies, au moins aidons-nous à les plier du côté le plus agréable [7].

---

1. En laisse.
2. Spontanés et naturels.
3. Identiques.
4. La similitude.
5. Autonomie.
6. Façon de modérer la volupté.
7. Au moins, utilisons ce pouvoir subjectif de l'esprit pour atténuer la souffrance.

Mais venons aux exemples, qui sont proprement du gibier des gens faibles de reins, comme moi, où nous trouverons qu'il va de la douleur, comme des pierres qui prennent couleur ou plus haute [1] ou plus morne [2] selon la feuille où l'on les couche, et qu'elle ne tient qu'autant de place en nous que nous lui en faisons. « Ils ont souffert d'autant », dit saint Augustin, « qu'ils se sont livrés à la douleur [3]. » Nous sentons plus un coup de rasoir du chirurgien que dix coups d'épée en la chaleur du combat. Les douleurs de l'enfantement, par les médecins et par Dieu même [4] estimées grandes, et que nous passons avec tant de cérémonies, il y a des nations entières qui n'en font nul compte. Je laisse à part les femmes lacédémoniennes [5] ; mais aux Suisses, parmi nos gens de pied [6], quel changement y trouvez-vous ? Sinon que trottant après leurs maris, vous leur voyez aujourd'hui porter au cou l'enfant qu'elles avaient hier au ventre. Et ces Égyptiennes contrefaites [7], ramassées d'entre [8] nous, vont, elles-mêmes, laver les leurs qui viennent de naître, et prennent leur bain en la plus prochaine rivière. [...]

Mêlons-y les femmes. Qui n'a ouï parler à Paris de celle qui se fit écorcher pour seulement en acquérir le teint plus frais d'une nouvelle peau ? Il y en a qui se sont fait arracher des dents vives et saines pour en former la voix plus molle et plus grasse, ou pour les ranger en meilleur ordre. Combien d'exemples du mépris de la douleur avons-nous en ce genre ? Que ne peuvent-elles ? Que craignent-elles ? pour peu qu'il y ait d'agencement à espérer en leur beauté :

Elles ont soin d'ôter leurs cheveux blancs
Et de se faire un visage neuf en s'arrachant la peau [9].

1. Vive.
2. Terne.
3. Saint Augustin, *Cité de Dieu*, I, 10.
4. « Tu enfanteras dans la douleur », dit la Bible (*Genèse*, 3, 16).
5. De Sparte (réputées pour leur courage).
6. Fantassins.
7. Fausses Égyptiennes.
8. Parmi.
9. Tibulle, *Élégies*, I, 8, 45.

J'en ai vu engloutir du sable, de la cendre, et se travailler à point nommé[1] de ruiner leur estomac pour acquérir les pâles couleurs. Pour faire un corps bien espagnolé[2] quelle geine[3] ne souffrent-elles, guindées et sanglées, à tout[4] de grosses coches[5] sur les côtés, jusqu'à la chair vive ? Oui quelques fois à en mourir.

I, 14, Que le goût des biens et des maux dépend en bonne partie de l'impression que nous en avons

LVII. « Eh bien, quand ce serait la mort même ? »

Montaigne entre en philosophie par obsession de la mort, comme en témoigne ce texte du livre I. Civilisation du luxe et du plaisir, la Renaissance avait relativement tendance à occulter la mort, tout comme notre époque.

Le but de notre carrière, c'est la mort, c'est l'objet nécessaire de notre visée : si elle nous effraie, comme est-il possible d'aller un pas avant, sans fièvre ? Le remède du vulgaire, c'est de n'y penser pas. [...] On fait peur à nos gens, seulement de nommer la mort, et la plupart s'en signent, comme du nom du diable. Et parce qu'il s'en fait mention aux testaments, ne vous attendez pas qu'ils y mettent la main, que le médecin ne leur ait donné l'extrême sentence ; et Dieu sait lors, entre la douleur et la frayeur, de quel bon jugement ils vous le pâtissent[6].

Parce que cette syllabe frappait trop rudement leurs oreilles, et que cette voix[7] leur semblait malencontreuse, les Romains avaient appris de l'amollir ou de l'étendre en périphrases. Au lieu de dire : il est mort ; il a cessé de vivre,

1. Exprès.
2. À la mode espagnole (c'est-à-dire mince).
3. Supplice.
4. Avec.
5. Entailles (marques du corset).
6. Accommodent (comme un pâté).
7. Mot.

disent-ils, il a vécu. Pourvu que ce soit vie, soit-elle passée, ils se consolent. Nous en avons emprunté notre « feu maître-Jean ». [...]

Mais c'est folie d'y penser arriver par là. Ils[1] vont, ils viennent, ils trottent, ils dansent, de mort nulles nouvelles. Tout cela est beau. Mais aussi quand elle arrive, ou à eux ou à leurs femmes, enfants et amis, les surprenant en dessoude[2] et à découvert, quels tourments, quels cris, quelle rage, et quel désespoir les accable ! Vîtes-vous jamais rien si rabaissé, si changé, si confus ? Il y faut pourvoir de meilleure heure : et cette nonchalance bestiale, quand elle pourrait loger en la tête d'un homme d'entendement, ce que je trouve entièrement impossible, nous vend trop cher ses denrées. Si c'était ennemi qui se pût éviter, je conseillerais d'emprunter les armes de la couardise. Mais puisqu'il ne se peut, puisqu'il vous attrape fuyant et poltron aussi bien qu'honnête homme,

Certes il poursuit l'homme qui s'enfuit,
Et n'épargne ni les jarrets ni le dos poltron
D'une jeunesse sans courage[3],

et que nulle trempe de cuirasse vous couvre,

Bien qu'il se cache prudemment sous le fer et le bronze,
La mort toutefois fera sortir sa tête de cette protection[4],

apprenons à le soutenir de pied ferme, et à le combattre. Et pour commencer à lui ôter son plus grand avantage contre nous, prenons voie toute contraire à la commune. Ôtons-lui l'étrangeté, pratiquons-le, accoutumons-le, n'ayons rien si souvent en la tête que la mort. À tous instants représentons-la à notre imagination et en tous visages. Au broncher d'un cheval, à la chute d'une tuile, à la moindre piqûre d'épingle, remâchons soudain : « Eh bien, quand ce serait la mort même ? » et là-dessus, roidissons-nous et efforçons-nous. Parmi les fêtes et la joie, ayons toujours ce refrain de la souvenance de notre condition.

I, 20, Que philosopher c'est apprendre à mourir

---

1. Le commun des hommes.
2. À l'improviste.
3. Horace, *Odes*, III, 2, 14.
4. Properce, *Élégies*, IV, 18, 25.

LVIII. « Une mort bien heureuse »

Un évanouissement consécutif à un accident de cheval révèle à Montaigne que la mort peut être indolore. Inutile d'y penser à l'avance, contrairement à ce que Montaigne préconisait dans le premier livre des Essais *(voir texte précédent).*

Cette approche de la mort est caractérisée par des associations plus ou moins conscientes avec certains faits, la mort de La Boétie, l'ami de Montaigne, et la visite de l'auteur des Essais *au Tasse, le grand poète italien, qui avait sombré dans la folie (la première des deux citations de* La Jérusalem délivrée *a été ajoutée après la visite de Montaigne au malade).*

Pendant nos troisièmes troubles [1] ou deuxièmes [2] (il ne me souvient pas bien de cela), m'étant allé un jour promener à une lieue de chez moi, qui suis assis dans le moiau [3] de tout le trouble des guerres civiles de France, estimant être en toute sûreté et si voisin de ma retraite que je n'avais point besoin de meilleur équipage, j'avais pris un cheval bien aisé [4], mais non guère ferme [5]. À mon retour, une occasion soudaine s'étant présentée de m'aider [6] de ce cheval à [7] un service qui n'était pas bien de son usage, un de mes gens, grand et fort, monté sur un puissant roussin [8] qui avait une bouche désespérée [9], frais au demeurant et vigoureux, pour faire le hardi et devancer ses compagnons vint à le pousser à toute bride droit dans ma route, et fondre comme un colosse sur le petit homme [10] et petit cheval, et le foudroyer

1. Guerres civiles.
2. Au total, entre 1567 et 1571.
3. Situé au milieu.
4. Commode.
5. Sûr.
6. Me servir.
7. Pour.
8. Cheval de forte taille.
9. Sans prise.
10. Montaigne.

de sa roideur et de sa pesanteur, nous envoyant l'un et l'autre les pieds contre-mont[1] : si que[2] voilà le cheval abattu et couché tout étourdi, moi dix ou douze pas au-delà, mort, étendu à la renverse, le visage tout meurtri et tout écorché, mon épée que j'avais à la main, à plus de dix pas au-delà, ma ceinture en pièces, n'ayant ni mouvement ni sentiment, non plus qu'une souche. C'est le seul évanouissement que j'aie senti jusqu'à cette heure. Ceux qui étaient avec moi, après avoir essayé par tous les moyens qu'ils purent de me faire revenir, me tenant pour mort, me prirent entre leurs bras et m'emportaient avec beaucoup de difficulté en ma maison, qui était loin de là environ une demi-lieue française[3]. Sur le chemin, et après avoir été plus de deux grosses heures tenu pour trépassé, je commençai à me mouvoir et respirer; car il était tombé si grande abondance de sang dans mon estomac, que, pour l'en décharger, nature eut besoin de ressusciter ses forces. On me dressa sur mes pieds, où je rendis un plein seau de bouillons de sang pur, et, plusieurs fois par le chemin, il m'en fallut faire de même. Par là je commençai à reprendre un peu de vie, mais ce fut par les menus[4] et par un si long trait de temps[5] que mes premiers sentiments étaient beaucoup plus approchants de la mort que de la vie,

Parce qu'encore incertaine de son retour,
L'âme épouvantée ne peut s'affermir[6].

Cette recordation que j'en ai fort empreinte en mon âme, me représentant son visage et son idée si près du naturel, me concilie aucunement à elle. Quand je commençai à y voir, ce fut d'une vue si trouble, si faible, et si morte, que je ne discernais encore rien que la lumière,

Comme celui qui tantôt ouvre les yeux et tantôt les ferme
Est moitié endormi et moitié éveillé[7].

---

1. En l'air.
2. Si bien que.
3. La longueur de la lieue variait d'un pays à l'autre (en moyenne 4 km).
4. Peu à peu.
5. Moment.
6. Le Tasse, *La Jérusalem délivrée*, chant 12, stance 74.
7. *Ibid.*, chant 8, stance 26.

Quand aux fonctions de l'âme, elles naissaient avec même progrès que celles du corps. Je me vis tout sanglant, car mon pourpoint était taché partout du sang que j'avais rendu. La première pensée qui me vint, ce fut que j'avais une arquebusade en la tête ; de vrai, en même temps, il s'en tirait plusieurs autour de nous. Il me semblait que ma vie ne me tenait plus qu'au bout des lèvres ; je fermais les yeux pour aider, ce me semblait, à la pousser hors, et prenais plaisir à m'alanguir et à me laisser aller. C'était une imagination qui ne faisait que nager[1] superficiellement en mon âme, aussi tendre et aussi faible que tout le reste, mais à la vérité non seulement exempte de déplaisir, mais mêlée à cette douceur que sentent ceux qui se laissent glisser au sommeil.

Je crois que c'est ce même état où se trouvent ceux qu'on voit défaillant de faiblesse en l'agonie de la mort ; et tiens que nous les plaignons sans cause, estimant qu'ils soient agités de grièves douleurs, ou avoir l'âme pressée de cogitations pénibles. Ç'a été toujours mon avis, contre l'opinion de plusieurs, et même d'Étienne de La Boétie, que ceux que nous voyons ainsi renversés et assoupis aux approches de leur fin, ou accablés de la longueur du mal, ou par l'accident d'une apoplexie, ou mal caduc[2], [...] ou blessés en la tête, que nous oyons rommeler[3] et rendre parfois des soupirs tranchants, quoique nous en tirions aucuns signes par où il semble qu'il leur reste encore de la connaissance, et quelques mouvements que nous leur voyons faire du corps ; j'ai toujours pensé, dis-je, qu'ils avaient et l'âme et le corps ensevelis et endormis :

Il vit, mais il n'est pas conscient de sa propre vie[4].

Et ne pouvais croire que, à un si grand étonnement[5] de membres et si grande défaillance des sens, l'âme pût maintenir aucune force au-dedans pour se reconnaître ; et que, par ainsi, ils n'avaient aucun discours qui les tourmentât et

1. Flotter.
2. Épilepsie.
3. Geindre.
4. Ovide, *Tristes*, I, 3, 12.
5. Choc.

qui leur pût faire juger et sentir la misère de leur condition, et que, par conséquent, ils n'étaient pas fort à plaindre. [...]

Comme j'approchais de chez moi, où l'alarme[1] de ma chute avait déjà couru, et que ceux de ma famille m'eurent rencontré avec les cris accoutumés en telles choses, non seulement je répondais quelque mot à ce qu'on me demandait, mais encore ils disent que je m'avisai de commander qu'on donnât un cheval à ma femme, que je voyais s'empêtrer et se tracasser dans le chemin, qui est montueux et malaisé. Il semble que cette considération dût partir d'une âme éveillée, si est-ce que[2] je n'y étais aucunement ; c'étaient des pensements vains, en nue[3], qui étaient émus[4] par les sens des yeux et des oreilles ; ils ne venaient pas de chez moi. Je ne savais pourtant ni d'où je venais, ni où j'allais ; ni ne pouvais peser et considérer ce qu'on me demandait : ce sont des légers effets que les sens produisaient d'eux-mêmes, comme d'un usage ; ce que l'âme y prêtait, c'était en songe, touchée bien légèrement, et comme léchée seulement et arrosée par la molle impression des sens.

Cependant mon assiette était à la vérité très douce et paisible ; je n'avais affliction ni pour autrui ni pour moi ; c'était une langueur et une extrême faiblesse, sans aucune douleur. Je vis ma maison sans la reconnaître. Quand on m'eut couché, je sentis une infinie douceur à ce repos, car j'avais été vilainement tirassé par ces pauvres gens, qui avaient pris la peine de me porter sur leurs bras par un long et très mauvais chemin, et s'y étaient lassés deux ou trois fois les uns après les autres. On me présenta force remèdes, de quoi je n'en reçus[5] aucun, tenant pour certain que j'étais blessé à mort par la tête. C'eût été sans mentir une mort bien heureuse ; car la faiblesse de mon discours me gardait d'en rien juger, et celle du corps d'en rien sentir. Je me laissai couler si doucement et d'une façon si douce et si aisée que je ne sens guère autre action moins pesante que celle-là était. [...]

1. La nouvelle.
2. Pourtant.
3. Nébuleux.
4. Provoqués.
5. Acceptai.

Ce conte d'un événement si léger est assez vain, n'était[1] l'instruction que j'en ai tirée pour moi ; car, à la vérité, pour s'apprivoiser à la mort, je trouve qu'il n'y a que de s'en avoisiner. Or, comme dit Pline[2], chacun est à soi-même une très bonne discipline, pourvu qu'il ait la suffisance de s'épier de près. Ce n'est pas ci[3] ma doctrine, c'est mon étude ; et n'est pas la leçon d'autrui, c'est la mienne.

Et ne me doit-on savoir mauvais gré pourtant, si je la communique. Ce qui me sert, peut aussi par accident servir à un autre.

II, 6, De l'exercitation

LIX. « Le terme naturel de sa durée »

La vieillesse permet de glisser doucement vers la mort, achèvement naturel de notre durée.

Dieu fait grâce à ceux à qui il soustrait la vie par le menu ; c'est le seul bénéfice de la vieillesse. La dernière mort en sera d'autant moins pleine et nuisible ; elle ne tuera plus qu'un demi ou un quart d'homme. Voilà une dent qui me vient de choir, sans douleur, sans effort : c'était le terme naturel de sa durée. Et cette partie de mon être et plusieurs autres sont déjà mortes, autres[4] demi-mortes, des plus actives et qui tenaient le premier rang pendant la vigueur de mon âge. C'est ainsi que je fonds et échappe à moi. Quelle bêtise sera-ce à mon entendement[5] de sentir le saut de cette chute, déjà si avancée, comme si elle était entière ? Je ne l'espère pas[6].

À la vérité, je reçois une principale consolation, aux pensées de ma mort, qu'elle soit des justes et naturelles[7], et

---

1. Si ce n'est.
2. Il s'agit de Pline le Jeune, auteur latin, mort en 120 après J.-C. Auteur des *Lettres*.
3. Ici.
4. D'autres (notamment dans le domaine sexuel).
5. Ce serait stupide de.
6. Je ne m'y attends pas.
7. Qu'elle survienne à un âge normal. Toute prolongation de sa vie serait une « faveur… illégitime ».

que meshui je ne puisse en cela requérir, ni espérer de la destinée faveur qu'illégitime. Les hommes se font accroire qu'ils ont eu autrefois, comme la stature, la vie aussi plus grande[1]. Mais Solon[2], qui est de ces vieux temps-là, en taille pourtant l'extrême durée à soixante-dix ans. Moi, qui ai tant adoré, et si universellement, cet *ariston métron*[3] du temps passé et ai pris pour la plus parfaite la moyenne mesure[4], prétendrai-je une[5] démesurée et monstrueuse vieillesse ? Tout ce qui vient au revers du[6] cours de nature peut être fâcheux, mais ce qui vient selon elle doit être toujours plaisant. « Tout ce qui suit la nature est à mettre au nombre des biens[7]. » Par ainsi, dit Platon, la mort que les plaies ou maladies apportent soit violente[8], mais celle qui nous surprend, la vieillesse nous y conduisant, est de toutes la plus légère et aucunement délicieuse. « Aux adolescents, c'est un coup violent qui arrache la vie ; aux vieillards, c'est la maturité. »

La mort se mêle et confond partout à notre vie : le déclin préoccupe[9] son heure et s'ingère au cours de notre avancement même. J'ai des portraits de ma forme de vingt et cinq et de trente-cinq ans ; je les compare avec celui d'asteure[10] : combien de fois ce n'est plus moi ! Combien est mon image présente plus éloignée de celles-là que de celle de mon trépas !

III, 13, De l'expérience

---

1. Idée fondée au XVIe siècle sur la longévité des patriarches bibliques. Quant à la taille, on racontait que l'on avait découvert des ossements d'humains géants.
2. Un des sept sages de la Grèce antique (VIIe siècle avant J.-C.).
3. Moyenne excellente (écrit en lettres grecques dans le texte original).
4. Notion importante dans la morale antique, en particulier pour Aristote. Voir la fin du texte XLIII et le début du texte LIII.
5. Prétendrai-je à une.
6. Contrairement.
7. Cicéron, *De la vieillesse*, XIX (de même que citation suivante).
8. Admettons que (*soit* : subjonctif de concession).
9. Anticipe.
10. Aujourd'hui.

LX. « Savoir vivre »

L'exemple des humbles qui savent mourir sans en faire une tragédie. C'est la philosophie qui nous gâche la vie en nous recommandant d'apprendre à mourir. La comparaison avec le texte LVII fait apparaître le chemin parcouru par Montaigne...

À quoi faire nous allons-nous gendarmant[1] par ces efforts de la science ? Regardons à terre les pauvres gens que nous y voyons épandus, la tête penchante après leur besogne, qui ne savent ni Aristote ni Caton, ni exemple, ni précepte[2] ; de ceux-là tire nature tous les jours des effets de constance et de patience, plus purs et plus roides que ne sont ceux que nous étudions si curieusement[3] en l'école. Combien en vois-je ordinairement, qui méconnaissent[4] la pauvreté ? combien qui désirent la mort, ou qui la passent sans alarme et sans affliction ? Celui-là qui fouit[5] mon jardin, il a ce matin enterré son père ou son fils. Les noms mêmes de quoi ils appellent les maladies en adoucissent et amollissent l'âpreté ; la phtisie, c'est la toux pour eux ; la dysenterie, dévoiement[6] d'estomac ; une pleurésie, c'est un morfondement[7] ; et selon qu'ils les nomment doucement, ils les supportent aussi. Elles sont bien griêves[8] quand elles rompent leur travail ordinaire : ils ne s'alitent que pour mourir. [...]

Nous troublons la vie par le soin de la mort, et la mort par le soin de la vie. L'une nous ennuie[9], l'autre nous effraie. Ce n'est pas contre la mort que nous nous préparons ; c'est chose trop momentanée. Un quart d'heure de passion[10] sans conséquence, sans nuisance, ne mérite pas

1. Nous raidissant.
2. Règle philosophique.
3. Avec tant de soin.
4. Oublient.
5. Retourne.
6. Indisposition.
7. Froid.
8. Graves.
9. Chagrine.
10. Souffrance.

des préceptes particuliers. À dire vrai, nous nous préparons contre les préparations de la mort[1]. La philosophie nous ordonne d'avoir la mort toujours devant les yeux, de la prévoir et considérer avant le temps, et nous donne après les règles et les précautions pour pourvoir à ce que cette prévoyance et cette pensée ne nous blessent. Ainsi font les médecins qui nous jettent[2] aux maladies, afin qu'ils aient où employer leurs drogues et leur art.

Si nous n'avons su vivre, c'est injustice de nous apprendre à mourir, et de difformer la fin[3] de son tout. Si nous avons su vivre constamment[4] et tranquillement, nous saurons mourir de même. Ils s'en vanteront tant qu'il leur plaira [...]. Mais il m'est avis que c'est bien le bout, non pourtant le but de la vie ; c'est sa fin, son extrémité, non pourtant son objet. Elle[5] doit être elle-même à soi sa visée ; son dessein, sa droite étude est se régler, se conduire, se souffrir[6]. Au nombre de plusieurs autres offices que comprend ce général et principal chapitre de savoir vivre, est cet article de savoir mourir, et des plus légers si notre crainte ne lui donnait poids.

III, 12, De la physionomie

---

1. Contre les préparatifs que préconise la philosophie (notamment les stoïciens, tels que Sénèque).
2. Nous font croire que nous sommes malades.
3. Rendre la fin différente de tout le reste.
4. Avec constance et égalité d'humeur.
5. La vie.
6. Se supporter.

VIVRE GAIEMENT

LXI. « Une éjouissance constante »

Dans cet essai consacré à l'éducation d'un garçon de bonne maison, Montaigne fait l'éloge de la gaieté, marque de la sagesse.

L'âme qui loge la philosophie doit, par sa santé, rendre sain encore le corps [1]. Elle doit faire luire jusqu'au-dehors son repos et son aise ; doit former à son moule le port [2] extérieur, et l'armer par conséquent d'une gracieuse fierté, d'un maintien actif et allègre, et d'une contenance contente et débonnaire [3]. La plus expresse [4] marque de la sagesse, c'est une éjouissance [5] constante. [...]

Elle [6] a pour son but la vertu, qui n'est pas, comme dit l'école, plantée à la tête d'un mont coupé [7], raboteux et inaccessible [8]. Ceux qui l'ont approchée la tiennent, au rebours, logée dans une belle plaine fertile et fleurissante, d'où elle voit bien sous soi toutes choses ; mais si peut-on

1. C'est l'adage antique, « une âme saine dans un corps sain ». Il est revu par Montaigne, qui ne parle pas seulement d'équilibre, mais de joie.
2. Modeler l'allure.
3. Un air de satisfaction et de gentillesse.
4. Évidente.
5. Joie.
6. La sagesse.
7. Escarpé.
8. La représentation traditionnelle de la Vertu depuis le poète grec Hésiode la place au sommet d'une montagne difficile d'accès.

y arriver, qui en sait l'adresse [1] par des routes ombrageuses, gazonnées et doux-fleurantes [2], plaisamment et d'une pente facile et polie, comme est celle des voûtes célestes. Pour n'avoir hanté [3] cette vertu suprême, belle, triomphante [4], amoureuse, délicieuse pareillement et courageuse [5], ennemie professe [6] et irréconciliable d'aigreur, de déplaisir, de crainte et de contrainte, ayant pour guide nature, fortune et volupté pour compagnes, ils sont allés, selon leur faiblesse, feindre [7] cette sotte image, triste, querelleuse, dépitée [8], menaceuse, mineuse [9], et la placer sur un rocher, à l'écart, emmi des ronces, fantôme à étonner [10] les gens. [...]

Elle [11] sait être riche et puissante et savante, et coucher dans des matelas musqués [12]. Elle aime la vie, elle aime la beauté et la gloire et la santé. Mais son office propre et particulier, c'est savoir user de ces biens-là régléement [13] et les savoir perdre constamment [14]. [...]

Pour tout ceci, je ne veux pas qu'on emprisonne ce garçon. Je ne veux pas qu'on l'abandonne à l'humeur mélancolique d'un furieux maître d'école. Je ne veux pas corrompre son esprit à le tenir à la géhenne et au travail, à la mode des autres, quatorze ou quinze heures par jour, comme un portefaix [15]. Ni ne trouverais bon, quand par quelque complexion solitaire et mélancolique on le verrait adonné d'une application trop indiscrète [16] à l'étude des livres, qu'on la lui nourrît.

I, 26, De l'institution des enfants

---

1. Si l'on connaît la direction.
2. Parfumées.
3. Fréquenté.
4. Superbe.
5. À la fois délicieuse et courageuse.
6. Déclarée.
7. Inventer.
8. Maussade.
9. Renfrognée.
10. Épouvanter.
11. La philosophie.
12. Parfumés.
13. Avec modération.
14. Avec constance.
15. Porteur de fardeau.
16. Sans discernement, démesurée.

LXII. « Des pensements folâtres et jeunes »

Du bon usage de la vieillesse, même si Montaigne, contrairement à la tradition antique (tentée de valoriser la vieillesse), ne voit que trop les inconvénients de cet âge.

Je me laisse à cette heure aller un peu à la débauche [1] par dessein ; et emploie quelquefois l'âme à des pensements folâtres et jeunes où elle se séjourne. Je ne suis meshui que trop rassis [2], trop pesant et trop mûr. Les ans me font leçon [3], tous les jours, de froideur et de tempérance.

Ainsi, de peur que je ne sèche, tarisse et m'aggrave [4] de prudence, aux intervalles que mes maux me donnent,

> *Pour que mon âme ne soit pas toujours attentive à ses maux* [5],

je gauchis [6] tout doucement, et dérobe ma vue de ce ciel orageux et nubileux [7] que j'ai devant moi : lequel, Dieu merci, je considère bien sans effroi, mais non pas sans contention et sans étude ; et me vais amusant en la recordation [8] des jeunesses passées,

> *L'âme désire ce qu'elle a perdu, et en imagination*
> *Elle se tourne tout entière vers le passé* [9].

Que l'enfance regarde devant elle, la vieillesse derrière : était-ce pas ce que signifiait le double visage de Janus [10] ? Les ans [11] m'entraînent s'ils veulent, mais à reculons ! Autant que mes yeux peuvent reconnaître cette belle sai-

---

1. Humeur folâtre.
2. Posé.
3. M'apprennent.
4. M'alourdisse.
5. Ovide, *Tristes*, IV, 1, 4.
6. J'évite l'obstacle.
7. Nuageux (symbole de la vieillesse).
8. Au souvenir.
9. Pétrone, *Satiricon*, 128.
10. Janus, dieu romain du début de l'année, à deux visages.
11. Que les ans.

son expirée, je les y détourne à secousses. Si elle échappe de mon sang et de mes veines, au moins n'en veux-je déraciner l'image de la mémoire,

C'est vivre
Deux fois que de pouvoir jouir de la vie passée [1].

Platon ordonne aux vieillards d'assister aux exercices, danses et jeux de la jeunesse, pour se réjouir en autrui de la souplesse et beauté du corps qui n'est plus en eux, et rappeler en leur souvenance la grâce et faveur de cet âge fleurissant, et veut qu'en ces ébats ils attribuent l'honneur de la victoire au jeune homme qui aura le plus ébaudi [2] et réjoui, et plus grand nombre d'entre eux.

Je marquais autrefois les jours pesants et ténébreux comme extraordinaires : ceux-là sont tantôt les miens ordinaires ; les extraordinaires sont les beaux et sereins. Je m'en vais au train de [3] tressaillir comme d'une nouvelle faveur quand aucune chose ne me deult [4]. Que je me chatouille [5], je ne puis tantôt plus arracher un pauvre rire de ce méchant corps. Je ne m'égaie qu'en fantaisie et en songe, pour détourner par ruse le chagrin de la vieillesse. Mais certes il y faudrait autre remède qu'en songe : faible lutte de l'art [6] contre la nature. C'est grande simplesse [7] d'allonger et anticiper, comme chacun fait, les incommodités humaines ; j'aime mieux être moins longtemps vieux que d'être vieux avant que de l'être. Jusqu'aux moindres occasions de plaisir que je puis rencontrer, je les empoigne. [...]

J'aime une sagesse gaie et civile, et fuis l'âpreté des mœurs et l'austérité, ayant pour suspecte toute mine rébarbative.

Je hais un esprit hargneux et triste qui glisse par-dessus les plaisirs de sa vie et s'empoigne et paît [8] aux malheurs ; comme les mouches, qui ne peuvent tenir contre un corps

---

1. Martial, *Épigrammes*, X, 23, 7.
2. Diverti.
3. J'en suis à.
4. Afflige.
5. En me chatouillant.
6. Artifice.
7. Sottise.
8. Nourrit.

bien poli et bien lissé, et s'attachent et reposent aux lieux scabreux [1] et raboteux ; et comme les ventouses qui ne hument et appètent [2] que le mauvais sang.

III, 5, Sur des vers de Virgile

LXIII. « Du plaisir à mon heure »

Dans la topographie mentale des Essais, *la bibliothèque constitue un lieu où être heureux.*

Celui-ci [3] côtoie tout mon cours [4] et m'assiste partout. Il me console en la vieillesse et en la solitude. Il me décharge du poids d'une oisiveté ennuyeuse ; et me défait [5] à toute heure des compagnies qui me fâchent [6]. Il émousse les pointures [7] de la douleur, si elle n'est du tout extrême et maîtresse. Pour me distraire d'une imagination importune, il n'est que de recourir aux livres ; ils me détournent facilement à eux et me la dérobent. Et si, ne se mutinent point pour voir [8] que je ne les recherche qu'au défaut [9] de ces autres commodités, plus réelles, vives et naturelles ; ils me reçoivent toujours de même visage. [...]

Je ne voyage sans livres ni en paix, ni en guerre. Toutefois il se passera plusieurs jours, et des mois, sans que je les emploie : « Ce sera tantôt, fais-je, ou demain, ou quand il me plaira. » Le temps court et s'en va, cependant, sans me blesser [10]. Car il ne se peut dire combien je me repose et séjourne [11] en cette considération, qu'ils sont à mon côté

---

1. Escarpés.
2. Recherchent.
3. Le commerce des livres (que Montaigne a mentionné plus haut).
4. Accompagne toute ma vie.
5. Débarrasse.
6. M'ennuient.
7. Piqûres.
8. Ne se vexent pas de voir.
9. Que faute.
10. Sans désagrément.
11. Je trouve le calme.

pour me donner du plaisir à mon heure, et à reconnaître combien ils portent de secours [1] à ma vie. C'est la meilleure munition [2] que j'aie trouvée à cet humain voyage, et plains extrêmement les hommes d'entendement qui l'ont à dire [3]. J'accepte plutôt toute autre sorte d'amusement, pour léger qu'il soit, d'autant que celui-ci ne me peut faillir.

Chez moi, je me détourne un peu plus souvent à ma librairie, d'où tout d'une main [4] je commande à mon ménage. Je suis sur l'entrée et vois sous moi mon jardin, ma basse-cour [5], ma cour et dans la plupart des membres de ma maison. Là, je feuillette à cette heure [6] un livre, à cette heure un autre, sans ordre et sans dessein, à pièces décousues ; tantôt je rêve, tantôt j'enregistre et dicte, en me promenant, mes songes que voici.

Elle est au troisième étage d'une tour. Le premier, c'est ma chapelle, le second une chambre et sa suite, où je me couche souvent, pour être seul. Au-dessus, elle a une grande garde-robe. C'était [7] au temps passé le lieu plus inutile de ma maison. Je passe là et la plupart des jours de ma vie, et la plupart des heures du jour. Je n'y suis jamais la nuit. À sa suite est un cabinet assez poli [8], capable à recevoir du feu pour l'hiver, très plaisamment percé [9]. Et, si je ne craignais non plus [10] le soin [11] que la dépense, le soin qui me chasse de toute besogne, je pourrais facilement coudre [12] à chaque côté une galerie de cent pas de long et douze de large, à [13] plain-pied, ayant trouvé tous les murs montés, pour autre usage, à la hauteur qu'il me faut. Tout lieu retiré requiert un promenoir. Mes pensées dorment si je les assis [14]. Mon

1. Apportent de l'aide.
2. Provision.
3. En sont privés.
4. En un instant.
5. Cour intérieure.
6. Tantôt.
7. Cette bibliothèque était.
8. Bien aménagé.
9. Percé de belles ouvertures.
10. Pas plus.
11. Le souci (que donne toute entreprise).
12. Ajouter.
13. De.
14. Assieds.

esprit ne va, si les jambes ne l'agitent. Ceux qui étudient sans livre, en sont tous là.

La figure en est ronde et n'a de plat que ce qu'il faut à ma table et à mon siège, et vient m'offrant en se courbant, d'une vue, tous mes livres, rangés à cinq degrés [1] tout à l'environ. Elle a trois vues de riche et libre prospect [2], et seize pas de vide en diamètre. En hiver, j'y suis moins continuellement ; car ma maison est juchée sur un tertre, comme dit son nom [3], et n'a point de pièce plus éventée que celle-ci ; qui me plaît d'être un peu pénible et à l'écart, tant pour le fruit de l'exercice que pour reculer de moi la presse [4]. C'est là mon siège. J'essaie à m'en rendre la domination pure, et à soustraire ce seul coin à la communauté et conjugale, et filiale, et civile. Partout ailleurs je n'ai qu'une autorité verbale : en essence [5], confuse. Misérable à mon gré, qui n'a chez soi où être à soi, où se faire particulièrement la cour, où se cacher ! L'ambition paye bien ses gens de les tenir toujours en montre [6], comme la statue d'un marché : « Une grande fortune est une grande servitude [7]. » Ils n'ont pas seulement leur retrait [8] pour retraite ! Je n'ai rien jugé de si rude en l'austérité de vie que nos religieux affectent, que ce que je vois en quelqu'une de leurs compagnies, avoir pour règle une perpétuelle société de lieu et assistance nombreuse entre eux, en quelque action que ce soit. Et trouve aucunement plus supportable d'être toujours seul, que ne le pouvoir jamais être.

Si quelqu'un me dit que c'est avilir les muses [9] de s'en servir seulement de jouet et de passe-temps, il ne sait pas, comme moi, combien vaut le plaisir, le jeu et le passe-temps. À peine que je ne dise toute autre fin être ridicule. Je vis du jour à la journée ; et, parlant en révérence [10], ne

1. Étages.
2. Perspective.
3. Montaigne.
4. Être seul.
5. En réalité.
6. En spectacle.
7. Sénèque, *Consolation à Polybe*, XXVI.
8. Toilettes.
9. Les muses sont les déesses du savoir et de l'étude.
10. Sauf votre respect.

vis que pour moi : mes desseins se terminent là. J'étudiai, jeune, pour l'ostentation ; depuis, un peu, pour m'assagir ; à cette heure, pour m'ébattre ; jamais pour le quêt.

III, 3, De trois commerces

LXIV. « Vivre à propos »

Être totalement disponible à l'instant et à ses plaisirs physiques, puisque le présent est le seul moment qui nous appartient. Voir dossier.

Moi, qui ne manie [1] que terre à terre, hais cette inhumaine sapience [2] qui nous veut rendre dédaigneux et ennemis de la culture du corps. J'estime pareille injustice prendre à contre-cœur les voluptés naturelles que de les prendre trop à cœur. [...]

Il en est qui [3], d'une farouche [4] stupidité, comme dit Aristote, en sont dégoûtés [5]. J'en connais qui, par ambition, le font ; que ne renoncent-ils encore au respirer ? Que ne vivent-ils du leur [6], et ne refusent la lumière, de ce qu'elle est gratuite et ne leur coûte ni invention ni vigueur ? Que Mars, ou Pallas, ou Mercure les sustentent [7], pour voir, au lieu de Vénus, de Cérès et de Bacchus [8] : chercheront-ils pas la quadrature du cercle, juchés sur leurs femmes ! Je hais qu'on nous ordonne d'avoir l'esprit aux nues, pendant que nous avons le corps à table. Je ne veux pas que l'esprit s'y cloue ni qu'il s'y vautre, mais je veux qu'il s'y applique, qu'il s'y seye [9], non qu'il s'y couche. [...]

1. Ne m'occupe.
2. Sagesse.
3. Il y a des gens qui.
4. Bestiale.
5. Sont dégoûtés des voluptés naturelles.
6. Sans recours au monde extérieur.
7. Subviennent.
8. Que les dieux du savoir les nourrissent (et non pas ceux des plaisirs naturels). Mercure est le dieu de l'alchimie.
9. Assoie.

Quand je danse, je danse ; quand je dors, je dors ; voire et quand je me promène solitairement en un beau verger, si mes pensées se sont entretenues des occurrences [1] étrangères quelque partie du temps, quelque autre partie je les ramène à la promenade, au verger, à la douceur de cette solitude et à moi. Nature a maternellement observé cela, que les actions qu'elle nous a enjointes pour notre besoin nous fussent aussi voluptueuses, et nous y convie non seulement par la raison, mais aussi par l'appétit : c'est injustice de corrompre ses règles [2].

Quand je vois et César et Alexandre, au plus épais de sa grande besogne, jouir si pleinement des plaisirs naturels, et par conséquent nécessaires et justes, je ne dis pas que ce soit relâcher son âme, je dis que c'est la roidir, soumettant par vigueur de courage, à l'usage de la vie ordinaire, ces violentes occupations et laborieuses pensées [3]. Sages, s'ils eussent cru que c'était là leur ordinaire vacation, celle-ci [4] l'extraordinaire. Nous sommes de grands fols : « Il a passé sa vie en oisiveté, disons-nous ; je n'ai rien fait d'aujourd'hui. – Quoi, avez-vous pas vécu ? C'est non seulement la fondamentale, mais la plus illustre de vos occupations. – Si on m'eût mis au propre des grands maniements [5], j'eusse montré ce que je savais faire. – Avez-vous su méditer et manier votre vie ? vous avez fait la plus grande besogne de toutes. »

Pour se montrer et exploiter, nature n'a que faire de fortune, elle se montre également en tous étages, et derrière, comme sans rideau. Composer nos mœurs est notre office, non pas composer des livres, et gagner, non pas des batailles et provinces, mais l'ordre et tranquillité à notre conduite. Notre grand et glorieux chef-d'œuvre, c'est vivre à propos. Toutes autres choses, régner, thésauriser, bâtir, n'en sont qu'appendicules et adminicules [6] pour le plus. Je

1. Circonstances.
2. Cette confiance en la nature et en ses règles est en partie une notion épicurienne.
3. Il faut avoir le courage d'oublier ses soucis pour ne plus penser qu'aux plaisirs quotidiens.
4. Les entreprises ambitieuses.
5. Chargé de grandes entreprises.
6. Petits appendices et petites gestions.

prends plaisir de voir un général d'armée au pied d'une brèche qu'il veut tantôt attaquer, se prêtant tout entier et délivre[1] à son dîner, à son devis, entre ses amis. [...]

La grandeur de l'âme n'est pas tant tirer à mont[2] et tirer avant comme savoir se ranger et circonscrire[3]. Elle tient pour grand tout ce qui est assez[4], et montre sa hauteur à aimer mieux les choses moyennes que les éminentes. Il n'est rien si beau et légitime que de faire bien l'homme et dûment, ni science si ardue que de bien et naturellement savoir vivre cette vie ; et de nos maladies, la plus sauvage, c'est mépriser notre être. Qui veut écarter son âme le fasse hardiment, s'il peut, lorsque le corps se portera mal, pour la décharger de cette contagion ; ailleurs au contraire, qu'elle l'assiste et favorise et ne refuse point de participer à ses naturels plaisirs et de s'y complaire conjugalement[5], y apportant, si elle est plus sage, la modération, de peur que par indiscrétion[6] ils ne se confondent avec le déplaisir.

III, 13, De l'expérience

LXV. « Pour moi donc j'aime la vie »

L'amour de la vie concilie des notions épicuriennes (la valeur du plaisir, la modération, la tranquillité d'esprit) et des idées chrétiennes (la confiance en un créateur très bon). Voir dossier.

J'ai un dictionnaire tout à part moi : je passe le temps, quand il est mauvais et incommode ; quand il est bon, je ne le veux pas passer, je le retâte, je m'y tiens. Il faut courir le mauvais et se rasseoir[7] au bon. Cette phrase[8] ordinaire

1. Libre.
2. Vers le haut (le surhumain).
3. S'imposer un ordre et des limites.
4. Suffisant.
5. Comme dans un mariage.
6. Par manque de discernement.
7. S'arrêter.
8. Expression.

de « passe-temps » et de « passer le temps » représente l'usage de ces prudentes[1] gens, qui ne pensent point avoir meilleur compte de leur vie que de la couler et échapper, de la passer, gauchir et, autant qu'il est en eux, ignorer et fuir, comme chose de qualité ennuyeuse et dédaignable. Mais je la connais autre, et la trouve et prisable et commode, voire en son dernier décours[2] où je la tiens ; et nous l'a nature mise en main, garnie de telles circonstances, et si favorables, que nous n'avons à nous plaindre qu'à nous si elle nous presse et si elle nous échappe inutilement. « La vie du fou est ingrate, agitée, tout entière tournée vers l'avenir[3]. » Je me compose[4] pourtant à la perdre sans regret, mais comme perdable de sa condition, non comme moleste[5] et importune. Aussi ne sied-il proprement bien de ne se déplaire à mourir qu'à ceux qui se plaisent à vivre. Il y a du ménage à la jouir[6] : je la jouis au double des autres, car la mesure en la jouissance dépend du plus ou moins d'application que nous y prêtons. Principalement à cette heure, que j'aperçois la mienne si brève en temps, je la veux étendre en poids ; je veux arrêter la promptitude de sa fuite par la promptitude de ma saisie, et par la vigueur de l'usage compenser la hâtiveté[7] de son écoulement. À mesure que la possession du vivre est plus courte, il me la faut rendre plus profonde et plus pleine.

Les autres sentent la douceur d'un contentement et de la prospérité ; je la sens ainsi qu'eux, mais ce n'est pas en passant et glissant. Si[8] la faut-il étudier, savourer et ruminer, pour en rendre grâces condignes[9] à celui qui nous l'octroie. Ils jouissent les autres plaisirs comme ils font celui du sommeil, sans les connaître. À celle fin que le dormir[10] même ne m'échappât ainsi stupidement, j'ai autrefois trouvé bon

1. Sages (ironique).
2. Déclin.
3. Sénèque, *Lettres à Lucilius*, XV.
4. Me prépare.
5. Pénible.
6. De l'art à en jouir.
7. Rapidité.
8. Aussi.
9. Dignes.
10. Afin que le sommeil.

qu'on me le troublât[1] pour que je l'entrevisse. Je consulte[2] d'un contentement avec moi, je ne l'écume pas, je le sonde et plie ma raison à le recueillir, devenue chagrine et dégoûtée[3]. Me trouvé-je en quelque assiette tranquille ? Y a-t-il quelque volupté qui me chatouille ? Je ne la laisse pas friponner[4] aux sens, j'y associe mon âme, non pas pour s'y engager, mais pour s'y agréer ; non pas pour s'y perdre, mais pour s'y trouver ; et l'emploie de sa part à se mirer dans ce prospère état, à en peser et estimer le bonheur et amplifier. Elle mesure combien c'est qu'elle doit à Dieu d'être en repos de sa conscience et d'autres passions intestines[5], d'avoir le corps en sa disposition naturelle, jouissant ordonnément et compétemment[6] des fonctions molles et flatteuses[7] par lesquelles il lui plaît compenser de sa grâce les douleurs de quoi sa justice nous bat[8] à son tour, combien lui vaut d'être logée en tel point que, où qu'elle jette sa vue, le ciel est calme autour d'elle ; nul désir, nulle crainte ou doute qui lui trouble l'air, aucune difficulté passée, présente, future, par-dessus laquelle son imagination ne passe sans offense[9]. [...]

Pour moi donc, j'aime la vie et la cultive telle qu'il a plu à Dieu nous l'octroyer. Je ne vais pas désirant qu'elle eût à dire[10] la nécessité de boire et de manger, et me semblerait faillir non moins excusablement de désirer qu'elle l'eût double (« Le sage recherche avec ardeur les richesses naturelles[11] »), ni que nous nous sustentassions mettant seulement en la bouche un peu de cette drogue par laquelle Épiménide[12] se privait d'appétit et se maintenait, ni qu'on produisît stupidement[13] des enfants par les doigts ou par

---

1. Qu'on me réveillât.
2. Médite.
3. Du fait de la vieillesse.
4. Dérober.
5. Internes.
6. Convenablement.
7. Douces et agréables.
8. Dont sa justice nous punit.
9. Sans rien subir.
10. Que lui manquât.
11. Sénèque, *Lettres à Lucilius*, CXIX.
12. Philosophe crétois (VIIe siècle avant J.-C.).
13. Sans rien sentir.

les talons, mais, parlant en révérence[1], plutôt qu'on les produise encore voluptueusement par les doigts et par les talons, ni que le corps fût sans désir et sans chatouillement. Ce sont plaintes ingrates et iniques. J'accepte de bon cœur, et reconnaissant, ce que nature a fait pour moi, et m'en agrée et m'en loue. On fait tort à ce grand et tout-puissant donneur[2] de refuser son don, l'annuler et défigurer. Tout bon, il a fait tout bon…

Ésope, ce grand homme, vit son maître qui pissait en se promenant : « Quoi donc, fit-il, nous faudra-t-il chier en courant ? » […]

Ils veulent se mettre hors d'eux, et échapper à l'homme. C'est folie : au lieu de se transformer en anges, ils s'abattent[3]. Ces humeurs transcendantes[4] m'effraient, comme les lieux hautains et inaccessibles. […]

C'est une absolue perfection, et comme divine, de savoir jouir loyalement de son être. Nous cherchons d'autres conditions, pour n'entendre l'usage des nôtres, et sortons hors de nous, pour ne savoir quel il y fait[5]. Si, avons-nous beau monter sur des échasses, car sur des échasses encore faut-il marcher de nos jambes. Et au plus élevé trône du monde, si ne sommes assis que sur notre cul.

III, 13, De l'expérience

---

1. Sauf votre respect.
2. Dieu créateur.
3. Se rabaissent.
4. Qui cherchent à dépasser l'expérience concrète.
5. Comment cela s'y passe.

L'ÉCRITURE, OU LA PRÉSENCE RETROUVÉE

LXVI. « Reconnaissez-vous »

Montaigne justifie les Essais, *cette longue introspection. Écrire est un des moyens d'être présent à soi-même et d'éviter toute aliénation.*

Il glose la maxime du temple d'Apollon à Delphes, « connais-toi toi-même ».

Cette opinion et usance commune de regarder ailleurs qu'à nous a bien pourvu à notre affaire[1]. C'est un objet plein de mécontentement ; nous n'y voyons que misère et vanité. Pour ne nous déconforter[2], nature a rejeté bien à propos l'action de notre vue au-dehors. Nous allons en avant à vau-l'eau, mais de rebrousser vers nous notre course, c'est un mouvement pénible : la mer se brouille et s'empêche[3] ainsi quand elle est repoussée à soi. « Regardez, dit chacun, les branles du ciel, regardez au public, à la querelle de celui-là, au pouls d'un tel, au testament de cet autre ; somme regardez toujours haut ou bas, ou à côté, ou devant, ou derrière vous. » C'était un commandement paradoxe que nous faisait anciennement ce dieu à Delphes[4] : « Regardez

1. Nous a bien arrangés, parce que cela nous évite de voir notre propre misère.
2. Affaiblir.
3. Se perturbe.
4. Mais c'est Montaigne qui compose tout ce discours.

dans vous, reconnaissez-vous, tenez-vous à vous ; votre esprit et votre volonté, qui se consomment ailleurs, ramenez-la en soi ; vous vous écoulez, vous vous répandez ; appilez-vous [1], soutenez-vous [2] ; on vous trahit, on vous dissipe, on vous dérobe à vous. Vois-tu pas que ce monde tient toutes ses vues contraintes [3] au-dedans et ses yeux ouverts à se contempler soi-même ? C'est toujours vanité pour toi, dedans et dehors, mais elle est moins vanité quand elle est moins étendue. Sauf toi, ô homme, disait ce dieu, chaque chose s'étudie la première et a, selon son besoin, des limites à ses travaux [4] et désirs. Il n'en est une seule si vide et nécessiteuse [5] que toi, qui embrasses l'univers ; tu es le scrutateur [6] sans connaissance, le magistrat sans juridiction et, après tout [7], le badin [8] de la farce [9]. »

III, 9, De la vanité

LXVII. « Ce profit que je tire d'écrire de moi »

Écrire est aussi retrouver la présence d'un ami après la mort de La Boétie.

Je sens ce profit inespéré de la publication de mes mœurs qu'elle me sert aucunement de règle. Il me vient parfois quelque considération [10] de ne trahir l'histoire de ma vie. Cette publique déclaration m'oblige de me tenir en ma route, et à ne démentir l'image de mes conditions. [...]

Outre ce profit que je tire d'écrire de moi, j'en espère

1. Resserrez-vous.
2. Contenez-vous.
3. Ramassées.
4. Entreprises.
5. Misérable.
6. Chercheur.
7. Finalement.
8. Comique, personnage ridicule.
9. Pour cette vision de l'homme comme une créature vaine et vide, voir les textes XXVIII et XXXII à XXXV.
10. Souci.

cet autre que, s'il advient que mes humeurs plaisent et accordent[1] à quelque honnête homme[2] avant que je meure, il recherchera de nous joindre : je lui donne beaucoup de pays gagné[3], car tout ce qu'une longue connaissance et familiarité lui pourrait avoir acquis en plusieurs années, il le voit en trois jours en ce registre[4], et plus sûrement et exactement. Plaisante fantaisie : plusieurs choses que je ne voudrais dire à personne, je les dis au peuple, et sur mes plus secrètes sciences ou pensées, renvoie à une boutique de libraire mes amis plus féaux[5].

Nous leur livrons notre âme à sonder[6].

Si à si bonnes enseignes[7] je savais quelqu'un qui me fût propre, certes je l'irais trouver bien loin ; car la douceur d'une sortable[8] et agréable compagnie ne se peut assez acheter à mon gré. Ô un ami ! Combien est vraie cette ancienne sentence, que l'usage en est plus nécessaire et plus doux que des éléments de l'eau et du feu !

III, 9, De la vanité

LXVIII. « Mon livre est toujours un »

Le livre se confond avec la vie de l'auteur et en épouse la durée. C'est une façon d'exister, comme le montre ce texte où Montaigne s'explique sur l'évolution de sa pensée dans le livre III des Essais, *cette adjonction aux deux livres de 1580, et sur les ajouts d'une édition à l'autre.*

J'ajoute, mais je ne corrige pas. Premièrement, parce que

---

1. Agréent.
2. Ou honnête femme : c'est Marie de Gournay qui séduite par les *Essais* devient sa fille spirituelle.
3. Métaphore : je lui épargne une longue route.
4. Relevé de mes humeurs (c'est-à-dire les *Essais*).
5. Fidèles.
6. Perse, *Satires*, V, 22.
7. Sur de bons signes.
8. Convenable.

celui qui a hypothéqué au monde son ouvrage[1], je trouve apparence[2] qu'il n'y ait plus de droit. Qu'il dise, s'il peut, mieux ailleurs, et ne corrompe la besogne qu'il a vendue. De telles gens il ne faudrait rien acheter qu'après leur mort. Qu'ils y pensent bien avant que de se produire[3]. Qui les hâte ?

Mon livre est toujours un. Sauf qu'à mesure qu'on se met à le renouveler afin que l'acheteur ne s'en aille les mains du tout vides, je me donne loi d'y attacher (comme ce n'est qu'une marqueterie mal jointe) quelque emblème[4] supernuméraire[5]. Ce ne sont que surpoids, qui ne condamnent point la première forme, mais donnent quelque prix particulier à chacune des suivantes par une petite subtilité ambitieuse[6]. De là toutefois il adviendra facilement qu'il s'y mêle quelque transposition de chronologie, mes contes prenant place selon leur opportunité, non toujours selon leur âge.

Secondement que, pour mon regard[7], je crains de perdre au change[8] ; mon entendement ne va pas toujours avant, il va à reculons aussi. Je ne me défie guère moins de mes fantaisies pour être secondes ou tierces que premières, ou présentes que passées. Nous nous corrigeons aussi sottement souvent comme nous corrigeons les autres. Mes premières publications furent l'an mil cinq cent quatre-vingts. Depuis d'un long trait de temps, je suis envieilli, mais assagi je ne le suis certes pas d'un pouce. Moi à cette heure et moi tantôt, sommes bien deux, mais quand[9] meilleur ? je n'en puis rien dire. Il ferait beau être vieil, si nous ne marchions que vers l'amendement. C'est un mouvement d'ivrogne titubant, vertigineux[10], informe, ou des jonchets[11] que l'air manie casuellement selon soi[12]. [...]

1. En le publiant.
2. Je trouve vraisemblable.
3. Publier leur œuvre.
4. Pièce de marqueterie (terme grec).
5. En surnombre.
6. Qui cherche à améliorer.
7. En ce qui me concerne.
8. Gâter mon livre.
9. Combien.
10. Pris de vertige.
11. Joncs.
12. À sa fantaisie.

La faveur publique m'a donné un peu plus de hardiesse que je n'espérais, mais ce que je crains le plus, c'est de saouler ; j'aimerais mieux poindre[1] que lasser, comme a fait un savant homme de mon temps.

III, 9, De la vanité

LXIX. « À sauts et à gambades »

Montaigne poète en prose. Cette prose est assez souple pour s'adapter aux fantaisies de l'esprit.

Cette farcissure[2] est un peu hors de mon thème. Je m'égare, mais plutôt par licence[3] que par mégarde. Mes fantaisies se suivent, mais parfois c'est de loin, et se regardent, mais d'une vue oblique. [...]

J'aime l'allure poétique, à sauts et à gambades. C'est une art[4], comme dit Platon, léger, volage, démoniacle[5]. Il est des ouvrages en Plutarque où il oublie son thème, où le propos de son argument ne se trouve que par incident, tout étouffé en matière étrangère : voyez ses allures au *Démon de Socrate*[6]. Ô Dieu, que ces gaillardes escapades, que cette variation a de beauté, et plus lorsque plus elle retire[7] au nonchalant et fortuit ! C'est l'indiligent[8] lecteur qui perd mon sujet, non pas moi ; il s'en trouvera toujours en un coin quelque mot qui ne laisse pas d'être bastant[9], quoiqu'il soit serré[10]. Je vais au change, indiscrètement et tumultuairement[11]. Mon style et mon esprit vont vagabon-

---

1. Piquer.
2. Digression.
3. En me le permettant.
4. Un art.
5. Intermédiaire entre l'humain et le divin.
6. Titre d'un ouvrage de Plutarque, philosophe grec du Ier siècle après J.-C.
7. Tend.
8. Indolent.
9. Suffisant.
10. Concis.
11. Je change de sujet sans choisir et en désordre.

dant de même. Il faut avoir un peu de folie, qui ne veut avoir plus de sottise, disent et les préceptes de nos maîtres et encore plus leurs exemples.

Mille poètes traînent et languissent à la prosaïque[1] ! mais la meilleure prose ancienne (et je la sème céans indifféremment pour vers[2]) reluit partout de la vigueur et hardiesse poétique, et représente l'air de sa fureur[3]. [...]

Puisque je ne puis arrêter l'attention du lecteur par le poids, *manco male*[4] s'il advient que je l'arrête par mon embrouillure[5]. – « Voire[6], mais il se repentira par après de s'y être amusé. » – C'est mon[7], mais il s'y sera toujours amusé.

III, 9, De la vanité

LXX. « Ses plus profondes rêveries »

L'écriture est une forme de présence, à condition que l'écrivain donne libre cours à sa spontanéité. Réflexion sur le genre de l'essai, cette divagation aux limites de l'inconscient. Quittons Montaigne près de cette frontière mystérieuse.

Pour ce mien dessein, il me vient aussi à propos[8] d'écrire chez moi, en pays sauvage, où personne ne m'aide ni me relève[9], où je ne hante[10] communément homme qui entende le latin de son patenôtre[11], et de français un peu moins. Je l'eusse fait meilleur ailleurs, mais l'ouvrage eût été moins mien ; et sa fin principale et perfection, c'est d'être exacte-

1. Comme s'ils faisaient de la prose.
2. Je la cite ici (c'est-à-dire dans les *Essais*) aussi bien que les vers.
3. A l'allure de l'inspiration poétique.
4. Ce n'est pas si mal (en italien).
5. Désordre.
6. Oui.
7. C'est vrai.
8. Il me convient.
9. Corrige.
10. Fréquente.
11. Notre Père.

ment mien. Je corrigerais bien une erreur accidentelle, de quoi je suis plein, ainsi que je cours inadvertamment[1], mais les imperfections qui sont en moi ordinaires et constantes, ce serait trahison de les ôter. Quand on m'a dit ou que moi-même me suis dit : « Tu es trop épais en figures[2]. Voilà un mot du cru de Gascogne. Voilà une phrase dangereuse[3] (je n'en refuis aucune de celles qui s'usent emmi les rues françaises ; ceux qui veulent combattre l'usage par la grammaire se moquent). Voilà un discours ignorant. Voilà un discours paradoxe. En voilà un trop fol. Tu te joues souvent ; on estimera que tu dis à droit[4] ce que tu dis à feinte. – Oui, fais-je ; mais je corrige les fautes d'inadvertance, non celles de coutume[5]. Est-ce pas ainsi que je parle partout ? Me représenté-je pas vivement ? Suffit ! J'ai fait ce que j'ai voulu : tout le monde me reconnaît en mon livre, et mon livre en moi. » [...]

À écrire, j'accepte plus envis[6] les arguments battus[7], de peur que je les traite aux dépens d'autrui. Tout argument m'est également fertile. Je les prends sur une mouche[8] ; et Dieu veuille que celui que j'ai ici en main n'ait pas été pris par le commandement d'une volonté autant volage ! Que je commence par celle qu'il me plaira, car les matières se tiennent toutes enchaînées les unes aux autres.

Mais mon âme me déplaît de ce qu'elle produit ordinairement ses plus profondes rêveries, plus folles et qui me plaisent le mieux, à l'impourvu[9] et lorsque je les cherche moins, lesquelles s'évanouissent soudain, n'ayant sur-le-champ où les attacher ; à cheval, à la table, au lit, mais plus à cheval, où sont mes plus larges entretiens. J'ai le parler un peu délicatement jaloux d'attention et de silence, si je parle de force[10] : qui m'interrompt m'arrête. En voyage,

---

1. Sans faire attention.
2. Tu uses trop des figures de rhétorique (images, antithèses...).
3. Incorrecte.
4. Pour de vrai.
5. Habituelles, constantes.
6. À regret.
7. Rebattus.
8. Effectivement, même les titres de certains chapitres soulignent ce choix de menus sujets quotidiens : « Des coches », « Du dormir »...
9. Improviste.
10. De façon soutenue.

la nécessité même des chemins coupe les propos ; outre ce, que[1] je voyage plus souvent sans compagnie propre à ces entretiens de suite[2], par où je prends tout loisir de m'entretenir moi-même. Il m'en advient comme de mes songes ; en songeant, je les recommande à ma mémoire (car je songe volontiers que je songe), mais le lendemain je me représente bien leur couleur comme elle était, ou gaie, ou triste, ou étrange ; mais quels ils étaient au reste, plus j'ahane[3] à le trouver, plus je l'enfonce en l'oubliance[4]. Aussi[5] de ces discours fortuits qui me tombent en fantaisie, il ne m'en reste en mémoire qu'une vaine image, autant seulement qu'il m'en faut pour me faire ronger et dépiter après leur quête, inutilement.

III, 5, Sur des vers de Virgile

1. Outre le fait que.
2. Suivis.
3. Je peine.
4. Oubli.
5. De même.

DOSSIER

Les chapitres de ce dossier sont regroupés selon les différentes sections de notre anthologie. Les références entre parenthèses (par exemple III, 7) renvoient au livre et au chapitre des *Essais* : elles permettent ainsi de suivre les variations de la pensée de Montaigne d'un livre à l'autre.

1 *Le moi intime (textes I à XVI)*

La famille de Montaigne

Du côté paternel, les Eyquem sont depuis 1477 propriétaires de la maison noble de Montaigne. Cette famille bourgeoise est ainsi anoblie. Pierre Eyquem, le père de Montaigne, agrandit et fortifie le château. D'autre part, son ascension sociale est confortée par son élection : il devient maire de Bordeaux en 1554. Montaigne parle de son père avec tendresse. Les oncles de Montaigne sont des parlementaires.
Du côté maternel, les Lopez sont originaires d'Espagne, et l'on s'est demandé, sans preuves, si ce ne seraient pas des juifs convertis. Montaigne parle très peu de sa mère, Antoinette de Louppes.
L'entourage de Montaigne : l'écrivain a eu sept frères et sœurs. Dans les *Essais*, il ne mentionne que ses quatre frères, dont l'un, Thomas, devient calviniste.
À Montaigne, l'auteur des *Essais* vit avec

sa mère, son épouse, née Françoise de la Chassaigne, sa fille, et jusque vers 1579, deux de ses sœurs, Léonor et Marie.

QU'EST-CE QUE LE MOI DANS LES *ESSAIS* ?

La définition du moi

Elle est à mettre en rapport avec le mot *essai*, dont un des sens est l'*expérience*. Le moi est à la fois un ensemble de données physiques, psychologiques, intellectuelles (mes « facultés naturelles », I, 26) et l'expérience que Montaigne a de ces données, dans la vie quotidienne et dans la composition des *Essais*.

Le moi consiste d'abord en un certain nombre de *données* que décrit Montaigne : taille, voix « haute et efforcée » (III, 13), physionomie qui inspire la confiance (III, 12), santé déficiente par suite de sa gravelle... Nous apprenons également les goûts de l'auteur des *Essais* : le dernier chapitre du livre les passe en revue (voyage, cuisine, façon de dormir et de manger). C'est d'ailleurs un mélange de dispositions innées et d'habitudes acquises, le moi étant l'œuvre du temps : ainsi le goût de la conversation ou de l'amitié relève des deux catégories.

Mais le moi résulte aussi d'une *prise de conscience*, grâce à l'expérience ou aux expérimentations que Montaigne a faites de ces données. Le dernier essai est intitulé *De l'expérience*, et Montaigne y montre l'utilité de cette expérience que chacun a de soi, si l'on veut bien y être attentif. C'est elle qui achève la personnalité, et qui permet à chacun de déterminer ses propres règles, pour se créer soi-même (par exemple dans le domaine de la morale).

Le moi est donc modifié par le regard de Montaigne, et aussi par son activité d'écrivain. C'est reconnaître à l'individu une certaine marge de liberté. La réflexion est pour beaucoup dans cette création : le moi est partiellement constitué d'opinions politiques, morales, philosophiques, issues de la réflexion constante de Montaigne sur l'histoire de son pays et des civilisations, sur les limites de l'intelligence humaine… Dans l'essai, le moi finit par se confondre avec la pensée en acte, malgré l'importance très grande que Montaigne attribue au corps.

L'individu ou la nature humaine?

Montaigne s'observe dans sa singularité, et « s'entretient lui-même » (III, 5). L'objet de son étude n'est pas l'homme en général, à la différence de la littérature classique. Il s'étonne de cette singularité : il n'a « vu monstre et miracle au monde plus exprès que lui-même » (III, 11). Elle résulte de certains traits particuliers de son caractère, son goût pour l'oisiveté, son esprit d'indépendance, mais aussi de contradictions flagrantes, puisqu'il avoue passer d'une humeur ou d'une opinion à son contraire.
Mais, par ailleurs, Montaigne affirme que « chaque homme porte en lui la forme de l'humaine condition » (III, 2). Les bizarreries que Montaigne constate en lui – par exemple le plaisir de voir souffrir autrui – sont peut-être celles de l'être humain, et plus particulièrement de cet inconscient que l'auteur des *Essais* découvre lorsqu'il parle des rêves ou de ses rêveries « folles » aussitôt évanouies (III, 5).
L'analyse de ce monde individuel dégage donc des éléments qui permettent au lecteur de mieux se comprendre. Surtout, c'est l'attitude réflexive (le repli sur soi pour s'observer avec étonnement) que Montaigne partage avec ses frères humains.

En définitive, le moi est le produit d'une faculté propre à l'être humain : l'analyse de soi•.

• *Deux jugements opposés sur l'entreprise de Montaigne :*
– Pascal : « Le sot projet que [Montaigne] a de se peindre. »
– Voltaire : « Le charmant projet que Montaigne a eu de se peindre naïvement, comme il a fait. Car il a peint la nature humaine. »

La technique de l'autoportrait

Comment Montaigne parvient-il à transcrire cette image de lui-même, perçue grâce à l'introspection ?
Il accumule les *détails concrets*, et précise même le décor où il évolue (par exemple sa bibliothèque). Pourquoi cette abondance de notations précises ? D'abord parce qu'il ne veut pas disparaître tout entier : en quelque sorte, il tourne un film de sa vie (et le chapitre le plus riche en détails est le dernier du livre, comme une dernière vision de l'auteur). Mais aussi parce que le corps importe autant que l'esprit : impossible de les dissocier.
Il établit sans cesse une distinction entre *différents aspects de sa personnalité* :
– celui qu'il est, mais aussi celui qu'il s'efforce d'être : Montaigne en effet s'appréhende comme une matière à dominer et à remodeler (« ayant accoutumé de lutter les défauts qui sont en moi, et de les dompter par moi-même », III, 6). Cette lutte avec soi-même est un relent de stoïcisme• ;
– l'être social, et le moi profond : l'essai *De ménager sa volonté* (III, 10) ne cesse d'opposer les deux personnages, le maire et Michel. De même, l'auteur des *Essais* se présente à la fois comme un gentilhomme, qui respecte sa parole, et comme un individu différent des autres nobles (il n'aime pas bâtir, il ne se soucie pas de sa descendance). « La foule me repousse à moi » (III, 3) : cette formule résume ce va-et-vient entre les deux personnages ;
– le Montaigne présent et le Montaigne

• *Le stoïcisme est une doctrine selon laquelle le bonheur est dans la vertu et qui professe l'indifférence devant ce qui affecte la sensibilité (voir le chapitre 5 de ce dossier).*

d'autrefois : ce portrait est en effet élaboré en quelque vingt années, et le sujet est saisi dans le temps. Montaigne se décrit affaibli et moins fougueux, appesanti (III, 5).

Il *ne dissimule rien*. Pas de pudeur : « le n'oser parler rondement de soi a quelque faute de cœur » (III, 8). Montaigne déclare qu'il est « affamé » de se faire connaître, en bien ou en mal (III, 5).

Effectivement, il parle franchement de la sexualité (III, 5), sans fausse bienséance. Il note ses faiblesses et ses défauts, son manque de mémoire, sa mollesse et sa paresse, qui l'ont empêché de gagner aucun bien et aucun titre (« par paresse et négligence inexcusable et puérile », III, 9). Toutefois cette confession peut apparaître comme un plaidoyer : faute de mémoire, Montaigne est obligé de réfléchir par lui-même ; sa mollesse lui évite les dangers du fanatisme et de l'ambition. Est-ce coquetterie d'auteur ? Cette ambiguïté semble due plutôt à la complexité du réel : chacun de nos défauts offre des aspects positifs, et nos « qualités maladives », ciment de notre être, ont leur utilité (III, 1).

La grande nouveauté des *Essais*, comme l'auteur l'indique dès l'avis au lecteur, est dans ce portrait détaillé, polymorphe, et presque sincère. Cette technique donne à l'auteur le plaisir de vivre avec lui-même ; elle multiplie cette intimité dont il jouit de plus en plus vivement, et lui vaut sa propre amitié.

Montaigne affirme à plusieurs reprises qu'il dessine son « portrait ». Pris au sens strict, ce terme ne vaudrait que pour une douzaine de chapitres, auxquels s'ajouteraient les fragments d'auto-description qui se disséminent ailleurs, souvent par retouches ou additions : trop peu pour le vérifier. Il est possible de lui donner une plus large extension, et d'y inclure tout ce qui a trait à des comportements personnels, et s'inscrit dans le cadre de la vie privée ou des événements auxquels l'auteur a effectivement pris part. Mais le champ ainsi délimité est encore trop étroit : il est question de tout dans les *Essais*... Il faut en déduire que Montaigne se « donne à connaître » en chacune de ses assertions, quel qu'en soit l'objet[1].

Un être en mutation

Le cycle universel

Dès le premier livre, Montaigne est obsédé par le cycle de mutations qu'Aristote avait décrites dans sa *Physique* : naissance, croissance, mort (la quantité de matière est stable, mais la forme change sans cesse). L'individu n'échappe pas à cette loi, et Montaigne se perçoit comme un mort en sursis : « Jamais homme ne se défia tant de sa vie, jamais homme ne fit moins d'état de sa durée » (I, 20).

D'où aussi les métamorphoses psychologiques d'instant en instant : « Quand je tance avec mon valet, je tance du meilleur courage que j'aie... mais cette fumée passée, je tourne à l'instant le feuillet » (I, 38).

Le vertige

Dans le second livre des *Essais*, l'*Apologie de Raymond Sebond* exprime l'angoisse grandissante de Montaigne devant cet écoulement :

– la réalité se réduit à des apparences qui sont de simples illusions : aucune substance stable. L'existence est passage d'un non-être à l'autre, une sorte de navigation à la surface du néant : l'être vivant passe du passé au futur, l'un et l'autre n'existant pas.

1. André Tournon, *Montaigne en toutes lettres*, Paris, Bordas, 1989.

Quant au présent, c'est une vue de l'esprit, car il peut être divisé en passé et en futur, qui ne sont rien. Le temps est incompréhensible• parce qu'il est le paradoxe de la vie, qui jaillit de rien pour revenir au néant.

• L'intelligence est incapable de dégager des règles définitives dans le flux du sensible : « Et nous, et notre jugement, et toutes choses mortelles, vont coulant et roulant sans cesse. »

Une nouvelle morale

Il en résulte une conception limitée de la sincérité, qui ne peut être que successive : « nous ne pensons ce que nous voulons qu'à l'instant que nous le voulons » (II, 1). De même, la volonté est tout au plus une adhésion aux caprices de l'instant : « nous n'allons pas : on nous emporte, comme des choses qui flottent » (II, 1). Un essai du livre II est intitulé *De l'inconstance de nos actions*.

Le temps dérobe l'homme à lui-même, mais l'oblige ainsi à se chercher : ce mal est donc un bien, puisqu'il ouvre l'espace infini et plaisant de la quête intellectuelle.

Que ta puissance (ô Mort) est grande et admirable !
Rien au monde par toi ne se dit pardurable [1],
Mais tout ainsi que l'onde à-val des ruisseaux fuit
Le pressant coulement [2] de l'autre qui la suit,
Ainsi le temps se coule, et le présent fait place
Au futur importun qui les talons lui trace [3] :
Ce qui fut se refait, tout coule comme une eau,
Et rien dessous le Ciel ne se voit de nouveau :
Mais la forme se change en une autre nouvelle,
Et ce changement là, VIVRE au monde s'appelle,
Et MOURIR, quand la forme en une autre s'en [va [4].

1. Durable.
2. Écoulement.
3. Presse.
4. Pierre de Ronsard, *Hymne de la mort* (1555).

2 — *L'autre (textes XVII à XXVII)*

MONTAIGNE ET LES FEMMES

Certains critiques ont souligné *l'aspect conservateur* du rôle attribué à l'épouse dans l'essai *Sur des vers de Virgile* (III, 5). Montaigne en effet envisage le mariage comme une institution qui a une nécessité sociale. On ne se marie pas pour soi, mais pour perpétuer une famille. Aussi l'amour, ce feu passager, lui semble-t-il incompatible avec le mariage, qui veut des bases plus constantes. L'épouse n'est pas une maîtresse, mais elle a droit à la confiance et au respect de l'époux.

Cet éloge du mariage de raison correspond aux vues des humanistes. Cette « douce société de vie », selon l'expression de Montaigne, avait été célébrée par l'humaniste hollandais Érasme dans son traité latin *Éloge du mariage* (1518).

Beaucoup plus originales sont les vues de Montaigne sur les droits de la femme à *l'épanouissement physique*. Il reconnaît que le pouvoir masculin domine la société contemporaine, qui impose aux femmes un rigoureux devoir de chasteté, alors que les hommes font tout pour l'enfreindre. Ainsi la tyrannie masculine soumet les femmes à une contradiction qui est source de toutes les hypocrisies.

Or la sexualité féminine avait été présentée par les médecins comme une preuve de l'infériorité de la femme. Dans le chapitre 32 du *Tiers Livre*, publié en 1546, Rabelais met en scène un médecin, Rondibilis, qui se fonde sur l'autorité des Anciens pour prouver que la femme, dominée par ses instincts, est un être instable et incapable de se maîtriser.

De façon plus générale, la Renaissance affirme la supériorité de l'homme, une thèse que Montaigne ne reprend pas à son compte. Pour les juristes, la femme est frappée d'incapacité juridique. Les médecins considèrent la femme comme un mâle imparfait ou mutilé.

Avant Montaigne, toutefois, l'érudit rhénan Corneille Agrippa avoue dans un traité de 1529 que les femmes subissent des lois dictées par l'autre sexe. En 1523, le théologien espagnol Juan Luis Vives propose d'instruire les filles pour les libérer.

Mais pour le jourd'hui la liberté qu'avaient les femmes est resserrée par la tyrannie des hommes, qui se bande contre tout droit et loi de nature. Car dès l'heure que la femme est née, elle est retenue dès ses premiers ans en toute nonchalance, et ne lui est permis de se mêler d'autre chose que de son fil et de son aiguille, comme si elle n'était capable de manier et conduire plus hautes charges. De là, après qu'elle est venue à l'âge de quatorze à quinze ans, elle est livrée sous le jaloux commandement d'un mari, ou bien est renfermée en quelque cloître de religieuses pour jamais [1].

Le voyage

Les voyages en Italie

Certains écrivains qui sont allés en Italie nous ont laissé leurs impressions : Rabelais, dans l'épisode de Papimanie•, les poètes

• *La terre du Pape* (Quart Livre, *1552)*.

1. Corneille Agrippa, *De l'excellence de la femme*, traduction française de 1578, par Louis Vivant (traité latin de 1529).

Du Bellay et Magny dans les *Regrets* (1558) et dans les *Soupirs* (1557). Ces derniers apparaissent comme d'assez mauvais touristes si l'on compare avec la conception du voyage qu'a Montaigne : ils voient surtout les défauts de Rome, et regrettent leur patrie.

Depuis que j'ai laissé mon naturel séjour,
Pour venir où le Tibre aux flots tordus ondoie,
Le ciel a vu trois fois par son oblique voie
Recommencer son cours la grand-lampe du jour.

Mais j'ai si grand désir de me voir de retour,
Que ces trois ans me font plus qu'un siège de [Troie,
Tant me tarde (Morel) que Paris je revoie,
Et tant le ciel pour moi fait lentement son tour :

Il fait son tour si lent, et me semble si morne,
Si morne, et si pesant, que le froid Capricorne
Ne m'accoursit les jours, ni le Cancre [1] les nuits.

Voilà (mon cher Morel) combien le temps me dure
Loin de France et de toi, et comment la nature
Fait toute chose longue aveques mes ennuis [2].

Rome, tant aimée de Montaigne, connaît un prestige exceptionnel au XVIe siècle. C'est la plus belle ville d'Europe, et la plus moderne. Elle attire les pèlerins, mais aussi beaucoup d'artistes étrangers, qui viennent dessiner les vestiges antiques (à l'époque en partie recouverts de végétation). Le développement architectural de Rome est dû à la politique d'emprunts de l'administration pontificale et à l'urbanisation de la noblesse romaine, qui se construit des palais en ville.

Le* Journal de voyage *de Montaigne

Ce *Journal* n'a vu le jour qu'en 1774.

1. Signe du Cancer.
2. Joachim du Bellay, *Les Regrets*, sonnet 36.

L'écrivain a visité Venise et Rome, en passant par Meaux, Plombières, la Suisse, l'Allemagne. Certains critiques pensent que la première partie du *Journal* (à la troisième personne) aurait été rédigée par le secrétaire de Montaigne. Le reste aurait été composé par Montaigne lui-même.

Pourquoi Montaigne voyage-t-il ?
– Pour des raisons médicales (il se soigne dans les villes d'eau).
– Pour fuir les soucis du quotidien et retrouver un peu d'indépendance.
– Pour enrichir son moi par la découverte de la différence.
– Parce que le voyage a une fonction philosophique (expérience de la liberté).

Dans ce *Journal*, Montaigne observe avec soin toutes sortes de détails, les coutumes de la vie quotidienne. Il aime visiter les monuments anciens. Est-ce un amateur d'art ? On l'a toujours nié, mais il s'intéresse à la sculpture, à l'architecture, aux jardins italiens et à leurs jets d'eau.

Le Nouveau Monde

L'aventure de Colomb et la colonisation espagnole

Même s'il n'a pas réalisé qu'il avait découvert un continent, le Génois Christophe Colomb n'en a pas moins montré la route. Nommé par le roi d'Espagne Ferdinand II et son épouse Isabelle vice-roi des terres qu'il explorerait, il découvre lors de son premier voyage (1492-1493) les Bahamas, Cuba et Saint-Domingue, et trouve la route du retour, en remontant vers le Nord. Ses trois autres voyages (jusqu'en 1504) suscitent des imitateurs, parfois parmi ses compagnons. La côte brésilienne est atteinte par Vespucci en 1499, par Pinzón et Cabral en 1500. Il semble que, en 1501-1502, Amerigo Vespucci comprenne que ces terres constituent un continent, et non pas des îles au large de l'Asie.

Les Espagnols se construisent un empire américain. Cortés débarque en 1519 au Mexique, et a raison de l'empire aztèque, qui ignorait les chevaux et les armes à feu. Mexico se révolte et est reprise en 1521 après de terribles combats. Quant au Pérou, c'est Pizarre qui le conquiert pour le compte de l'empereur Charles Quint. L'empire inca, qui s'étendait sur les plateaux et les vallées des Andes, est vaincu en 1532 par ce conquistador, et le roi Atahualpa étranglé. La brutalité des méthodes de colonisation fut dénoncée, et valut à Cortés une semi-disgrâce. Les plaidoyers indignés du prélat espagnol Bartolomé de Las Casas ont fini par inciter Charles Quint à faire exécuter en 1548 quelques responsables, dont le frère de Pizarre.

L'intérêt des Français pour le Brésil

Cabral avait pris possession de terres brésiliennes au nom du roi du Portugal. Mais en 1555 le Français Villegagnon débarque dans la baie de Rio de Janeiro. L'année suivante, des huguenots français, dont l'étudiant Jean de Léry, tentent d'établir au Brésil une colonie française susceptible de constituer un refuge pour les protestants persécutés. Les réactions de ces voyageurs sont différentes. Alors que Villegagnon décrit dans une lettre de 1557 un pays désert et des sauvages « éloignés de toute courtoisie et humanité, sans aucune religion et aucune connaissance d'honnêteté ni de vertus, de ce qui est droit et juste », Jean de Léry au contraire est séduit par la beauté de cette région, par la bonté et la gaieté de ces indigènes. Il évoque dans son *Voyage fait en la terre de Brésil* (1578) leurs coutumes, leur nourriture, leur langage. Montaigne adopte le même parti.

La littérature géographique au XVIe siècle

Ces nombreux ouvrages (relations de voyage, lettres, traités de géographes et de cartographes) donnent beaucoup d'obser-

vations concrètes sur le Nouveau Monde : monuments (par exemple les murailles de Cuzco et de Mexico) et coutumes (la nudité étonne, l'accouchement facile suscite l'admiration, l'anthropophagie scandalise. Voir la *Cosmographie universelle* d'André Thevet, 1575). Quant aux croyances religieuses, Jean de Léry reconnaît que « ces pauvres aveugles brésiliens », bien qu'ignorant le seul et vrai Dieu, savent « que l'homme a une âme immortelle ».
Cette littérature abonde en descriptions des richesses du Nouveau Monde, or, argent, épices, bâtiments aux murs et au toit d'or. Le Nouveau Monde est une sorte d'Eldorado. Bartolomé de Las Casas, qui a critiqué la colonisation, note que les Espagnols ont massacré les indigènes par cupidité (*Tyrannies et cruautés des Espagnols*, 1579).
Une légende sentimentale transforme ces pays du Nouveau Monde en exemples de l'âge d'or, où l'on se contente de plaisirs naturels, et où la nature donne sans compter. Le mythe du bon sauvage apparaît par exemple dans l'*Histoire naturelle du Monde* de François de Belleforest (1570), où les Antillais sont représentés comme un peuple « simple et doux, sans grande subtilité ni aucune malice ». On admire aussi l'intelligence et la vivacité de parole des gens du Pérou et du Brésil. Surtout, les vertus des sauvages sont opposées aux vices des Blancs, par exemple chez Jean de Léry. Montaigne connaît bien l'histoire de la colonisation, et il est l'héritier de cette littérature géographique.

La légende de l'Âge d'or laissa une forte empreinte dans les livres géographiques de la Renaissance. Les voyageurs qui avaient lu les auteurs grecs ou latins firent d'eux-mêmes le rapprochement entre cette

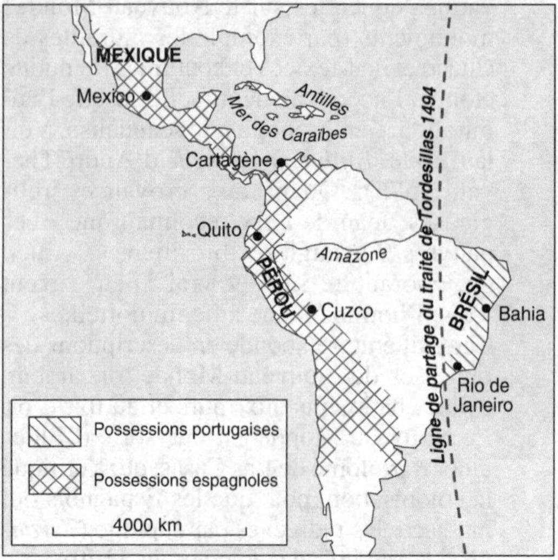

ancienne conception et la société des Sauvages. Ils employèrent plus d'une fois le terme d'*Âge d'or*. Ils le firent, mais il est encore plus important de noter que ce « fait » était, en un certain sens, en contradiction avec la doctrine chrétienne, qui avait relégué dans le passé lointain les joies du Paradis terrestre. L'Âge d'or chrétien avait existé dans le Jardin d'Éden, avant la chute d'Adam. Et la joie parfaite était, d'après cette tradition, impossible en ce monde parmi les descendants d'Adam et d'Ève, héritiers du péché originel. La doctrine chrétienne ne pouvait pas accepter l'existence d'un Âge d'or sur la terre en plein XVIe siècle. Mais les voyageurs ne cessaient de constater en Afrique, en Asie et surtout en Amérique, l'existence de peuples parfaitement contents, de peuples joyeux et sains, qui allaient nus sans la moindre honte, et qui jouissaient d'une vie paisible inconnue aux Chrétiens de l'Europe. Et parmi les Européens qui avaient « vu ces choses » et qui en avaient écrit des descriptions enthousiastes, il y avait des Missionnaires [1].

1. G. Atkinson, *Les Nouveaux Horizons de la Renaissance française*, Genève, Droz, 1969.

Le moi ne peut s'épanouir que par la rencontre avec l'autre.

Pourquoi cette recherche ?

C'est une des leçons de l'humanisme, qui a élaboré un type humain, le citoyen du monde. L'humanisme est en effet un voyage dans le temps, un dialogue avec les civilisations du passé ; de plus, l'humaniste est un voyageur, formé dans des universités étrangères, et qui enseigne çà et là. Quand Montaigne déclare qu'il « estime tous les hommes [ses] compatriotes » (III, 9), il retrouve l'attitude d'un Érasme. Quant à son amour de Rome, il est commun à tous les humanistes.

Cette recherche de l'autre est également un des aspects de la constante réflexion de Montaigne sur la notion de multiple. Contrairement à Platon et à ses disciples, qui valorisent l'unité originelle, l'auteur des *Essais* voit dans la diversité une richesse, non pas un éparpillement et un affaiblissement (« une si perpétuelle variété de formes », III, 9). D'où la tolérance dont fait preuve Montaigne : « il me semble que je n'ai guère rencontré de manières qui ne vaillent les nôtres » (III, 9). Il échappe à l'idéologie européenne et s'ouvre au polythéisme des Anciens ou à l'animisme des Indiens. Pour Montaigne, la rencontre avec l'autre est une des formes de cette « expérience », à laquelle il accorde tant d'importance.

Cette recherche contribue à l'art de vivre élaboré dans les Essais. *Le voyage par exemple est un idéal de disponibilité : insensible aux aléas, Montaigne accepte l'instant tel qu'il lui est proposé. Ses itinéraires sont imprévus ou modifiables.*

***La marque de l'autre dans les* Essais**

La recherche de l'autre apparaît dans le genre même de l'essai, ce dialogue, qui est la mise à l'épreuve d'autres systèmes de pensée, et non pas l'exposé d'une doctrine. L'essai est une sorte de plongée dans le monde intellectuel d'autrui (des Anciens, du lecteur...).

Elle apparaît au rythme capricieux de ces chapitres, qui est comme l'image du voyage : c'est un vagabondage consenti ; mais aussi dans le jeu des pronoms (on glisse sans cesse du *je* au *nous*, au *ils*, collectivité qui englobe l'auteur) ou dans l'utilisation des citations (le *je* de l'écrivain est la mémoire de l'humanité, lorsqu'il se réfère à d'autres œuvres). Elle se laisse enfin percevoir par l'attention que Montaigne porte à son lecteur, par son effort pour l'éveiller et le séduire (« la parole est moitié à celui qui parle, moitié à celui qui l'écoute », III, 13).

Cette quête de l'autre est ambiguë comme la vie humaine et comme l'écriture des *Essais* : c'est une errance que l'on ne domine pas, mais aussi la richesse d'une perpétuelle découverte [1].

1. Sur ce thème de l'autre et du Nouveau Monde, on lira avec profit l'*Histoire d'un voyage fait en terre du Brésil*, par Jean de Léry, dans l'adaptation que propose la collection « Étonnants Classiques » : *Récits de voyage I*, *Le Nouveau Monde*, présentation de Caroline Trotot, Flammarion, 1998.

3 Le doute (textes XXVIII à XLII)

LE SCEPTICISME

Dans *l'Antiquité*, on peut distinguer deux sortes de scepticisme :
– le scepticisme phénoméniste : c'est celui de Sextus Empiricus, philosophe grec du IIIe siècle après J.-C. Ces sceptiques enferment l'homme dans le monde des phénomènes, des apparences : nous ne savons pas ce que la neige est réellement, nous savons seulement qu'elle nous *paraît* blanche ;
– Pyrrhon (IVe siècle av. J.-C.) et ses disciples poussent le scepticisme beaucoup plus loin : ils mettent en doute la notion d'*être*. Nous ne savons pas si les choses sont, et tout est apparence.

Le doute de Montaigne relève de la première tendance. Les *Hypotyposes* de Sextus Empiricus lui ont appris à suspendre son jugement, mais sans désespoir : l'auteur des *Essais* se borne à ne pas prétendre dépasser les apparences pour chercher l'essence des choses (il mentionne, sans la mettre en question, cette « véritable essence » des « choses comme elles sont », II, 12).

Le *scepticisme de la Renaissance* a un cadre limité : il porte sur le savoir humain, non pas sur le domaine religieux. Bien mieux, il prépare la foi, en incitant le fidèle à accepter les vérités révélées par les textes sacrés. Telle est encore l'attitude de Montaigne dans l'*Apologie de Raymond*

Sebond : par défiance envers la raison humaine, il accepte humblement les vérités de la foi (même s'il ne parle pas de l'autre vie et n'évoque pas la figure du Christ, sa foi semble sincère).

Le courant sceptique est nourri au XVIe siècle par la lecture des textes philosophiques de Cicéron, notamment des *Académiques*, où sont confrontées les différentes écoles de l'Antiquité.

Il est représenté en particulier par le traité latin *De l'incertitude des sciences*, publié en 1527 par le philosophe rhénan Corneille Agrippa. En 1548, l'érudit français Omer Talon analyse la méthode sceptique de discussion pour et contre, dans un traité latin intitulé *L'Académie*. D'autre part, le *Tiers Livre* de Rabelais est une sorte d'enquête sceptique où Panurge à la recherche d'une épouse découvre la vanité de tout le savoir humain (1546). Dans l'extrait ci-dessous, Trouillogan, philosophe sceptique, se refuse à répondre clairement aux questions de Panurge.

Panurge. Donc me marierai-je ?
Trouillogan. Par aventure [1].
Panurge. M'en trouverai-je bien ?
Trouillogan. Selon la rencontre.
Panurge. Aussi, si je rencontre bien, comme j'espoire, serai-je heureux ?
Trouillogan. Assez.
Panurge. Tournons à contrepoil [2]. Et si rencontre mal ?
Trouillogan. Je m'en excuse.
Panurge. Mais conseillez-moi, de grâce. Que dois-je faire ?
Trouillogan. Ce que voudrez […]
Panurge. Que m'en conseillez-vous ?

1. Peut-être.
2. Prenons le contraire.

Trouillogan. Rien.
Panurge. Me marierai-je ?
Trouillogan. Je n'y étais pas.
Panurge. Sera-t-elle prude et chaste ? Reste seulement ce point.
Trouillogan. J'en doute [1].

Le doute dans la pensée de Montaigne

Dans l'*Apologie de Raymond Sebond* (II, 12), Montaigne regrette que les opinions des hommes soient fondées sur l'autorité et qu'elles ne soient pas mises en doute. « Ainsi se remplit le monde et se confit en fadaise et en mensonge. »

Sur quels sujets s'exerce le doute ?
Montaigne prend ses distances par rapport à toutes les idées reçues, systématiquement : je ne « veux faire montre que du mien, et de ce qui est mien par nature » (III, 12). En particulier par rapport aux thèses héritées de l'Antiquité : il cite les auteurs anciens, mais souvent pour affirmer sa différence. Ainsi Pythagore et ses disciples, qui ont cru à la métempsycose•, sont tournés en ridicule dans un passage de ton voltairien.

• La métempsycose (du grec « déplacement de l'âme ») est une doctrine selon laquelle une même âme peut se réincarner successivement en plusieurs corps. C'est le fondement du brahmanisme hindou.

Il ne s'en laisse pas imposer par les grandeurs de ce monde. Les gens au pouvoir, dit-il dans l'essai *De l'art de conférer* (III, 8), sont souvent des incapables qui ont eu de la chance. La flatterie empêche les grands d'acquérir le moindre mérite par eux-mêmes ; quelle pauvreté derrière leur prestige…
De façon plus profonde, il s'en prend aux bases mêmes du mérite humain, la vertu et l'intelligence. Notre être est « cimenté de qualités maladives » (III, 1), le vice et la

1. François Rabelais, *Tiers Livre*, chap. 36.

vertu y sont mêlés de façon inextricable : voilà pour la vertu. Quant à l'intelligence, nous en avons moins que de présomption, ce mal commun à toute l'espèce humaine. Notre orgueil nous fait mépriser l'animal, qui nous vaut à bien des égards (II, 12). Cet acharnement contre la raison s'explique en partie par les effets nocifs de l'idéologie à l'époque de Montaigne, où les Français s'entretuent pour des points de doctrine. Ces bases une fois ébranlées, c'est tout l'édifice humain qui vacille, la notion de justice, les lois… Mais, par prudence, Montaigne ne veut pas le modifier : il se contente de suspendre son jugement, pour ne pas adhérer à des vérités toutes faites.

***La technique du doute méthodique dans les* Essais**

Montaigne a recours à différentes techniques, et l'on en trouve des exemples dans les textes que nous avons réunis (*Essais*, II, 12) :

– La réfutation méthodique d'arguments traditionnels : les principaux arguments en faveur de la supériorité de l'homme sur l'animal sont réfutés un par un (aptitude à la réflexion, capacité d'abstraction, vertu et bonté, instinct religieux…).

– Le heurt de doctrines : sur un problème précis, la pensée humaine est réduite à un véritable chaos. Ainsi les différentes théories relatives à la nature de l'âme illustrent la cacophonie des opinions philosophiques et théologiques.

– L'analyse de certains mots : dans l'*Apologie de Raymond Sebond*, il démonte les termes *présent, instant, maintenant*, et montre que nous partageons chaque fois l'instant en passé et en présent, ce qui lui ôte toute réalité.

– Le recours à l'expérience : c'est elle qui nous fait prendre conscience des erreurs des sens, et de la relativité de toute sensation (ce qui est doux pour l'un est amer pour l'autre).

Ce qui est remarquable dans cette méthode, c'est que Montaigne a souvent recours à la raison pour combattre la présomption de l'intellect humain : il combat le mal par le mal. L'être humain apparaît comme une créature paradoxale, qui peut retourner ses propres armes contre elle-même.

Ce doute méthodique épargne toutefois le domaine religieux. Dans l'*Apologie de Raymond Sebond* (*Essais*, II, 12), Montaigne proclame sa foi et la nécessité de vivre dans le cadre de l'Église. Il est fidéiste, c'est-à-dire que la connaissance des choses divines lui semble échapper à la raison humaine, et qu'il s'en remet à la Révélation des livres saints et du dogme. Ce fidéisme s'accorde sans peine avec le doute de Montaigne sur la valeur du savoir humain : ainsi le scepticisme contribue à l'humilité du chrétien, qui accepte sans discuter les vérités de la foi. Inutile, par conséquent, de voir dans ce fidéisme, comme l'ont fait certains critiques, une prudence de Montaigne.

> Sa recherche, cependant, exclut tout à fait les choses divines, dont la connaissance, pense-t-il, excède infiniment nos moyens humains, ne se conçoit qu'avec la grâce et la foi. Hors de notre portée, plus encore que toute autre vérité, cette vérité absolue « de laquelle il a plu à la sacrosainte bonté de Dieu de nous illuminer » (II, 12). D'où le fidéisme dont Montaigne fait profession, et où il ne semble pas juste de ne voir qu'un commode manteau sous lequel se dissimuleraient de hardies idées anti-religieuses [...] Il professait,

il pratiquait le catholicisme : aux yeux de tous, sans que personne, de son temps, ait douté de la sincérité de son comportement. Son livre est un livre de bonne foi. Son fidéisme aussi est un fidéisme de bonne foi [1].

1. Robert Aulotte, *Montaigne : Essais*, Paris, PUF, 1988.

4 Montaigne et la politique (textes XLIII à LV)

Montaigne à Bordeaux

Cette grande ville connaît des troubles à plusieurs reprises. En 1548 avait eu lieu une révolte de paysans due à l'excessive pression fiscale (émeute réprimée dans la terreur). Montaigne avait alors quinze ans, et ce fut un de ses premiers contacts avec les atrocités de l'histoire. D'autres jacqueries seront causées par la misère.

Le parlement de Bordeaux compte des esprits éclairés, qui dès 1533 ont créé le collège de Guyenne, collège aux méthodes plus modernes, et qui eut pour principal André Gouvea, un érudit influencé par Érasme. Mais le petit Michel s'est ennuyé dans ce collège.

Montaigne a siégé à la Chambre des Enquêtes, chargée d'examiner les litiges de droit civil trop délicats pour être jugés par les juges de la Grande Chambre. Ses membres travaillaient sur un ensemble de documents, et ils examinaient à la fois un registre des faits et leurs commentaires : l'auteur des *Essais* a pu constater combien les mêmes faits étaient susceptibles d'interprétations contradictoires et confuses. Il a aussi pu constater la cruauté de la justice contemporaine, et s'en explique clairement : « tout ce qui est au-delà de la mort simple me semble pure cruauté » (II, 11).

Montaigne est élu une première fois *maire de Bordeaux* en 1581, à l'unanimité, pour deux ans. Il s'occupe de l'affaire du prieuré Saint-James, hospice pour enfants trouvés, géré par les Jésuites : la municipalité contrôle désormais la gestion. D'autre part, il adresse un mémoire au lieutenant général de Guyenne, Matignon, pour protester contre les empiétements et les exactions des gouverneurs des deux forts de Bordeaux.
En 1583, la deuxième élection de Montaigne est difficile, à cause de l'opposition de la faction ultra-catholique. Pendant ces deux nouvelles années, Montaigne ne ménage pas sa peine. On a conservé ses « remontrances » au roi de France et à Henri de Navarre, pour défendre les intérêts et les libertés de Bordeaux : il y évoque par exemple la misère du « pauvre peuple », et rappelle que la justice doit être « administrée gratuitement ».
En 1585, il déjoue les complots des Ligueurs (les ultra-catholiques, dont la confédération visait en réalité à mettre les Guise sur le trône de France). Il passe des nuits en armes dans la ville et sur le port.

De grandes règles inspirent l'action publique de Montaigne. Ce sont principalement la défense des intérêts du peuple, une conception égalitaire de la justice, le service du roi de Navarre et celui du roi de France […]
Il est impossible de mesurer tout ce que les *Essais* doivent à l'expérience politique et humaine du maire de Bordeaux. Aux responsabilités qu'il a assumées, aux décisions qu'il a fallu prendre, aux conflits moraux posés par la raison d'État. Aux rencontres faites, aux propos entendus. À l'observation des grands, de leurs intérêts, de leur morgue, de leur égoïsme. À l'attention portée aux misères des démunis dont Montaigne s'est trouvé, par sa

fonction, le défenseur légal : la compassion et la sympathie que Montaigne éprouve pour eux depuis longtemps s'expriment de façon nouvelle, et cela renouvelle entièrement le ton de son livre [1].

L'INTOLÉRANCE AU XVIe SIÈCLE

Provoquée en grande partie par la décadence de la religion catholique (clergé ignorant et corrompu, superstition et abus du formalisme), *la Réforme* progresse avec une grande rapidité à partir du moment où le moine Martin Luther affiche ses quatre-vingt-quinze thèses sur la porte de l'église de Wittemberg (1517). Elle gagne tous les pays d'Europe, et Farel établit dès 1523 à Paris la première église réformée de France. À la mort de Luther (1546), Calvin fait de Genève la capitale du protestantisme.

À l'origine, le conflit est doctrinal : les Réformés n'admettent pas le libre arbitre en matière de salut (ils croient que l'individu est prédestiné au salut) et critiquent une conception trop formelle de la religion. Mais, dès 1560, les communautés protestantes en France sont pourvues de chefs hiérarchisés. En 1562, le catholique Monluc est chargé de « pacifier » la Guyenne. En définitive, c'est aussi une flambée de guerre féodale, une lutte entre les Valois qui règnent sur la France et la puissante famille des Guise. En 1562 commencent les guerres de religion, auxquelles l'édit de Nantes (1598) mettra un terme provisoire.

La répression a été féroce. Dès 1534, François Ier réagit contre les idées nouvelles, et il va laisser massacrer trois mille « héré-

1. Géralde Nakam, *Montaigne et son temps*, Paris, Nizet, 1982.

tiques » vaudois dans le Midi. L'horreur atteindra son comble avec la Saint-Barthélemy, massacre d'État sous le règne de Charles IX : trente mille Réformés sont éliminés (1572).

Dans les *Tragiques* (livre VII), le poète protestant Agrippa d'Aubigné accuse les bourreaux par la voix des éléments :

« Pourquoi, dira le feu, avez-vous de mes feux
Qui n'étaient ordonnés qu'à l'usage de vie
Fait des bourreaux, valets de votre tyrannie ? »
L'air encor une fois contre eux se troublera,
Justice au Juge saint, trouble, demandera,
Disant : « Pourquoi, tyrans et furieuses bêtes,
M'empoisonnâtes-vous de charognes, de pestes,
Des corps de vos meurtris [1] ? » – « Pourquoi, diront [les eaux,
Changeâtes-vous en sang l'argent de nos ruis-[seaux ? »
Les monts qui ont ridé le front à vos supplices :
« Pourquoi nous avez-vous rendu vos précipices ? »
« Pourquoi nous avez-vous, diront les arbres, faits
D'arbres délicieux exécrables gibets ? »

MONTAIGNE ET MACHIAVEL

Inquiet de l'instabilité politique à Florence, ce théoricien italien (1469-1527) a notamment cherché à définir les règles de l'art de gouverner, règles nécessaires pour conserver un régime. Exposées dans *Le Prince* (1516), elles sont politiques, et non morales, et vont jusqu'à subordonner toute considération éthique à la raison d'État. La cruauté ou la mauvaise foi sont alors excusables : « nous avons vu de grandes choses exécutées par des princes qui faisaient peu de cas de la fidélité, et qui savaient en imposer aux hommes par la ruse »

1. Victimes.

(chap. 18). Le mensonge permet au prince d'améliorer sa réputation. De là vient aussi qu'il fera faire les sales besognes à ses ministres, se réservant les grâces (chap. 9).

La doctrine de l'humaniste hollandais Érasme dans son traité *De l'institution du prince chrétien* (1516) est à l'opposé de celle de Machiavel. Le prince doit recevoir une éducation chrétienne qui fera de lui un serviteur du Christ. Sa bonté lui vaudra non pas la crainte, mais l'affection de ses sujets.
En France, la doctrine de Machiavel a suscité de nombreuses critiques. Avant Montaigne, le juriste Jean Bodin condamne dans son grand traité de *La République* (1576) cette doctrine qui « a mis pour deux fondements de la République [l'État] l'impiété et l'injustice ». Alors que Machiavel ne donne pas au législateur d'autre but qu'un succès empirique, c'est-à-dire la conquête d'un pouvoir durable, Bodin fonde l'État sur le droit : le législateur s'efforce de concilier sans cesse le droit et la réalité, de créer des lois justes et bien adaptées.
L'*Anti-Machiavel* d'Innocent Gentillet (1576) témoigne également des réticences des écrivains français.

Montaigne a critiqué le machiavélisme dans le second livre des *Essais*, où il montre que la tromperie peut être un calcul de dupe : une « première déloyauté… apporte infinis dommages suivants » (II, 17).
Il reprend le problème dans le chapitre *De l'utile et de l'honnête* (III, 1). Dans les conflits entre morale et utilité, il distingue deux cas : 1. Conflit entre la conscience et l'utilité privée : c'est toujours la conscience qui doit l'emporter. 2. Conflit avec l'inté-

rêt général : même dans ce cas, « l'intérêt commun ne doit pas tout requérir de tous ». Montaigne se refuse à admettre que l'utile devienne « honnête », c'est-à-dire moral, de par la seule vertu de son utilité.
Ces chapitres des *Essais* éclairent la retraite de Montaigne, qui a jugé une carrière politique incompatible avec l'honnêteté.
Quelle solution ? Sur le plan philosophique, Montaigne reconnaît que le problème est insoluble : l'opposition de l'utile et de l'honnête est irréductible. Toute l'expérience de son époque lui révèle la corruption des « grands hommes » (III, 1), l'âpreté d'un monde où chacun ne fait que « se travailler à défendre sa cause, mais jusqu'aux meilleurs, avec déguisement et mensonge » (III, 9).
Pour sa conduite personnelle, Montaigne ne renonce pas à toute implication dans les affaires publiques, même s'il la limite (il a accepté la mairie de Bordeaux sans enthousiasme). Il n'agit qu'en évitant l'ambition et la passion (III, 10). Cette prudence est due aussi à une défiance envers toute action intempestive. Montaigne craint l'innovation, parce qu'il en a vu les conséquences au moment des guerres civiles. « Le changement donne seul force à l'injustice et à la tyrannie » (III, 9). Si l'on touche à un élément de l'édifice social et politique, tout le reste « d'un si grand bâtiment » est ébranlé.

Ce que l'on a appelé le conservatisme de Montaigne n'est donc pas une approbation de la société contemporaine, tant s'en faut, mais un refus de l'action inconsidérée.

5 Une philosophie du plaisir (textes LVI à LXX)

Stoïcisme et épicurisme à la Renaissance

Le *stoïcisme* est connu au XVIe siècle surtout par les ouvrages d'Épictète et de Sénèque. Épictète est un philosophe stoïcien du Ier siècle après J.-C., et sa doctrine est développée dans le *Manuel* et dans les *Entretiens*. Il s'efforce de préserver l'autonomie du sage, qui ne doit se laisser emporter ni par la passion ni par la crainte de l'avenir. Cette sérénité est une collaboration avec la Providence. La philosophie stoïcienne est en effet une philosophie active, qui valorise l'effort et le courage devant la douleur ou la mort. Quant à Sénèque, la philosophie éclectique des *Épîtres* apprend au sage à reconquérir l'instant présent, grâce au pouvoir de la raison, élément de stabilité dans l'écoulement universel. La brièveté de la vie n'a plus d'importance lorsque l'instant acquiert une totale plénitude.

Pour l'*épicurisme*, les lettrés du XVIe siècle pouvaient lire les lettres d'Épicure (341-270 av. J.-C.). Ces lettres exposaient la physique épicurienne, selon laquelle le monde est né de l'agitation incessante des atomes. Elles résumaient également les grands principes de l'art de jouir. À la différence des stoïciens, en effet, l'épicurien ne considère pas l'instant comme la possi-

bilité d'agir et d'affirmer son autonomie, mais plutôt comme une occasion de plaisir. Cette recherche du plaisir ne va pas sans discipline, car il faut satisfaire les besoins naturels, et non pas les besoins artificiels, qui sont illimités. Il faut aussi savoir tempérer le plaisir.
Les thèmes épicuriens étaient également développés dans le grand poème latin de Lucrèce, *De la nature des choses*. Lucrèce évoque un monde en perpétuelle mutation, par suite de l'agitation des atomes : toute chose terrestre est guettée par la dissolution. Toutefois l'individu qui sait que la mort n'est qu'une de ces métamorphoses ne craint plus l'instant suprême.
Ces deux courants de la morale antique ont marqué la pensée de la Renaissance, et contribué à un renouveau de l'idéal de sagesse.

L'INSTANT DU PLAISIR DANS LE TROISIÈME LIVRE DES *ESSAIS*

Dans le second livre (II, 12), Montaigne a découvert que l'instant présent n'a pas de cohérence, puisqu'il est fait de passé et de futur. Mais les épicuriens apprennent à Montaigne que l'instant peut avoir une autre réalité.
L'instant doit sa réalité au *plaisir*, qui est une création. Le plaisir en effet n'est pas donné, mais élaboré par l'individu. Montaigne sait que « toutes jouissances ne sont pas unes [identiques] ; il y a des jouissances… languissantes » (III, 5). Pas de plaisir sans une participation active de la conscience. C'est le rôle du désir, lorsqu'il est attisé par l'attente ou par la difficulté. Ceux qui ont tout trop facilement n'ont plus de plaisir (III, 7).

Le plaisir n'est donc pas purement physique. « J'y associe mon âme », dit Montaigne, qui sait goûter « la douceur d'un contentement » (III, 13). À cet égard, le plaisir est un élément de la sagesse, qui est une recherche d'une conscience plus vive.

D'où le sens particulier que Montaigne donne à l'expression *perdre son temps*, dans le dernier chapitre du livre.
Perdre son temps n'est pas gaspiller une durée qui nous aurait été attribuée : l'instant n'est pas fourni comme un contenant qu'il importe de remplir. Perdre son temps, c'est négliger de créer le présent en le tirant à la conscience. Comme tout notre être, l'instant n'a qu'une existence virtuelle : il peut ne pas éclore, si nous ne sommes pas attentifs. Ainsi la vie est une suite de rendez-vous possibles, parce qu'elle ne nous est pas donnée une fois pour toutes. Grâce à la succession que constitue la durée temporelle, la vie est un pluriel, la joie est multipliée.
L'instant des mathématiciens, par exemple dans la *Physique* d'Aristote, est un point, une limite abstraite. Montaigne en fait un monde humain où il peut se réfugier.

LE PRIX DE LA VIE DANS LES *ESSAIS*

La quête du bonheur

Montaigne recherche le bonheur, et le dit dès le premier livre des *Essais*. « De vrai, ou la raison se moque, ou elle ne doit viser qu'à notre contentement, et tout son travail tendre en somme à nous faire bien vivre, et à notre aise » (I, 20). C'est une des constantes de son enquête, et il le répète dans le dernier livre : « Je courrais d'un bout du monde à l'autre chercher un bon an de tranquillité plaisante et enjouée, moi qui n'ai autre fin que vivre et me réjouir » (III, 5).

Cette affirmation n'allait pas de soi à une époque dominée par la pensée chrétienne, laquelle situe les vrais biens dans l'autre royaume : philosophie du dépassement, et non pas du contentement en ce monde. C'est à la pensée des Anciens que Montaigne doit cet idéal de sagesse joyeuse. La marque la plus évidente de la sagesse, dit-il, « c'est une éjouissance constante » (I, 26).

Or on ne peut parvenir à ce bonheur sans le respect de la mesure, sans la modération et le « règlement des mœurs » (II, 15)•.

C'est la nature qui nous donne ces règles, puisqu'elle sait ce qui nous est utile et nécessaire. Nature est un doux guide, « mais non pas plus doux que prudent [sage] et juste » (III, 13). Les lois qu'elle nous impose sont « toujours plus heureuses que ne sont celles que nous nous donnons » (III, 13). Nous les reconnaissons grâce à l'expérience et à l'observation de soi.

• *Vieille règle épicurienne : selon Épicure, le sage doit savoir se contenter des plaisirs naturels, c'est-à-dire ceux qui sont liés à la satisfaction des besoins indispensables à notre survie.*

L'amour de la vie

Aimer la vie, c'est d'abord accepter le temps, « sans lequel rien ne se possède » (III, 10). Montaigne accepte en particulier la vieillesse, sans illusions, mais sans amertume. Il abandonne alors son âme à des pensées folâtres, qui lui évitent l'humeur chagrine.

C'est aussi s'accepter soi-même, car Montaigne définit à plusieurs reprises ce devoir d'amitié, qui incombe à chacun de nous.

C'est enfin bannir la tristesse : Montaigne y succomberait facilement, lui qui se plaint de ses accès de mélancolie. Il s'applique à limiter les soucis de la vie quotidienne, le « tracas des affaires » (III, 9). Dans ses rapports avec l'argent, il préfère être perdant plutôt que de se tourmenter. De temps à autre, il s'éloigne, pour oublier les soucis familiaux. Mais les sources de trouble sont surtout internes, et Montaigne se méfie des passions, ambition, haine, et autres agitations. Il faut savoir ne pas saisir les objets d'une prise trop véhémente : en somme, toute une technique de mise à distance, qui est définie dans le chapitre *De ménager sa volonté* (III, 10).

Ces plaisirs dispensés par la nature sont goûtés à la fois par le corps et par l'esprit. « Que l'esprit éveille et vivifie la pesanteur du corps » (III, 13). Ces deux éléments sont à égalité dans la pensée de Montaigne, alors que le platonisme et le christianisme manifestaient une certaine défiance envers cette pesanteur corporelle. Montaigne souhaite une « fraternelle correspondance » de ces deux instruments, susceptibles de se rendre de « mutuels offices [services] ».

Un poète de la Pléiade, Rémi Belleau, exprimait le même amour de la vie :

Je suis né pour prendre fin,
Et pour faire le chemin
De ce trop soudain [1] voyage.
Je connais combien j'ai d'âge,
Mais las ! je ne puis savoir
Les ans que je dois avoir,
Loin de moi fuyez tristesse,
Fuyez ennuis et détresse,
Loin de moi fuyez vous tous,
Je n'ai que faire avec vous !
Pendant que vif [2] je soupire,
Je veux danser, je veux rire,
Ayant toujours compagnon
Le bon Bacchus mon mignon [3].

---

1. Rapide.
2. Vivant.
3. Rémi Belleau, *Les Odes d'Anacréon* (1556), « De vivre gaiement ».

6 Les auteurs cités par Montaigne

CATULLE (vers 87-vers 54 av. J.-C.). Poète latin qui exprime sous des formes très diverses ses passions, ses plaisirs, ses haines.
CICÉRON (106-43 av. J.-C.). Orateur et vulgarisateur de la philosophie grecque pour le public romain. Montaigne emprunte ici à ses traités de philosophie : les *Tusculanes*, qui fondent le bonheur sur la vertu, le traité *De la nature des dieux*, d'une inspiration volontiers sceptique, et le traité *De la vieillesse*.
HORACE (65-8 av. J.-C). Montaigne cite les *Épîtres* et les *Satires*, intermédiaires entre la causerie ou le billet et la réflexion morale, ainsi que les *Odes*, qui ressuscitent le lyrisme grec dans des poèmes latins. Ces textes marqués par l'influence épicurienne proposent un idéal de sérénité, grâce à l'équilibre entre la modération et les plaisirs délicats.
JUVÉNAL (vers 65-vers 128 ap. J.-C.). Ses satires sont une âpre critique des vices contemporains.
LUCAIN (39-65 ap. J.-C.). Auteur de la *Pharsale*, longue épopée sur la guerre civile entre César et Pompée.
LUCRÈCE (vers 98 ?-55 av. J.-C.). Le poème *De la nature des choses* est un exposé rigoureux de la physique et de la morale épicuriennes. La tranquillité d'esprit récompense celui qui est libéré de la pas-

sion, mais aussi de toute crainte envers les forces surnaturelles et la mort.

Martial (vers 40-vers 104 ap. J.-C.). Ses épigrammes sont réalistes et satiriques.

Ovide (43 av. J.-C.-17 ou 18 ap. J.-C.). Montaigne apprécie particulièrement, et depuis l'enfance, le grand poème des *Métamorphoses*, qui décrit selon la légende grecque et romaine des transformations de dieux ou d'hommes en animaux, en plantes… Il cite encore les livres d'élégies composés pendant l'exil du poète sur les rives de la mer Noire (*Tristes* et *Pontiques*).

Perse (34-62 ap. J.-C.). Auteur latin de satires.

Pétrone (mort en 65 ap. J.-C.). Ce grand seigneur épicurien a composé un roman, le *Satiricon*, dont nous n'avons que des fragments.

Platon (429-347 av. J.-C.). Ce philosophe grec est le disciple de Socrate, qu'il met en scène dans ses dialogues, et le maître d'Aristote. À une époque de guerres civiles, Montaigne cite notamment la *République*, éloge de l'État idéal.

Plutarque (Ier siècle ap. J.-C.). La pensée de ce philosophe grec est éclectique.

Properce (47 ?-15 ? av. J.-C.). Ses élégies évoquent sa passion inquiète.

Quinte-Curce (Ier siècle ap. J.-C.). Cet historien latin est l'auteur d'une *Histoire d'Alexandre*, vie romancée.

Quintilien (vers 30 ?-ap. 95 ap. J.-C.). Son grand traité sur la formation de l'orateur touche à la rhétorique et à la pédagogie.

Saint Augustin (354-430). Œuvre monumentale soutenue par une philosophie de l'histoire, la *Cité de Dieu* oppose au royaume céleste le destin de Rome et le faux prestige de ses grands hommes.

SÉNÈQUE (mort en 65 ap. J.-C.). Montaigne cite les lettres morales à Lucilius, expression d'une philosophie dégagée de tout système. Le souverain bien est la vertu, et on l'obtient par la paix de l'âme, selon l'idéal commun aux stoïciens et aux épicuriens.

STACE (40 ?-96). Auteur latin d'une *Thébaïde*, épopée qui a pour sujet la guerre menée par Polynice contre son frère Étéocle, roi de Thèbes.

TASSE (1544-1595). Poète chrétien, auteur du poème épique *La Jérusalem délivrée*.

TÉRENCE (vers 190-185 ?-159 av. J.-C.). Auteur latin de comédies psychologiques.

TIBULLE (vers 50-19 ou 18 av. J.-C.). Ses *Élégies* célèbrent différentes inspiratrices, ainsi que l'attrait d'une nature apaisante.

TITE-LIVE (64 ou 59 av. J.-C-17 ap. J.-C.). Auteur d'une grande *Histoire romaine*, riche en exemples, mais où l'événement est aussi le sujet de réflexions morales.

VIRGILE (71 ou 70-19 av. J.-C.). De ce grand poète latin, Montaigne cite notamment les *Géorgiques*, poème sur les travaux des champs, et l'*Énéide*, épopée savante sur les origines troyennes de certaines familles romaines.

BIBLIOGRAPHIE

Pour lire les *Essais* dans une orthographe modernisée, voir l'édition de Claude Pinganaud, *Les Essais*, Paris, éd. Arléa, 1992.

Si l'on souhaite aborder le texte original, dans une édition où les différentes strates chronologiques sont indiquées (problème des additions), voir *Les Essais*, éd. A. Micha, Paris, Collection GF, 1969 (3 volumes).

Une initiation à l'œuvre de Montaigne :

A. Tournon, *Montaigne en toutes lettres*, Paris, 1989.

Ouvrages généraux :

Voir surtout les ouvrages de base de G. Nakam, *Montaigne et son temps : les événements et les* Essais, Paris, 1982 ; *Les* Essais *de Montaigne, miroir et procès de leur temps. Témoignage historique et création littéraire*, Paris, 1984.

R.-H. Aulotte, *Montaigne : Essais*, Paris, 1988.

G. Mathieu-Castellani, *Montaigne et l'écriture de l'essai*, Paris, 1988.

J.-Y. Pouilloux, *Montaigne. Que sais-je ?*, Paris, 1987.

F. Rigolot, *Les Métamorphoses de Montaigne*, Paris, 1988.

M.A. Screech, *Montaigne and Melancholy. The wisdom of the* Essays, Londres, 1983.

Sources et citations des *Essais* :

C. Brousseau-Beuermann, *La Copie de Montaigne. Étude sur les citations dans les* Essais, Paris, 1989.

A. Compagnon, *Nous, Michel de Montaigne*, Paris, 1980.

I. Konstantinovic, *Montaigne et Plutarque*, Genève, 1989.

Quelques aspects de la pensée de Montaigne :

C. Blum, *La Représentation de la mort dans la littérature française de la Renaissance*, Paris, 1989, 2e éd. (p. 649-776).

J. Brody, *Lectures de Montaigne*, Lexington, 1982.

M. Conche, *Montaigne et la philosophie*, Paris, 1987.

F. Garavini, *Itinerari a Montaigne*, Florence, 1983.
F. Gray, *La balance de Montaigne*, Paris, 1982.

Nous avons privilégié les ouvrages récents. Pour les ouvrages antérieurs, consulter P. Bonnet, *Bibliographie méthodique et analytique des ouvrages et documents relatifs à Montaigne*, Genève, 1983 ; H.P. Clive, *Bibliographie annotée des ouvrages relatifs à Montaigne (1976-1985)*, Paris, 1990.

LEXIQUE

A

Accident (par) : peut-être.
Accidentel : accessoire.
À ce que : afin que, de telle sorte que.
Acquêt : gain, récompense, profit.
Affection : désir, passion, engagement.
Ains : mais.
À l'aventure : peut-être.
Appétit : désir.
Arquebuse : arme à feu qui se portait sur l'épaule.
Artifice : art.
Assez : beaucoup.
Assiette : situation.
Asteure : à cette heure.
Aucunement : d'une certaine façon, quelque peu.
Aucuns : certains.

B

Branle : mouvement.

C

Casuel : fortuit.
Casuellement : au hasard.
Cependant : pendant ce temps.
Chaloir : importer.
Complexion : constitution, tempérament.
Confesser : avouer.
Contention : effort.
Continence : chasteté.
Coulpe : faute.
Créance : croyance.
Crédit : autorité, pouvoir.
Curieusement : soigneusement.
Cuider : croire.

D

Davantage : de plus.
Débile : faible.
Depuis : après.
De quoi : dont.
Devis : conversation.
Dextre : droite.
Discours : discernement, raisonnement.
Domestique : familier, privé.
Duire : habituer, former.
Du tout : totalement.

E

Effet : fait, réalité.
Éjouissance : joie, allégresse.
Emmi : parmi.
Ennuyer : chagriner, tourmenter (sens fort).
Entendre : comprendre.
Équable : égal.
Équalité : égalité.
Essai : épreuve.
Essayer : éprouver, subir.
Étoffe : substance.
Étonner : stupéfier, épouvanter.

F

Faillir : manquer.

FANTAISIE : impression, imagination, idée.
FEINDRE : inventer.
FIANCE : confiance.
FOL : fou.
FORTUNE : hasard.
PAR FORTUNE, DE FORTUNE : par hasard.

G

GAUCHIR : dévier, esquiver.
GÉHENNE : torture, tourmente.
GUINDÉ : élevé.

H

HEUR : bonheur, chance.

I

IMBÉCILLITÉ : faiblesse.
INDISCRÉTION : manque de discernement, démesure.
INDUSTRIE : invention, ingéniosité.
INSTITUTION : préceptes, instructions.

L

LIBRAIRIE : bibliothèque.
LIEUE : distance d'environ quatre kilomètres.
LORS : alors.
LOYER : récompense.
LUSTRE : éclat, gloire.

M

MARRI : contrarié.
MÉDIOCRE : moyen.
MERVEILLE (c'est) : il est étonnant.
MESHUI : désormais.
MONTRE : spectacle.

N

NAÏF : naturel.
NOURRIR : élever, instruire.
NOUVELLETÉ : nouveauté, changement.
NUBILEUX : nuageux.

O

OCCASION : cause.
OFFICE : devoir, charge, fonction.
ONQUES : jamais.
ORES... ORES : tantôt... tantôt.
OUÏR : entendre. L'OUÏR : l'ouïe.

P

PARADOXE : paradoxal (adjectif).
PARTIR : partager.
PASSION : impression, sensation, souffrance, émotion.
PATRON : modèle.
PENSEMENT : pensée.
PIPER : tromper.
POINDRE : piquer, faire souffrir.
POLICE : État, société.
PRESSE : foule.
PROGRÈS : cours, marche.
PROPREMENT : précisément.
PRUDENCE : sagesse.

Q

QUAND ET QUAND, QUANT ET QUANT : avec, en même temps.
QUASI : presque.
QUE SI : si.
QUÊT : gain.
QUÊTER : chercher.
QUITTER : laisser, abandonner.

R

RASSEOIR (se) : s'arrêter.
REBOURS (au) : au contraire.
RECORDATION : souvenir.
REPOS : sérénité.
REQUÉRIR : demander.

S

SAOULER : lasser.
SI : pourtant.
SI EST-CE QUE : néanmoins.
SOIGNEUX : soucieux.
SOIN : souci.
SOMME : bref.
SOUDAIN : aussitôt.

SOUFFRIR : ressentir, supporter.
SUCCÉDER : réussir.
SUFFISANT : capable.
SUFFISANCE : aptitude.

T

TANTÔT : bientôt.
TANT Y A QUE : en définitive, cependant.
TIERS : troisième.

U

UN : identique, indifférent.
USANCE : usage, habitude.

V

VACATION : occupation.
VERTU : vertu, courage.
VIANDE : nourriture.
VIEIL : vieux.
VIRER : tourner, retourner.
VOIRE : et même.
VOIRE ET : même.

Le participe présent exprime la durée : ils iront débattant = ils débattront.

GF Flammarion

238988-VIII-2019 – Impression MAURY IMPRIMEUR, 45330 Malesherbes.
N° d'édition L.01EHPNFG0980.A010. – Février 1998. – Printed in France.